DIRTY LOFT

Saison 2

Du même auteur aux Éditions Sharon Kena

De feu et de glace Tome 1
De feu et de glace Tome 2
De feu et de glace Tome 3
De feu et de glace Tome 4
Les raisons du cœur partie 1
Les raisons du cœur partie 2
Le fruit d'un amour impossible partie 1
Le fruit d'un amour impossible partie 2
Logane Tome 1
Logane Tome 2
Logane Tome 3
Logane Tome 4
Logane Tome 5
Logane Tome 6
Jayden Cross l'intégrale 1
Jayden Cross l'intégrale 2
Mise en scène
Cœur Criminel Tome 1
Cœur Criminel Tome 2
Cœur Criminel Tome 3
Cœur Criminel Tome 4
L'Entre-Monde – Origine Tome 1
Dirty Loft – Saison 1
Seconde Chance

Angie L. DERYCKERE

SAISON 2

DIRTY LOFT

Sharon Kena

EDITIONS

www.leseditionssharonkena.com

REMERCIMENTS:

Tout d'abord, je ne m'attendais pas à un pareil engouement pour la première saison. Vous avez répondu présents et je vous en remercie de tout cœur.

Je remercie Cyrielle Walquan, mon éditrice qui continue à me faire confiance pour cette nouvelle aventure, ainsi qu'à tous les membres de l'équipe des éditions pour le travail monstre qu'ils effectuent en coulisse.

Je remercie également Pascale Prudhomme (ma Wonder) pour le temps qu'elle passe à traquer mes fautes avec une rapidité surprenante.

À mes bêtas-lectrices :
Françoise du blog Book-Attitude :
(http://book-attitude.eklablog.fr/)

Marlène, alias Beli du blog Livresavie :
(http://www.livresavie.com/)

Frédérique Cotret, Marou et ma collègue Christelle Morize pour l'aide précieuse qu'elles m'apportent, peaufinant mes écrits avec dextérité.

Merci aussi à Julie Vasseur, ma sœur de cœur qui m'apporte un soutien inconditionnel. À Audrey et Sylvie Robert qui me font part des sentiments et des émotions à chaque fois qu'elles referment un de mes textes.

À Véronique Barrère, Mélissa Letabareux pour leur soutien et leur disponibilité.

Je n’oublie pas non plus de remercier mes proches pour la patience qu’ils témoignent quand je suis plongée dans mon manuscrit. Franck, Jymmy, Jason, Nathan et Nolwenn (je vous aime mes amours).

À mes nouvelles lectrices et proches.

Merci à tous ceux et celles qui me suivent sur ma page et qui m’encouragent…

Et enfin, un immense merci à tous les lecteurs qui, je l’espère, apprécieront la suite des aventures de Sarah et Travis.

Bonne lecture à vous.
Je vous embrasse tendrement.

Angie L.Deryckère

À celles qui osent l'impossible…

« L'amour est la seule passion qui se paie d'une monnaie qu'elle se fabrique elle-même. »

Stendhal

CHAPITRE 1

Travis

Je ne cesse de courir. Les coudes légèrement repliés pour pouvoir me frayer un passage entre les médecins dans ce long et interminable couloir, je cours.

Encore et toujours… jusqu'à ce que le brancard où repose le corps de Sarah s'immobilise. Je ralentis, le front en sueur, et fixe son visage. Je ne la reconnais pas.

Du sang s'écoule toujours le long de son crâne tandis que ses joues me semblent bien plus grosses et difformes à cause de l'énorme bosse ensanglantée et violacée au milieu de son front.

Sur place, les premiers secours l'ont intubée avant de la placer dans une sorte de coque en plastique qui la maintient de toutes parts.

Cette vision me donne le tournis, mais j'arrive à garder mon sang-froid et avance jusqu'à ce que je puisse lui prendre la main.

Froide…

Terriblement froide.

Je ferme les paupières pendant une brève seconde et prie silencieusement pour qu'elle s'en sorte. J'ai entendu les médecins parler entre eux, ils ne sont pas très rassurants sur son état.

Sarah n'est pas stable. Une femme est obligée de gonfler le ballon à la main toutes les trois secondes, ce qui permet de lui donner l'air nécessaire pour respirer.

Soudain, une main s'abat sur mon épaule et de suite, mon corps se raidit totalement. Je pose un regard assassin sur l'homme qui vient me déranger alors que je suis auprès de Sarah.

– Il faut nous laisser passer, jeune homme.

Je secoue la tête, comprenant après un petit laps de temps qu'ils attendent que je dégage de la cabine de l'ascenseur pour l'emmener.

– Elle a besoin qu'on s'occupe d'elle. Vous devez attendre ici.

– Je… non.

Je me sens mal, mais la main de Sarah que je serre plus fermement dans la mienne me donne le courage d'obtempérer. Ils ont raison, ils doivent la soigner au plus vite.

– Sa saturation chute à nouveau.

– Prévenez le bloc !

J'entends les médecins qui semblent de plus en plus inquiets de l'état de mon amie.

Bordel…

– Lâche pas, Sarah, soufflé-je tandis que, cette fois, la main que l'homme a posée sur mon épaule me dégage brusquement.

Je reste sous le choc, incapable de faire le moindre geste pour revenir auprès d'elle. Le médecin m'assure à nouveau que je dois attendre qu'ils aient terminé de la soigner.

J'ai envie de lui foutre mon poing sur la gueule, mais je me retiens et reste là, immobile, sous le choc alors que les portes de l'ascenseur se referment.

Et j'ai l'impression qu'on vient de m'arracher les tripes, qu'on ouvre le sol sous mes pieds et je m'effondre telle une loque.

À genoux sur le carrelage aseptisé de l'hôpital où Sarah vient d'être prise en charge, je fixe les portes closes de ce putain d'ascenseur qui vient de l'avaler.

C'est alors que sort un cri perçant et aigu de ma gorge.

Je hurle le nom de celle que je viens de briser.

– Sarah !

– Calme-toi, bordel ! T'es cinglé, ma parole ! Tu viens de me foutre ta main dans la gueule, pauvre connard !

Surpris et terrorisé par ma dernière vision, j'ouvre les paupières et comprends que je viens encore de faire cet horrible cauchemar.

Je soupire, tentant de retrouver un semblant de souffle, et passe une main sur mon visage dans l'espoir que cela me réveille totalement.

Or, ce sont plutôt les protestations de la fille que j'ai dans mon lit qui me font revenir à la réalité.

Cette putain de réalité. L'accident. Elle est rentrée dans ce putain d'arbre alors qu'elle me fuyait.

– Ferme-la, aboyé-je, agacé de l'entendre se plaindre.

– Tu m'as fait mal !

– C'était pas voulu, OK.

Son regard courroucé ne m'émeut pas, loin de là. Rapidement, je me lève d'un bond et sors de la chambre dans le plus simple appareil, avant de me rendre dans la salle d'eau.

Enfermé et SEUL, je m'adosse contre la porte que je viens de verrouiller et soupire un grand coup.

J'attends quelques minutes et, quelque peu remis de mes émotions, je file sous la douche, espérant que l'eau m'ôte pour de bon l'image de la belle Sarah dans un si sale état.

CHAPITRE 2

Nina

On dit toujours que ce n'est pas un hasard si certaines personnes entrent dans notre vie. Que c'est pour une raison ou une autre, et qu'il faut profiter des moments, quels qu'ils soient avec elles avant qu'il ne soit trop tard.

Cependant, j'ai appris depuis mon plus jeune âge que la vie est quelque chose de complexe, mais qu'il faut aller de l'avant pour se faire une place dans ce monde, pour survivre, tout simplement.

Aujourd'hui, j'ai à nouveau perdu quelque chose de précieux à mes yeux.

Quelque chose d'indolore, mais si oppressant sans elle.

Elle.

Sarah.

Notre histoire n'est pas vieille de dix ou cinq ans. Non, elle se compte en semaines, deux mois pour être exacte et je l'ai perdue. Peut-être pas physiquement, car elle est toujours présente, même si c'est à des kilomètres de moi, mais je n'ai plus aucun moyen de la voir à présent.

Cette amie, cette fille un peu timide et parfois révoltée me manque. Et une haine m'attise de toutes parts quand je repense à ces gens qui m'interdisent de l'approcher ne serait-ce qu'un instant.

Je suis furieuse, triste et ne comprends pas ses parents. Ce n'est pas de ma faute si elle a eu ce putain d'accident ! Quoique la culpabilité, de ne pas l'avoir empêchée de fuir et de prendre le volant, ne me quitte plus depuis ce fameux soir.

Ça fait vingt-trois jours exactement que notre amitié m'a été enlevée.

Vingt-trois jours que je ne dors plus très bien.

Vingt-trois jours que je sens la colère en moi ruminer tandis que mon connard de frère n'est plus qu'une épave.

Bientôt trois semaines que je supporte Travis chaque jour à se bourrer la gueule et refusant d'entendre le prénom de *Sarah* sans qu'il ne pète un plomb en hurlant, balançant sa bouteille de vodka contre un mur du loft.

Je n'en peux plus, j'en ai assez que sa mère ou son père me raccroche au nez quand j'appelle pour avoir de ses nouvelles.

Pourtant, j'avais espéré encore ce matin qu'ils seraient compréhensifs, qu'ils comprendraient enfin qu'on s'inquiète vraiment pour elle et qu'elle nous manque, mais ils s'en fichent complètement.

Sarah n'a pas eu tort de vouloir les quitter de cette façon. Ses parents sont vraiment débiles !

Je les déteste et je sais que je ne suis pas la seule. Calvin tente à chaque fois de leur trouver des excuses bidon pour que je n'explose pas, mais je sais qu'il désapprouve leur façon de faire. La veille, Camille m'a proposé de partir pour Abilene sur un coup de tête après un énième refus de leur part. Nous ne savons même pas si elle est sortie du coma, c'est insupportable de nous faire ça ! De rester sans réponse.

Même si la plupart du temps, Travis comate dans le canapé du salon lorsque nous avons une discussion concernant Sarah, je sais qu'il est furieux contre eux, lui aussi.

Évidemment, il ne le montre pas, mais nous ne sommes pas stupides… l'alcool et autres drogues qu'il engloutit à longueur de journée et les filles qu'il ramène, dans son lit, chaque soir ne nous trompent pas, loin de là.

D'ailleurs, l'état dans lequel il était lorsque nous les avions rejoints à l'hôpital me conforte encore plus dans ma conviction qu'il éprouve une grande peine pour ce qui s'est passé.

Calvin et Jared m'ont rapporté, ce soir-là, que Travis avait suivi Sarah. D'après ses dires, il aurait soupçonné de suite que quelque chose n'allait pas et il avait enfourché sa moto pour la suivre, voulant s'assurer qu'elle rentrerait saine et sauve au loft.

Si seulement…

Toutefois, j'ai eu un tout autre son de cloche venant de la part de mon demi-frère, Sean. Il m'a affirmé les avoir vus se disputer avant que mon amie ne se sauve, blessée et apeurée par la faute de Travis.

Évidemment, j'ai gardé cela pour moi et j'ai demandé à Sean de bien garder sa langue dans sa poche. Cette histoire est si compliquée que je ne veux pas que mon ridicule de frère ait à nouveau une énorme responsabilité et culpabilité sur le dos. Il en a eu assez dans le passé… et bien que je ne cesse de lui en vouloir, je me dois de le protéger autant que je le peux.

Néanmoins, j'ai tenté de discuter de cette situation improbable avec lui, quelques jours après l'accident de Sarah. C'est peut-être la curiosité qui m'a poussée à faire le premier pas vers lui, mais je l'ai fait, même si je le regrette amèrement à l'heure actuelle.

Travis était si furieux qu'il m'a envoyée balader sur les roses aussitôt après que je lui ai demandé s'il s'était passé quelque chose entre eux.

De suite, il est monté sur ses grands chevaux et m'a ri au nez, d'un rire si amer que j'ai su de suite qu'il mentait en affirmant que mon amie ne l'attirait pas du tout, que cette fille n'avait pas les épaules assez solides pour le supporter (ça, j'étais bien d'accord avec lui).

Pourtant, ses paroles m'avaient blessée, me bousculant dans la réalité. Qu'avais-je bien pu espérer ? Que mon frère serait bien meilleur au côté d'une fille comme Sarah ? Que, grâce à elle, il deviendrait celui qu'il était autrefois ?

Sans doute qu'au fond de moi, c'était effectivement ce que j'espérais.

Quelle idiote je suis !

Je secoue la tête et tente de penser à autre chose. Ce n'est pas évident, l'absence de nouvelles me hante, ça me déplait fortement et je réfléchis sérieusement à débarquer chez elle. Ses parents comprendront peut-être que nous ayons réellement besoin de la voir.

Et cette idée est encore bien ancrée dans ma tête quand je rejoins les autres sur la terrasse.

Le soleil frappe fort pour une fin novembre, je redoute même une canicule comme en 2012. Heureusement, pour le moment, nous n'avons pas encore atteint les 30°, mais nous n'en sommes pas loin. Je m'avance en passant une main sur mon front pour dégager mes mèches rebelles. Calvin semble occupé dans son script, il est installé à la table, sous le parasol. Quant à Jared, il sirote une limonade au bord de la piscine tandis qu'il écoute de la musique en prenant un bain de pied dans l'eau. J'esquisse un sourire, remarquant qu'il chantonne les paroles du refrain de Muse.

Cependant, ce bref moment de bonheur que je perçois en observant mon colocataire s'estompe trop vite. De l'autre côté de la piscine, se trouve Travis, allongé sur le hamac en train de peloter sa nouvelle conquête d'un soir.

Quel imbécile !

Je soupire, exaspérée par ce comportement mesquin, et me dirige vers Calvin qui finit par lever le nez de ses écrits. Visiblement, il est agacé, mais il sourit à mon approche.

– Salut.

– Salut, Nina. Tu as bien dormi ?

Je hausse les épaules et jette un œil discret vers ma montre.

Merde !

Il est déjà plus de treize heures.

– Pas très bien, comme d'habitude. Tu as l'air contrarié, je me trompe ? lui demandé-je en découvrant les traits sauvages qu'il a marqués sur son texte.

– C'est peu dire… avec l'absence de Sarah, il faut que je revois tout ce script et…

– Elle va revenir, Calvin, murmuré-je d'un ton rauque.

Il me fixe de ses grands yeux verts et je me mets à déglutir péniblement. Cette boule au fond de ma gorge refait son apparition et je sens la grande tristesse ramper au fond de moi jusqu'à ce que celle-ci se fonde dans mes yeux, les perçant peu à peu tandis que les larmes se démêlent.

– Eh… souffle-t-il en posant une main rassurante sur mon bras.

Je frémis, mais très vite, je me recule légèrement pour fuir son contact. J'essuie paresseusement mes larmes.

Ces traitresses.

– J'ai encore appelé, et c'est toujours la même chose, Calv ». Ils refusent de me dire quoi que ce soit.

– Je sais, murmure-t-il, un pli soucieux sur le front. Malheureusement, nous ne pouvons rien faire, Nina.

Je secoue la tête, je refuse de me faire à cette idée.

– Sarah est notre amie, elle me manque.

– Elle nous manque à tous, répond-il en fermant son dossier. Si tu as une idée pour que nous puissions avoir de ses nouvelles, je suis preneur, mais nous avons déjà essayé de contacter les cliniques d'Abilene et ses alentours, Nina. Personne ne veut rien nous dire. Ses parents ont dû donner des ordres au personnel…

– Où est Camille ? demandé-je, subitement.

– Elle est sortie avec une amie. Elle ne rentre que ce soir. Pourquoi ?

Un sourire en coin se dessine au bord de mes lèvres. Je regarde Calvin qui fronce les sourcils, d'un air inquiet.

– Qu'est-ce que tu as en tête ? me demande-t-il, insistant du regard.

Je hausse les épaules et lui parle de l'idée qui me trotte dans la tête. Je le sens se raidir à mon côté.

– Tu ne peux pas y aller seule, c'est imprudent. Tu ne sais pas quelle réaction pourraient avoir ses parents et… Nina, ne fais pas ça !

– Je me fous pas mal de leur réaction ! Ils n'ont pas demandé l'avis de Sarah pour la faire transférer chez eux. Ils ont profité de son coma pour l'emmener loin de nous !

– Je sais, mais c'est leur fille !

– Oui, et nous, nous sommes ses amis ! grondé-je avant de continuer d'une voix plus douce. Nous avons une semaine avant la reprise des cours. J'ai vraiment besoin de me rendre là-bas, Calvin.

Il secoue la tête, visiblement perplexe.

– Tu… ne peux pas te jeter dans la gueule du loup toute seule, sans personne pour te protéger.

– Me protéger ? répété-je, amusée. Je n'ai besoin de personne, je sais prendre soin de moi.

– Je ne pense pas que ce soit une bonne idée, répète-t-il en secouant la tête.

Je roule des yeux, exaspérée.

– Je ne te demande pas la permission, Calvin. Je fais ce que je veux !

– Évidemment, mais parles-en au moins à ton frère.

– Quoi ? m'étranglé-je en rivant mon regard vers Travis, toujours occupé avec sa morue.

Il n'a vraiment pas honte celui-là. Il n'a aucune tenue devant nous, on peut distinguer sa main droite dans le soutif de l'autre rouquine.

Je secoue la tête, lassée. Calvin grogne un juron entre ses dents serrées et me dit :

– Bon, je sais, ce n'est sans doute pas le moment de le déranger, mais si jamais il apprend que tu es partie seule et que j'ai laissé faire, il va me tuer.

– Arrête de dire n'importe quoi, il n'en a rien à foutre de ce que je fais de mes journées ! Et écoute, Calv », si je pars maintenant, je serai chez elle demain en début d'après-midi.

– Parce que tu comptes rouler toute la nuit ? me demande-t-il, furieux.

Je hausse à nouveau les épaules.

– Et quel véhicule comptes-tu prendre ? Je peux savoir ?

– Euh… j'avais… pensé que tu accepterais de me prêter ton nouveau 4X4.

Je fais une moue irrésistible, accompagnée de mon regard de biche. Je sais qu'il va craquer, j'ai eu plusieurs occasions de jouer à ce jeu-là avec lui et chaque fois, il cède.

– Après l'accident de Sarah, je me suis juré de ne plus prêter ma caisse, Nina.

– Peut-être, mais ça ne compte pas si tu te l'es juré à toi-même.

– N'importe quoi, marmonne-t-il en soupirant de lassitude.

– S'il te plaît. Je ferai attention et des pauses toutes les deux ou trois heures, si ça peut te rassurer.

Il secoue la tête.

Merde !

Moi qui pensais qu'il allait céder facilement, je me suis bien trompée.

Cependant, le voir hésiter pendant quelques secondes me redonne un peu d'espoir. Alors, j'anticipe très vite et lui assure que je l'appellerai pour le maintenir informé de mon itinéraire.

Il sourit, mais ce rictus a le don de faire monter l'appréhension que j'éprouve telle une vague meurtrière, dévastatrice.

– S'il te plaît, Calvin, le prié-je d'une voix mielleuse.

– Je ne sais pas vraiment si c'est la meilleure solution, mais je veux bien que tu prennes le volant, Nina, à une condition.

– Laquelle ? m'exclamé-je, toute joyeuse.

Le regard ancré au sien, je sens à nouveau une crainte paralyser ma gorge, endolorissant cette satanée boule omniprésente au fond du gosier.

CHAPITRE 3

Travis

– J'ai envie de toi, Travis, me souffle Sam au creux de l'oreille.

J'esquisse un faible sourire, ravi au fond de moi que cette fille n'en ait pas eu assez. La veille, je l'ai baisée jusqu'à ce qu'elle n'en puisse plus. J'étais fou de rage, hyper nerveux et complètement transi de haine. J'ai entendu ma sœur pleurer juste avant. Je n'en connais pas la raison, mais d'entendre le prénom de Sarah prononcé par Calvin, un peu plus tard, j'ai pensé aussitôt à ses parents qui ont encore refusé de lui parler.

– On n'est pas seuls, grommelé-je tandis que la main de la rouquine se glisse sous mon short.

Elle stoppe la montée de ses doigts vers ma queue et je serre les mâchoires.

– Emmène-moi dans ta chambre !

Un rire monte dans ma gorge.

– Ne me donne pas d'ordre, ma belle. Je te baiserai quand je le voudrai, en attendant, laisse-moi pioncer un peu.

J'ai vraiment besoin de dormir, je suis claqué. Ce cauchemar qui m'a réveillé toute la nuit m'a épuisé.

– T'es pas sérieux ? s'exclame-t-elle.

J'ouvre un œil et la fixe. Sam est penchée au-dessus de moi. Les pointes de ses mèches rousses chatouillent mon cou.

– Très sérieux, et si tu t'attends à autre chose, là, tout de suite, tu peux partir, réponds-je en refermant l'œil.

Je l'entends retenir un petit cri de protestation, mais je m'en contrefous. Ce n'est pas moi qui l'ai ramenée, il y a deux jours. C'est elle qui m'a suivi du *River Peace*. Défoncé, j'ai résisté à ses avances toute la soirée, mais entre téquilas et joints que mes potes et moi avons pris, j'ai joué à ce jeu à la con : pelotant sa petite cousine sous ses yeux.

Folle de jalousie, elle a attendu les dernières minutes avant mon départ pour parler avec sa jolie cousine. Puis elle est partie, et je sais très bien qu'elle a fait exprès de la mettre hors-jeu pour pouvoir se trouver dans mon pieu à sa place.

Je n'ai rien dit, j'ai laissé faire, même si j'aurais voulu baiser la jolie cousine qui ressemble un peu à Sarah. La ressemblance n'est pas évidente, bien sûr, mais son regard timide et réservé m'a fait penser à elle. Et je la voulais... je désirais plus que tout lui faire l'amour, mais shooté, je n'ai pas résisté quand j'ai vu Sam descendre de voiture quand je suis arrivé au loft.

Cette fille a de l'audace, elle m'a pratiquement violé dans l'escalier. Un sourire étire mes lèvres en repensant à son arrivée ici. Je secoue la tête et ouvre les yeux. Elle est toujours là, à me fixer d'un air suppliant pour que je la baise et si elle continue à me dévorer avec ces yeux-là, je n'arriverai pas à résister bien longtemps.

– Qu'est-ce que tu veux ? lui demandé-je d'un ton rauque.

– À ton avis ?

Je serre les mâchoires tandis que sa main se pose sur mon torse nu. Elle va encore parvenir à ses fins, elle est très forte.

Toutefois, un cri perçant, émanant d'une rage évidente, m'atteint. Surpris, je me redresse et fixe Nina qui discute avec Calvin et Jared. Elle semble furieuse, elle a de grands gestes envers eux.

Ma curiosité l'emporte aussitôt et je me dégage du hamac, laissant la rouquine un instant avant de me diriger vers les autres.

– T'es quand même pas sérieux ! Je peux me débrouiller seule, Calvin !

– Non, je suis d'accord...

– Je t'ai pas demandé ton avis, Jared ! grogne Nina.

J'ai envie de rire, mais elle prend conscience que j'approche et pousse un cri de frustration totale avant de lancer à l'adresse de Calvin :

– Très bien, alors dépêche-toi !

Il acquiesce d'un petit sourire en coin. Je fronce les sourcils. Qu'est-ce qu'elle fait ?

Je fixe Calvin et Jared. Leurs visages changent aussitôt à mes questions muettes.

– Euh… je vais chercher une bière.

De plus en plus étonné, je regarde Jared qui s'éclipse jusqu'à la cuisine puis demande à mon ami de m'expliquer ce qui se passe.

– Je pars avec ta sœur pour Abilene. Nina n'en peut plus, elle va finir par exploser si elle n'a pas de nouvelle de Sarah.

– Elle est complètement folle !

– Oui, c'est ce que je lui ai dit, mais elle ne changera pas d'avis, Travis. Elle est décidée à aller trouver les parents de Sarah.

– Qui lui a mis cette idée dans la tête ? aboyé-je, furieux.

– Personne ! Je vais l'accompagner, tout se passera bien, OK, vieux ?

– Je ne la laisserai pas aller là-bas. Ces fils de putes refusent d'entendre quoi que ce soit !

Il fronce les sourcils et m'interroge silencieusement. Je n'ai rien dit jusqu'ici, mais je ne peux plus me taire indéfiniment. Ma sœur doit absolument abandonner l'idée de rencontrer les parents de Sarah.

– Qu'est-ce que tu veux dire, Trav » ? Tu sais quelque chose qu'on ignore ?

Je ravale la bile au fond de ma gorge et hausse les épaules.

Merde, comment lui dire ce qu'ils ont osé me balancer à la figure ?

Je secoue la tête et murmure :

– J'ai failli me battre avec le père.

– Quoi ? s'exclame-t-il, furibond. Tu as fait quoi ?

– Je me suis retenu, Calvin. Il a été très loin dans ses paroles, c'est un enfoiré ! Un sale enfoiré ! grogné-je, les poings serrés.

– Qu'est-ce qu'il t'a dit ?

Je remarque à présent l'inquiétude qui vient de prendre place dans son regard. Il approche d'un pas et pose une main sur mon épaule. Rapidement, je m'en éloigne, bien trop énervé en repensant à ce que le père de Sarah m'a dit.

– Si tu penses vraiment que Nina ne devrait pas y aller à cause de son père alors dis-le-moi.

Je relève la tête et le fixe en serrant les dents.

– Tu viens de me dire que rien ne la fera changer d'avis.

– Merde, Travis ! Il s'agit de ta sœur, bordel ! Tu vas la laisser aller là-bas faire face à cet enfoiré, comme tu dis ?

– Oh non, murmuré-je en esquissant un large sourire à l'idée qui vient de germer dans mon esprit. Je suis de la partie.

– Quoi ?

– Je viens avec vous, tranché-je.

– Non, non, non, clame-t-il d'un ton effrayé. Tu ne peux pas, je n'ai pas envie de passer plus de dix-neuf heures à vous voir vous déchirer tous les deux.

Je hausse les épaules.

– Très bien.

Il me fixe, impuissant, et je suis satisfait de lire dans ses yeux troublés qu'il est en train de céder.

– Dis-moi ce qu'il t'a dit de si grave, Travis.

– Pas avant que tu acceptes de me prendre avec vous.

– Mais, qu'est-ce que ça va t'apporter, bordel ? T'en as que faire de Sarah et…

– Ça, c'est ce que tu crois ! hurlé-je sans le vouloir.

Son regard me scrute, je baisse la tête avant de la relever en prenant une longue inspiration. Il comprend que je suis sérieux et que je n'abandonnerai pas l'idée de les accompagner jusqu'à Abilene.

Il grogne un juron.

– Ta sœur va me tuer.

– Qu'elle essaie.

Il ferme les paupières et passe une main dans ses cheveux.

– OK, mais raconte-moi ce qui s'est passé.

J'émets un rire de vainqueur et accepte à mon tour de répondre à sa demande.

– Le lendemain, quand ses parents ont débarqué à l'hôpital… j'étais là.

– Quoi ? T'étais pas rentré… me coupe-t-il, l'air surpris.

– Je ne l'ai pas quittée de la nuit, Calv », avoué-je d'une voix rauque en serrant les poings. Ils m'ont demandé de partir quand ils m'ont vu à son chevet. J'ai refusé. J'ai essayé de leur expliquer que j'étais un de ses amis et cet homme… il m'a attrapé par le cou et m'a plaqué au mur…

– Oh, attends une seconde ! Tu dis qu'il t'a agressé ?

– Ouais, mais je n'appellerais pas ça une agression, il ne m'a pas fait peur, loin de là, mais la mère de Sarah, qui se tenait derrière lui, était en pleurs… J'ai résisté pour ne pas le massacrer, je t'assure.

– Je te crois… dit-il, hésitant, mais visiblement soulagé. Mais pourquoi s'en est-il pris à toi ?

Je hausse les épaules et pousse un long soupir avant de lui expliquer toute l'histoire.

– Avant leur arrivée, j'ai discuté avec une infirmière. Elle m'a vraiment rassuré sur l'état de Sarah et elle… m'a soutenu pendant que j'étais seul dans cette chambre à attendre qu'elle soit remontée du bloc opératoire.

Je m'arrête un instant tandis qu'un flot d'émotions monte en moi sans que je m'y attende. Calvin ne loupe rien de l'angoisse qui nait sur mon visage. Il approche et pose une main sur mon épaule, en signe de soutien.

– Continue, me dit-il.

Je hausse la tête et m'exécute.

– J'avais beaucoup bu, Sarah aussi… cette infirmière m'a écouté, Calvin. Je ne sais pourquoi mais elle m'a écouté parler de ma putain de vie et de ce que…

Je n'arrive pas à continuer, c'est n'importe quoi…

– Tout ce que j'ai fait, repris-je… c'est de lui dire que je m'entendais bien avec elle et que je voulais qu'elle s'en sorte. Quand son père a débarqué, il a cru que j'avais une liaison avec sa fille et que je lui avais fait du mal. Que c'était ma faute, si elle se retrouvait dans cet état.

– Il ne sait pas ce qu'il dit ! s'exclame-t-il. Sa fille a eu un grave accident, il cherchait un responsable et t'étais là… ne culpabilise pas, Trav ».

Un rire nerveux s'échappe de ma poitrine douloureuse.

Et pourtant… la culpabilité me ronge chaque jour qui passe.

Je secoue la tête, tentant de reprendre mes esprits.

– Il faut que je vous accompagne, Calvin. Il le faut.

Il me regarde avec un air compatissant, je déteste ça.

– Évidemment, mais ne fais rien qui puisse te le faire regretter toute ta vie.

– T'inquiète pas, j'ai eu assez de merde pour en rajouter.

– Je sais, appuie-t-il. J'y veillerai.

Cette fois, mon regard s'emplit d'émotions. Que je le veuille ou non, des larmes brouillent ma vue, et je m'en reprends très vite et le remercie.

– Je vais dire à Sam de rentrer chez elle et je vais prévenir Nina.

Je suis sur le point de me diriger vers la rouquine qui m'attend au bord de la piscine quand la voix de Calvin m'arrête.

– D'accord, mais s'il te plaît…

Je me retourne et plante mon regard dans le sien.

– Ne vous déchirez pas, OK ? Elle a retrouvé l'amie qu'elle a perdue, elle aime Sarah et ne veut en aucun cas la perdre.

J'esquisse un sourire et acquiesce d'un hochement de tête avant de rejoindre Sam, la gorge serrée par les souvenirs du passé qui hantent mon esprit.

CHAPITRE 4

Nina

– Tu es déjà prêt ? demandé-je en entendant la porte de ma chambre s'ouvrir.

– Pas encore.

Je fais volte-face, furieuse, et hurle à mon frère de dégager.

– Sors de cette pièce, Travis !

Il refuse d'un signe de tête et referme la porte. Il s'avance vers le lit où mon sac est posé.

Mais qu'est-ce qu'il fiche, ce con ?

– Il faut qu'on parle.

– Je n'ai pas envie de parler avec toi ! Dégage de ma chambre !

– On a tout le temps, mais il faut que je te dise quelque chose d'important. S'il te plait.

Je reste surprise, atterrée par sa façon de parler, mais surtout, par le ton sérieux et presque suppliant qu'il prend pour que je l'écoute. Je fronce les sourcils, tentant de chercher dans son regard ce qui cloche chez lui.

Cela fait un moment que Travis et moi n'avons pas communiqué plus de deux minutes. Chaque fois qu'il dit un mot à mon adresse, j'ai juste envie de le fuir ou de le tuer de mes propres mains pour me venger d'elle.

– Nina… il faut que je te parle.

– Je ne pense pas que ce soit plus important que ce que je compte faire dans l'immédiat, réponds-je, poursuivant ma tâche.

Je l'observe du coin de l'œil en terminant de mettre mes vêtements dans mon sac. Il me regarde sans broncher, et là, quelque chose se déclenche en moi, mon instinct… l'instinct de méfiance de ce qu'il a à me dire.

Alors, je pousse un long soupir de lassitude et referme mon sac à dos avant de m'installer sur le bord du lit.

– Vas-y, je t'écoute, mais t'as intérêt à faire vite !

Je remarque aussitôt son sourire en coin qui se dessine au bord de ses lèvres pleines. J'ai l'impression de m'être fait avoir – encore une fois – par ce qui me sert de frangin.

Un petit cri frustré s'échappe de ma gorge. Il rit.

Connard !

– T'énerve pas ! Nana, je veux…

– Ne m'appelle plus jamais comme ça, t'as perdu ce droit, n'oublie pas ?

Mon rappel à l'ordre l'atteint de plein fouet. Il serre les poings et tente de garder un visage impassible, mais je ne suis pas dupe, je le connais trop bien.

– Ouais, je n'ai pas oublié, répond-il d'un ton neutre.

Je suis peut-être trop dure avec lui, mais ce qu'il m'a fait est impardonnable.

– Accouche, Travis, je n'ai pas que ça à faire.

– Bien ! s'exclame-t-il, limite énervé à son tour.

Je croise les bras sous la poitrine et attends qu'il me dise ce qu'il y a de si important à me confier.

Bordel de merde !

Je jurerais qu'il hésite vraiment à cracher le morceau.

– Travis ! insisté-je d'un ton autoritaire.

Il hoche la tête et plonge les yeux dans les miens.

Ses lèvres s'entrouvrent et il commence enfin :

– Calvin m'a dit que tu voulais voir Sarah et je suis d'accord…

Je n'arrive pas à contrôler le rire perçant qui m'échappe.

– Je me moque que tu sois d'accord ou non !

– Laisse-moi continuer, bordel ! grogne-t-il, le regard durci par la colère.

– Très bien, je t'écoute ! lâché-je, moqueuse.

– Je comprends tes peurs et l'angoisse que tu ressens à ne pas avoir de ses nouvelles. Parce que… je sais qu'elle compte beaucoup pour toi…

– Ce n'est pas tes affaires, murmuré-je, émue.

– Je sais et je ne m'interposerai pas entre votre amitié, mais je tenais à ce que tu saches que son père me tient responsable de ce qui est arrivé et qu'il n'appréciera certainement pas de voir quelqu'un de nous débarquer.

Mes yeux sortent de leurs orbites.

– Comment… de quoi parles-tu ? Pourquoi pense-t-il que t'es responsable ? C'était un accident et… non…

Je m'arrête, incapable de prononcer quoi que ce soit d'autre. Travis était avec elle, il l'avait suivie… Sean…

– C'est pas possible, murmuré-je en prenant mon visage entre les mains. Ne me dis pas qu'il a dit vrai ?

– De qui tu parles ?

– Sean ! Je parle de Sean ! hurlé-je, furibonde.

Son visage pâlit et j'ai l'impression que mon monde s'écroule de nouveau. Je bondis du lit et m'approche de la porte dans l'intention de le foutre dehors.

Toutefois, je n'ai pas le temps de l'atteindre que Travis m'attrape le bras et m'oblige à me tourner vers lui.

– N'écoute pas ce que ce fils de pute raconte ! Je n'ai rien fait, Nina. Je te le jure.

Les larmes aux yeux, je me dégage de son emprise et le foudroie du regard.

– Comme tu n'avais pas blessé, Jenny Smith ?

C'est un coup bas et je l'assume.

Totalement.

Ses épaules se voûtent vers l'avant et il semble avoir pris un coup de couteau dans le dos. Son visage est crispé par la douleur à l'écoute de son prénom, tout comme je saigne de l'intérieur de l'avoir prononcé.

– Je sais qu'à tes yeux, je suis responsable de sa mort, et je l'assume. Mais je ne suis pas coupable de ce qui s'est passé avec Sarah. Ne me fais pas porter le chapeau, Nina, pas avec elle. Pas cette fois !

Ce qu'il vient de dire me brise un peu plus. Je redresse la tête et le fusille du regard.

– Que veux-tu dire par ce qui s'est passé avec elle ?

Il déglutit péniblement.

Et je devine, du moins, j'imagine qu'ils se sont rapprochés cette soirée-là avant que ça se termine mal.

– Tu ne peux pas t'en empêcher, n'est-ce pas ?

– Il n'y a rien eu, cesse de te faire des films.

– Sean m'a dit t'avoir vu te disputer avec elle et qu'elle te fuyait. Tu étais là à l'hôpital et quand les secours sont arrivés, tu étais le seul avec elle. Raconte-moi ce qui s'est passé où je te jure que plus jamais…

– Arrête !

Ses mains ont agrippé mes bras et il me secoue pour que je puisse reprendre mes esprits. Je ne m'étais pas entendue hurler ainsi depuis longtemps, depuis le jour où j'ai trouvé ma meilleure amie sans vie.

Par sa faute…

– Je te hais, Travis ! Je te déteste pour tout ce que tu as fait, crié-je, le visage mouillé par les larmes.

– Déteste-moi autant que tu veux, mais tu es ma sœur, Nina, et je t'aime plus que tout, que tu le veuilles ou non, je t'aime et je ne te laisserai pas affronter les parents de Sarah sans que je sois là.

Je refuse d'en entendre davantage, je me bouche les oreilles et secoue la tête frénétiquement. Il m'aime ? La bonne blague ! C'est de sa faute si nous en sommes arrivés là, tous les deux ! Il n'a pas voulu m'écouter quand je lui ai demandé de la laisser, de s'éloigner d'elle car j'étais persuadée qu'il la ferait souffrir.

– Nina, je t'en prie, souffle-t-il en m'attirant dans ses bras, place où je refuse de me trouver…

Je me débats et pleure toutes les larmes de mon corps, mais il ne me lâche pas et serre ses bras puissants plus fermement autour de mon corps.

Je n'arrive pas à le combattre, il est bien trop fort.

– Calme-toi, s'il te plaît.

J'essaie à nouveau de me débattre, de sortir de son étreinte, mais un sanglot s'échappe de ma gorge et je me laisse aller contre lui, entre ses bras réconfortants.

Il me laisse pleurer jusqu'à ce que les sanglots cessent enfin. Sa main va et vient dans mon dos, ce qui m'apaise, étrangement.

– Je suis tellement désolé, Nina.

Je ferme les paupières et tente de sortir les souvenirs du passé qui reviennent me briser un peu plus encore. Toutefois, la vision de Travis qui me supplie à genoux de le croire sur son innocence me hante.

Je retrouve de suite mes forces et le repousse sans ménagement. Il me regarde, incrédule. Qu'est-ce qu'il a cru ? Que j'allais tout oublier après cet instant de faiblesse ?

Je secoue la tête et attrape mon sac à dos avant de me diriger vers la porte. La main sur la poignée, prête à partir tout de suite, j'hésite un instant et me tourne vers lui.

Nos regards s'ancrent aussitôt. Quelque chose dans ses yeux m'atteint, mais je repousse rapidement cet élan de compassion que j'éprouve en fixant la tristesse de ses traits.

– Je ne t'empêcherai pas de venir, mais si tu m'aimes comme tu le dis, ne t'approche plus jamais de Sarah.

– C'est… mon amie aussi, Nina.

Je déglutis, ferme les yeux et les rouvre avant de fixer le sol, refusant de regarder la peine que je lui inflige.

– Tu n'es pas son ami, Travis. Aucune fille ne peut être amie avec toi. Tu es son colocataire et rien d'autre. C'est compris ?

– Très bien, claque-t-il avant de serrer les mâchoires.

Je hoche la tête, ayant bien conscience que j'ai pris le rôle de la garce de sœur, mais je ne veux pas perdre Sarah. C'est mon amie et elle le restera, j'empêcherai mon frère de me l'enlever.

– Je vais… préparer quelques affaires, me dit-il.

Je ne réponds pas et sors de ma chambre avant de rejoindre Calvin dans le salon.

***

Cela fait presque quatre heures que nous avons quitté la Californie. Quatre longues et interminables heures que je n'ai pas accordé un seul regard à ce qui me sert de frère. De toute façon, il ronfle à l'arrière depuis que notre véhicule a quitté la ville. Lui qui était si obstiné à nous accompagner, monsieur cuve pendant le trajet !

Je secoue la tête, essayant de balayer de mon esprit notre conversation dans ma chambre et, surtout, le moment où j'ai craqué dans ses bras. Je m'en veux et me dégoûte presque d'avoir été aussi faible devant lui. Je m'étais douté que Sean avait dit la vérité. Ce n'est pas un menteur comme Travis. J'espère tout simplement qu'à partir d'aujourd'hui, il restera loin d'elle, il me l'a promis. Sarah ne sera, à ses yeux, qu'une colocataire comme Camille, rien de plus. S'il s'amuse à tenter quoi que ce soit, il aura à faire à moi et Sean, car je compte bien l'appeler dès notre retour pour m'excuser de ne pas l'avoir cru.

Heureusement, la mélodie qui s'échappe des enceintes des portières me permet de m'évader un peu et d'ignorer tous les tracas de mon quotidien.

Calvin est concentré sur la route. Il ne pipe mot depuis une bonne demi-heure. Je suis consciente qu'il a tenté de me faire la conversation tout à l'heure, mais il a bien vu que je n'avais pas envie de discuter, et pour cause : la présence de mon frère m'insupporte.

Je fixe le paysage qui se déroule sous mes yeux depuis un long moment quand je remarque que nous entrons dans Las Vegas. Je jette un œil au GPS et lève un sourcil.

– Pourquoi nous passons dans cette ville ? demandé-je à l'adresse de Calvin qui tourne la tête vers moi.

– Il faut faire une petite pause. Nous en profiterons pour acheter de quoi manger et boire.

Je grommèle ma désapprobation, mais heureusement, Calvin n'a rien entendu. Toutefois, quelques minutes plus tard, il reprend la parole et m'informe qu'il reste encore plus de quatorze heures de route et qu'il serait préférable de trouver un endroit où dormir.

– Il n'est que dix-sept heures ! rétorqué-je.

Il soupire de lassitude et ralentit son 4X4 devant une station essence. Il braque le volant et me lance :

– Je vais faire le plein. Pendant ce temps-là, va dans la supérette acheter ce qu'il nous faut.

Je roule des yeux et détache ma ceinture de sécurité avant même qu'il se gare devant la pompe.

– Tu sais, je peux prendre le volant si tu…

– Non, Nina ! s'exclame-t-il. Tu étais d'accord avant notre départ pour le Kansas, nous passerons la nuit ici et repartirons aux aurores demain.

– On peut encore rouler un peu, Calvin ! Il ne fait pas nuit, insisté-je en plongeant mon regard dans le sien.

Je le vois lever les yeux avant de jeter un œil au-dessus de son épaule. Instinctivement, je fais de même et remarque que Travis commence à émerger de son sommeil.

– Écoute, Nina… tiens, achète tout ce qu'il nous faut pour le trajet de demain, nous éviterons de nous arrêter, mais ce soir, nous allons trouver un hôtel pour nous reposer, d'accord ?

Je fixe la carte bancaire qu'il me tend. J'insiste sans faire un geste pour la lui prendre.

– Je peux conduire une heure ou deux avant de nous arrêter dans un hôtel !

Je sens que je l'agace et tente alors de radoucir le ton de ma voix qui vient de monter.

– Très bien, cédé-je en ouvrant la portière.

– Bien, prends ça ! l'entends-je dire avant que le bruit de la porte que je viens de claquer volontairement ne couvre sa réponse.

Je peux payer nos achats moi-même.

Aurait-il oublié que mon cher père remplit mon compte en banque chaque début de mois ?

Furieuse, j'accélère le pas et entre dans la boutique sans un regard derrière moi. Je suis presque certaine que Travis s'est réveillé. J'avoue que c'est ce que j'ai espéré en claquant la portière. Ce paresseux se bougera sans doute les fesses à présent, au lieu de roupiller sur la banquette pendant que Calvin et moi restons éveillés à fixer le long trajet.

Dans la petite boutique, il n'y a qu'un client qui tient la main de sa petite fille en déambulant dans les rayons. J'esquisse un sourire à leur adresse tandis que je ne peux ressentir un sentiment de compassion, en entendant son père lui dire qu'il avait une longue route à faire et qu'il ne fallait pas gaspiller l'argent qu'ils avaient. À mon avis, la poupée de chiffon qu'elle veut attendra encore quelque temps.

Je fouille les rayons du regard à la recherche de quelques bricoles à manger. Très vite, mes bras sont chargés de chips, de gâteaux et de sucreries en tout genre. J'ouvre le réfrigérateur à côté de la caisse et attrape des bouteilles de soda sous le regard amusé du vendeur.

– Vous désirez un coup de main ?

– Non, ça va aller, c'est gentil. Merde… pesté-je à voix haute quand une canette m'échappe.

L'homme grassouillet au teint pâle sort de derrière le comptoir et vient à mon aide. Il me débarrasse de quelques-uns de mes fardeaux avant de ramasser la boisson au sol.

Je souffle un remerciement, un sourire crispé aux bords des lèvres et approche du comptoir pour y déposer mes achats. À un moment, je croise le regard de la fillette tandis qu'elle reluque les sucettes sur leur présentoir.

Cette fois, je souris franchement tandis que le vendeur commence à scanner mes articles. La petite appelle son père et lui demande s'il veut bien lui payer une sucrerie à la fraise. Il refuse.

Gros con !

Je soupire de lassitude, me demandant comment on peut refuser cela à son enfant, surtout que cette petite possède une bouille irrésistible. Je ne comprends pas, mais peut-être est-ce parce que j'ai toujours eu ce que je voulais ?

Cependant, je cesse de m'interroger et d'en vouloir à ce père qui a certainement des problèmes d'argent. Je m'approche de la gamine et lui adresse un petit clin d'œil complice tandis que j'attrape trois, non, quatre sucettes à la fraise.

Puis, remarquant le regard sévère du père, je retourne à ma place et me penche vers l'épicier qui a rangé mes achats dans deux gros sacs.

– Excusez-moi… est-ce que vous pourriez donner cela à cette petite quand son père viendra régler ses articles ?

Il fronce les sourcils et me considère un instant avant de prendre les sucreries qu'il pose à côté de son tiroir-caisse.

– Oui, bien sûr… c'est très gentil à vous. Quarante-trois dollars, murmure-t-il en affichant un large sourire.

Je réponds à son sourire et lui tends ma carte pour régler. Pendant qu'il fait son travail, je jette un coup d'œil par la vitrine et constate que Travis est bel et bien sorti de son sommeil. Mon frère se tient à côté de Calvin qui vient de finir de faire le plein du 4X4.

De suite, mon esprit s'évade à mille lieues d'ici. Mon regard scrute Calvin, et je ne peux m'empêcher de le trouver vraiment beau. Pas simplement parce qu'il a un corps que toutes les filles normalement constituées désirent toucher, mais parce que quelque chose de beau émane de lui, de chaque parcelle de sa peau.

Je me souviens de la première fois où je l'ai vu comme si c'était hier. Son regard si intense et son sourire ravageur m'avaient réduite au silence, me faisant perdre tous mes moyens.

– Mademoiselle ? Mademoiselle ?

Merde !

– Oh, désolée.

– Ce sont vos amis ?

Perturbée, j'essaie de remettre mes idées en place et remarque qu'il me rend la carte.

– Oui, merci, réponds-je avant d'attraper mes sacs. Au revoir, lancé-je à l'épicier et au père de l'enfant en lui souriant.

L'air frais me sort complètement de ma rêverie. Toutefois, quand Calvin accourt pour me débarrasser des provisions, je sens mon cœur manquer un battement.

CHAPITRE 5

Travis

– Tu as acheté que des conneries, tu t'en rends compte ?

Nina se tourne vers moi d'un geste vif. Je fais un pas en arrière, certain qu'elle va m'en coller une, mais elle s'abstient.

Remarquant son visage cramoisi par la colère, j'esquisse un sourire et lève les mains en signe de reddition.

– Mais bon, si tu veux devenir obèse, c'est pas mon problème !

– Fiche-lui la paix, Travis ! grommèle Calvin en déposant les sacs de provisions dans le coffre.

Je lève un sourcil.

Depuis quand prend-il sa défense, celui-là ?

Cependant, je ne dis rien et hausse les épaules avant de m'avancer vers l'enseigne.

– On peut savoir où tu vas ? me demande Calvin.

Je soupire et sans me retourner, je lance :

– Aux chiottes ! Tu veux me la tenir, peut-être ?

J'entends des jurons qui s'échappent de la bouche de ma sœur et cela m'amuse. Elle n'avait pas à me prendre de haut.

Je reviens vers eux après de longues minutes. J'en ai profité pour fumer quelques bouffées de pétard avant de les rejoindre.

Quand je monte dans le 4X4, Calvin et Nina sont occupés à bidouiller sur le GPS.

– Qu'est-ce que vous faites ?

– Tu pues l'herbe, bordel ! s'exclame soudain Nina en me foudroyant d'un regard assassin.

Pour toute réponse, je lui souris avant de me pencher entre leurs sièges.

– Je suis majeur et vacciné, sœurette, aboyé-je, comprenant qu'elle attend une attaque cinglante de ma part.

– Commencez pas, vous deux. On cherche un hôtel où passer la nuit, dit-il, évitant ainsi à Nina de rétorquer.

Je souffle un « merde », je n'ai pas envie de pioncer dans un hôtel de cette ville.

– C'est bon, nous irons au Carlton, il se trouve au bout de la ville.

– Mouais, au moins, on gagnera encore quelques kilomètres, c'est ça ?

J'assiste à leur échange, le sourire aux lèvres. Visiblement, Nina est pressée d'arriver à Abilene. Tout comme je le suis, mais je me garde bien de leur avouer. Et puis, Calvin est vraiment claqué, dans la nuit, il n'a pas arrêté de bosser sur le script.

À contrecœur, Calvin accepte et met le moteur en marche. En moins de dix minutes, nous arrivons au parking de l'hôtel. Je passe une main dans mes cheveux ébouriffés et descends de la voiture.

Ce petit hôtel est moyen, nous attendons pendant plus de cinq minutes avant qu'un homme ne se rende derrière son comptoir pour nous accueillir.

Nous prenons deux chambres et je lance un clin d'œil à l'adresse de Nina avant d'arracher le PASS des mains de mon ami. Puis je monte à l'étage, pressé de prendre une douche.

Quand je referme la porte de la chambre, je détaille du regard l'intérieur et soupire doucement avant de balancer mon sac sur le matelas. C'est au moment où je m'empresse de me rendre dans la salle de bains que mon téléphone sonne.

Merde !

Vivement, je fixe le numéro qui vient de s'afficher sur l'écran de mon portable.

Soucieux, je décroche et entends un faible souffle.

– Allo ?

La personne ne répond pas et je perds patience. Je répète d'un ton plus froid.

– Allo ?!

Mes doigts se crispent autour du téléphone, agacé de parler dans le vide.

– Qui est à l'appareil ? insisté-je tout en m'installant sur le bord du lit.

Je perçois un souffle plus fort, peut-être même un sanglot étouffé, mais je n'ai pas le temps de dire quoi que ce soit que la personne raccroche.

La pensée que ce soit Sarah me vient à l'esprit, ce qui m'inquiète fortement. Toutefois, je la balaye directement de mon cerveau et pousse un long soupir de lassitude.

Je me demande comment elle va réagir lorsqu'elle va nous voir débarquer ainsi chez elle. D'ailleurs, je me demande où elle est et comment elle va ?

Je sais que ses parents l'ont transférée au Center Régional d'Abilene. Je n'hésite plus un instant et recherche sur Google leur numéro de téléphone, avec un peu de chance, je tomberai sur une standardiste compatissante.

Les derniers appels que Nina a passés ont été infructueux. Très vite, je compose le numéro et serre le poing, priant silencieusement pour que j'arrive à obtenir une réponse concrète.

Quand la personne me répond, j'essaie de calmer la montée d'appréhension que j'éprouve et d'une voix plus calme, je me présente :

– Bonsoir, désolé de vous déranger, docteur Parrish à l'appareil. Je vous appelle concernant ma patiente Mademoiselle McGowe. Je voudrais connaître les dernières nouvelles de son état.

– *Oh, attendez, Docteur, je me renseigne. Un instant, s'il vous plaît.*

– Bien, soufflé-je en levant le poing victorieux.

Cependant, je reprends un visage impassible tandis que la porte s'ouvre sur Calvin. Il me regarde d'un air interrogateur et je lui enjoins par un signe de la main de rester silencieux quand la voix de mon interlocutrice se fait entendre.

– *Docteur Parrish, c'est bien ça ?*

– Euh, oui.

– *Votre nom n'est pas indiqué dans son dossier.*

– Oui, oui, car elle a déménagé, je veux dire, elle était à Los Angeles et…

– *Ah, les informations n'ont pas été mises à jour, dans ce cas.*

– J'en ai bien peur, en effet, réponds-je d'une voix bredouillante.

– *Votre patiente va mieux. Elle est sortie du coma, mais nous la gardons en observation.*

– Depuis quand est-elle réveillée ?

– *Sept jours.*

– Elle ne présente aucune séquelle ?

– *Neurologique ? Non. Tout va bien de ce côté-là, sauf qu'elle a des difficultés à se rappeler ce qui s'est passé juste avant son accident. Mais ses souvenirs reviendront, les médecins sont optimistes.*

– Oui... oui, c'est parfait, soufflé-je. Je vous remercie beaucoup. Au revoir.

– *Mais...*

J'ai déjà raccroché.

Le sourire béant sur mes lèvres s'efface lorsque mon regard croise celui de Calvin.

– Ne me dis pas que...

Je lève une main défensive tandis qu'il s'approche de moi.

– Non, non. Je suis resté prudent, je t'assure, réponds-je, arborant un sourire satisfait. Elle est bien hospitalisée au Centre Régional d'Abilene, Calvin. Elle va bien, elle est sortie du coma.

– C'est génial ! s'exclame-t-il. Il faut prévenir Nina.

– Non ! crié-je en me levant d'un bond. Ne lui dis rien pour l'instant. Nous irons directement à l'hôpital.

– Tu comptes l'enlever ? me demande-t-il après une longue minute de silence.

Je hausse les épaules. J'avoue que l'idée m'est venue à l'esprit.

– Travis, nous n'allons pas faire n'importe quoi.

– Je sais.

– On doit mettre Nina au courant et on avisera ensuite ce qu'on va faire.

– On peut peut-être l'appeler, ils nous passeront sa chambre.

– À mon avis, ses parents ont fait le nécessaire pour que cette option ne soit pas envisageable.

Je baisse les yeux et serre les lèvres, réfléchissant silencieusement. Mes sentiments deviennent contradictoires et cela me mine. Je suis heureux d'apprendre qu'elle va mieux, qu'elle est sortie du coma, mais je ne peux m'empêcher de redouter la suite des événements.

– Qu'est-ce qui t'arrive, Travis ?

Je tourne la tête et fixe un instant Calvin qui me scrute depuis plusieurs minutes comme s'il cherchait à lire en moi. Je soupire de nouveau, las et impuissant, car nous sommes encore à plusieurs kilomètres de Sarah.

– Putain ! grogné-je sous le regard interloqué de mon ami.

Je secoue la tête, incapable de sortir ce que je ressens au fond de moi.

C'est douloureux, intense et incontrôlable.

Soudain, la main de Calvin m'empêche de tourner en rond dans la pièce. Je plonge mon regard dans le sien et souffle un grognement provenant du plus profond de ma gorge.

– Calme-toi. On trouvera une solution.

– Nina a raison, nous devrions reprendre la route, Calvin.

Il refuse d'un signe de tête.

– C'est une mauvaise idée. Nous partirons demain matin à l'aube. En comptant une pause à midi et une dans l'après-midi, nous devrions arriver au Kansas en fin de soirée.

– Et je suppose que nous devrons attendre le lendemain matin pour nous rendre à l'hôpital ? Tu imagines que ses parents s'y trouvent ? l'interrogé-je tandis qu'il hausse les épaules.

– Nous essaierons de les éviter un maximum. Ta sœur veut juste se rendre compte par elle-même qu'elle va bien et qu'elle est d'accord sur le fait d'avoir été transférée dans cet hôpital.

– Et si ce n'est pas le cas ? Tu penses qu'elle va faire quoi ?

– J'en sais rien, mais nous ne pouvons pas faire grand-chose, Travis. Sarah est grande et elle prend ses décisions toute seule.

– Elle n'est pas majeure et…

– Ses parents l'ont émancipée, Trav ».

Surpris, je le fixe en attendant qu'il développe, mais il n'en fait rien. Il baisse le regard et semble mal à l'aise de m'avoir fourni cette information.

– Calvin, comment tu sais ça ? insisté-je.

J'ai du mal à comprendre ce qui se passe. J'aimerais savoir d'où il tient cette information qui est capitale dans cette situation, sait-on jamais.

Toutefois, je me rends compte que mon ami hésite beaucoup trop à me dévoiler ce qu'il sait. Je commence à sentir la colère qui monte en moi devant ce silence incommodant.

– C'est elle qui te l'a dit ?

Il hoche enfin la tête en un signe d'acquiescement.

– OK, soufflé-je, légèrement frustré qu'elle ne m'ait pas mis au courant. Écoute, je sais juste qu'elle est venue à L.A sans le consentement de ses parents… tu penses que c'est pour cette raison qu'ils l'ont transférée aussi vite ? Pour qu'elle quitte la Californie car ils n'étaient pas d'accord pour qu'elle vienne ici faire ses études ?

– Je n'en sais pas beaucoup plus sur ce sujet. Je pense que ta sœur est au courant de la situation, mais tout ce qu'elle m'a dit, c'est que ses parents lui ont donné l'opportunité de prendre son émancipation quand son père est tombé malade. Il y a deux ans, si mes souvenirs sont bons.

– Il est malade ? répété-je, surpris de l'apprendre.

– Il l'a été, gravement, les médecins ont réussi à le guérir. Il va mieux maintenant, mais Sarah a été dans l'obligation de prendre les initiatives pour la ferme.

– Et sa mère ? demandé-je, vraiment étonné que ce soit Sarah qui ait dû assumer de telles obligations durant cette épreuve.

Il hausse les épaules et pousse un soupir avant de venir s'installer sur le bord du lit. Je l'observe pendant un petit moment, cherchant à deviner ses pensées.

– La famille de Sarah est très… comment te dire ça ?

Je lève un sourcil et patiente qu'il trouve ses mots.

– Le père interdit beaucoup de choses. La mère de Sarah ne sort pas trop de chez elle sans lui, d'après ce que Nina m'a dit.

– Nina t'a dit ça ?

– Il pense que les femmes doivent rester à la maison et préparer le repas quand leurs maris rentrent d'une dure journée de labeur, poursuit-il. Il ne voit pas d'un très bon œil l'émancipation de la femme, les libertés qu'elle a dans le monde d'aujourd'hui. Il est un peu comme toi, il ne veut pas évoluer.

– Je ne vis pas au moyen âge, grondé-je, blessé qu'il m'identifie ainsi au père de Sarah.

– Je sais, je sais… mais tu n'as aucune considération pour la femme, ne me dis pas le contraire.

– Bien sûr que si ! Tu te trompes, me défends-je.

C'est vraiment insensé qu'il pense le contraire. Je veux lui ôter cette impression sur-le-champ.

– J'aime les femmes et je les respecte !

– Tu plaisantes ! s'exclame-t-il en riant.

Je secoue la tête et roule des yeux avant de rétorquer :

– Loin de là, Calvin ! Oh, crois ce que tu veux, je m'en branle !

Voilà, il m'a énervé avec ce regard froid et en même temps moqueur.

– Tu couches avec une fille différente chaque soir et tu les respectes ? Travis, si c'était le cas, tu ne chercherais pas à tout prix à te faire toutes les meufs du bahut ni même de la côte ouest !

– Je les respecte, articulé-je fermement. Dans le cas contraire, je leur ferais croire que j'ai envie d'une relation sérieuse avec elles et je les jetterais comme des vieilles chaussettes le lendemain, après les avoir baisées ! Ce n'est pas comme ça que je fonctionne, Calv », et je pensais que tu le savais et que tu comprenais…

– Que je comprenais quoi, Travis ?

Je le regarde et déglutis péniblement avant de baisser les yeux.

– Rien.

– Voilà, c'est ça ton problème ! Tu ne peux pas t'empêcher de tout vouloir et quand on te demande pour quelles raisons tu es aussi narcissique et…

– Narcissique ? Moi ?

À l'évidence, il est agacé et lève les mains en signe de reddition.

– OK, je laisse tomber. Tu fais ce que tu veux avec les filles, mais un jour, tu regretteras ton comportement, Travis.

– Pourquoi le regretterais-je ? Les filles qui viennent dans mon lit savent ce qui les attend. Je ne leur mens pas, ce n'est que pour le plaisir et elles en sont satisfaites !

– Et tu n'en as pas marre, franchement ? Un jour, tu passeras à côté de la fille de ta vie et tu t'en mordras les doigts !

Je pars dans un grand éclat de rire. Un rire tonitruant qui me vrille les tympans, les rendant douloureux quand je remarque l'expression du visage de mon ami. Il ne semble pas sidéré, mais juste indifférent, comme si ma réaction ne le surprenait même pas. Et ce que je lis dans son regard à cet instant me serre un peu plus la poitrine.

– Arrête tes conneries, soufflé-je, agacé. Ce n'est pas de sitôt que ça arrivera et même si c'est le cas, je m'en fiche complètement, Calvin. Je ne me caserai jamais avec une de ces filles qui… putain, merde ! m'écrié-je. Je ne cherche pas et ne chercherai jamais à me mettre avec une seule femme. Je ne suis pas mon père qui a retourné sa veste et qui est maintenant avec l'autre débile…

– C'est ça, nous y sommes, n'est-ce pas ?

Je serre les mâchoires et l'assassine du regard.

L'enfoiré !

– Tu n'es pas ton père, c'est sûr, Travis. Mais pour le moment, tu es en train de prendre le même chemin que lui. Tu as déjà souffert de la situation, dois-je te le rappeler ?

Cette fois, ce sont mes poings qui se serrent. Je ne pense pas être capable de me retenir de lui envoyer un coup s'il poursuit cette discussion.

– Je sais que non, alors reprends-toi avant qu'il ne soit trop tard.

Je me sens bien comme je suis, Calvin.

– Très bien, souffle-t-il, considérant la colère émanant de tout mon corps.

– Sois prêt dans dix minutes, je t’attends avec ta sœur dans le hall pour aller dîner.

Je desserre les dents et les poings et me dirige vers la salle de bains. La main sur la poignée, je me tourne vers lui et lui lance :

– Allez manger tous les deux, je n’ai pas faim.

Sur ce, j’ouvre la porte et la referme dans un claquement sec avant de clore les paupières, me laissant aller contre le bâti.

CHAPITRE 6

Sarah

Ma patience a des limites. Je n'en peux plus de rester enfermée dans cette satanée chambre. Je ne comprends pas ce qui est passé dans la tête de mes parents pour me faire rentrer aussi vite au Kansas.

Évidemment, je peux comprendre qu'ils aient eu la frayeur de leur vie, mais ils abusent vraiment. À mon réveil, il y a une semaine, j'ai demandé qu'ils me rendent mon téléphone afin de pouvoir appeler Nina, mais ils ont refusé catégoriquement, m'obligeant à ne penser à rien d'autre qu'à ma guérison et, pour cela, il me fallait le repos complet.

Ma mère m'a dit qu'à leur arrivée à Los Angeles, un de mes colocataires a été désagréable, en venant presque aux poings avec mon père. Heureusement, ils ne connaissent pas son nom, mais je suis pratiquement sûre qu'il s'agit de Travis.

Un tas de questions vient hanter mon esprit à cette pensée. Je me demande ce qui s'est passé entre eux et pourquoi ils n'ont pas essayé de m'appeler, surtout Travis après ce qui s'est déroulé entre nous à cette fête.

Cependant, je rejette cette question. Il a été clair avec moi, c'était pour le cul et rien d'autre. Il faut que je m'y fasse, je n'ai pas le choix de toute façon.

Je soupire lentement, évitant ainsi une douleur aiguë qui monte de ma poitrine à ma gorge. Celle-ci est encore assez douloureuse. Les médecins m'ont dit que c'est à cause du tuyau que j'avais dans la bouche pour m'aider à respirer.

Je n'en reviens toujours pas de ce que j'ai vécu durant ces quinze jours. Un accident.

Un putain d'accident !

Heureusement, je m'en suis bien tirée, même si je sais qu'à présent, la rééducation sera difficile pour ma jambe. Celle-ci est fracturée en trois parties et je vais devoir garder l'attelle qui maintient mes os à l'aide de vis.

Je secoue la tête et lève les yeux, évitant de regarder cette jambe trop longtemps. J'ai eu mon premier lever il y a quatre jours, et cela a été une catastrophe, vraiment. Mais au moins, ma jambe n'est plus suspendue dans le vide et je peux à présent me déplacer à l'aide d'une paire de béquilles.

Les infirmières sont gentilles, aimables. L'une d'elles plus que les autres. Georgia. Je souris, me souvenant que la veille, elle m'a emmenée prendre une douche, m'aidant à calfeutrer ma jambe droite à l'aide d'un sac-poubelle. Nous avons ri toutes les deux pendant de longues minutes au spectacle que j'offrais.

Ridicule !

C'est là qu'elle m'a avoué que j'étais dans un état lamentable quand je suis arrivée dans le service. Mon visage était boursoufflé par d'énormes hématomes. Ils ne sont pas encore totalement disparus, mais ils commencent à s'estomper et j'ai repris un visage presque humain.

Les douleurs sont encore présentes, mais elles se font plus rares et sont plus supportables. Ce que je redoute quand je m'appuie sur les béquilles en me déplaçant, c'est que l'imposante cicatrice qui couvre mon avant-bras droit s'ouvre. Onze points de suture, rien que ça.

Un faible bruit derrière la porte de ma chambre me fait reprendre mes esprits. Je retiens ma respiration comme chaque fois que j'ai l'impression que quelqu'un va entrer d'un moment à l'autre. Je ne sais pas pour quelles raisons je me mets dans cet état, mais j'ai l'espoir de voir des visages familiers.

Je ne parle pas de mes parents, je n'ai pas très envie de me disputer encore avec eux. Mais Nina, ou encore Travis ne cessent de rester dans un coin de ma tête.

C'est idiot. Je voudrais qu'ils soient là et en même temps, je ne suis pas capable de les appeler pour leur dire qu'ils me manquent. Je n'ose pas.

Pourtant, il m'est possible de le faire puisque j'ai convaincu ma mère de me rendre mon téléphone. C'est pour cela que nous nous sommes disputés aujourd'hui. Elle l'a fait dans le dos de mon père qui s'en est rendu compte et il a pété un plomb dans ma chambre. Le médecin a d'ailleurs dû intervenir pour calmer les choses. Encore heureux que mes petites sœurs avaient classe.

Après leur départ, j'ai consulté ma messagerie vocale, mes mails, mais il n'y avait rien, comme si personne ne se souciait de moi.

Pendant la manipulation, j'ai appuyé involontairement sur le numéro de téléphone de Travis. Je n'ai pas eu la force de couper de suite la communication et j'ai fermé les paupières quand sa voix chaude et grave m'est parvenue. Puis j'ai raccroché.

Je secoue la tête et me rends compte que je suis oppressée à force de me retenir de respirer ainsi. Je relâche la pression et souffle un grand coup tandis que la porte commence à s'ouvrir.

Merde.

– Salut, toi ! Comment tu te sens aujourd'hui ?

Je plaque un semblant de sourire sur mes lèvres. Aaron est élégant dans son costume gris clair. Ses cheveux d'un blond soleil sont impeccablement plaqués en arrière sur son crâne. Ses yeux sombres me sondent et me sourient.

– Ça va, soufflé-je en déglutissant péniblement.

Il s'approche de mon lit et s'installe sur le bord. Il vient frôler ma joue du bout de ses doigts et attrape ma main qu'il garde au creux de la sienne.

Je ne ressens rien. Je n'éprouve pas cette sensation de chaleur et de passion comme avec Travis. Avec lui, il suffit d'un frôlement de sa peau sur la mienne pour que je sente le volcan monter en moi.

Pourtant, la veille, j'ai essayé de me concentrer sur Aaron, sur les sensations qu'il peut me faire ressentir, mais rien. Aujourd'hui, je constate qu'il en va de même.

– Tu es rouge, tu as chaud ?

Il me demande ça en plongeant son regard dans le mien. Je le rejette et fixe la main qu'il me tient.

– Non, ça va, réponds-je.

– Janice m'a dit que tu t'es disputée avec tes parents.

– Elle t'a appelé ? demandé-je, surprise qu'elle se soit confiée à lui.

Ma meilleure amie était en effet présente quand mon père, furibond, a débarqué dans la chambre, demandant des comptes à ma mère.

– Oui. Il y a une heure.

– C'était une dispute sans grande importance.

Il lève un sourcil. Visiblement, il a eu une tout autre version de l'histoire, mais je m'en moque. Je n'ai pas envie d'en parler.

– Je me suis disputée avec mon père au sujet de mon téléphone, c'est tout.

– Je vois, souffle-t-il.

Tant mieux pour toi, ai-je envie de répondre.

Cependant, je m'en abstiens et réalise que les secondes qui s'écoulent deviennent des minutes. Il n'est pas très bavard et je dois avouer que je n'ai pas non plus vraiment envie de discuter avec lui. Avec personne en fait, ma vie n'est pas vraiment trépidante pour que j'en fasse éloge pendant des heures.

– Il va falloir que je rentre, je repars pour New York demain matin, très tôt, me dit-il, brisant enfin le silence. Je voulais passer juste pour voir si tout allait bien.

– Tout va bien, Aaron, tu peux partir tranquille.

– OK, murmure-t-il en se penchant vers moi.

J'ai un geste de recul, mais il ne doit pas s'en être aperçu. Ses lèvres frôlent les miennes d'un tendre baiser.

– Je pourrai venir ce week-end te rendre visite.

– Ce n'est pas la peine d'engager des frais pour me voir, Aaron. Je vais mieux et il faut que je me concentre sur la rééducation. Je commence demain.

Il me considère un instant sans rien dire. Comme moi, il sait que notre relation n'est pas vraiment au beau fixe, mais nous n'en parlons pas.

– D'accord, c'est comme tu veux, Sarah. Appelle-moi si tu as besoin, OK ?

Je hoche la tête tandis qu'une onde de culpabilité me serre la poitrine. Toutefois, je ne réponds pas à son baiser quand ses lèvres se posent sur les miennes. Je ne peux pas, je n'y arrive pas. Je le laisse quitter la chambre, l'observant en silence avant qu'il ne referme la porte.

Là, seule dans mon lit blanc, je soupire profondément et ferme les yeux. Travis investit à nouveau toutes mes pensées, exilant au loin toutes les autres. Il me manque tellement, mais jamais je ne l'avouerai.

Je m'en veux d'éprouver ce vide douloureux, il n'a pas essayé de me joindre et je ne sais rien de ce qui s'est passé quand j'étais encore sur la côte ouest du pays.

De longues minutes plus tard, je décide de vérifier à nouveau mes appels manqués et messages sur mon téléphone portable. Je marmonne un juron ou deux, remarquant que s'il a tenté d'appeler, quelqu'un a dû tout effacer. Je me dis que ce n'est pas impossible, c'est mon père qui avait mon téléphone, maman l'a retrouvé dans un tiroir de son bureau à la maison.

J'hésite quelques secondes en fixant le nom de Travis Spencer sur mon écran et, sans réfléchir davantage, j'appuie dessus.

Le numéro se compose et mon cœur manque un battement quand sa voix me parvient. Vivement, je coupe la communication en pestant de mon comportement puéril.

J'ai envie de lui parler pourtant, mais j'ai peur de sa réaction, de ce qu'il m'apprendra du soir de l'accident, car je n'en ai plus aucun souvenir à part de l'instant où je me suis donnée à lui… comment l'oublier ?

C'est quelque chose d'improbable, d'impossible…

CHAPITRE 7

Travis

Je n'ai pas vraiment fermé l'œil de la nuit. La conversation que j'ai eue avec Calvin, la veille au soir avant qu'il emmène ma sœur manger un morceau, n'a pas cessé de venir hanter mon esprit.

Il se trompe, je n'ai pas peur de devenir comme mon père, mais comment être autrement alors qu'il a été mon modèle depuis toujours jusqu'à ce que je comprenne que ma mère avait été la seule à souffrir de la situation ?

Au fond, je sais que je ne suis pas irréprochable, mais je m'interdis d'y penser. Je suis convaincu que l'amour n'existe pas. Un couple peut s'apprécier, certes, mais au fil des jours, des mois ou des années, leur relation change. La passion s'éteint à petit feu, le désir s'évanouit un jour ou l'autre, laissant la routine quotidienne s'installer pour l'éternité.

Tout finit par changer.

Je ne veux pas de ça.

Jamais.

Je veux profiter des bons moments de la vie, sans attache, sans avoir à faire la promesse hypocrite d'aimer une seule personne à jamais.

La vie n'est pas comme dans un livre romantique et elle ne le sera jamais.

Toutefois, les réflexions mentales que je me suis faites suite à cette discussion m'ont fait hésiter quelque peu.

Et si je me trompe ?

Et si l'amour existe vraiment ?

Serais-je malheureux ou heureux de le connaître ?

Oui, c'est ce flot perpétuel de questions qui m'a empêché de sombrer dans les bras de Morphée. Cependant, les réponses qui me sont venues à l'esprit m'ont conforté dans mon raisonnement.

L'amour est à chier.

Ce n'est qu'éphémère et je n'en ai pas besoin.

Je n'ai pas besoin de ce tas d'illusions inutiles.

De plus, les appels incessants sur mon téléphone portable ne m'ont pas aidé à trouver le sommeil. J'ai cru à un moment donné que j'allais perdre les pédales en le balançant contre un mur. Cependant, quelque chose en moi m'a vite calmé.

Sarah.

Et si c'était Sarah ?

Je grommèle un juron quand j'entends mon ami se lever du lit. Fatigué, je couvre mon visage avec l'oreiller et préviens Calvin d'un ton menaçant :

– Je ne pars pas maintenant !

– Il est temps, Travis, répond-il aussitôt.

Je l'entends s'agiter dans la chambre pendant quelques minutes et, curieux de voir ce qu'il fabrique, je rejette l'oreiller et le dévisage un instant.

Il fait encore nuit dehors et je maudis ma chère sœur de vouloir partir une heure avant le départ que nous avions tous convenu.

– Allez, bouge-toi le cul, Trav » ! m'ordonne-t-il en lançant mon jean sur mon visage.

Je soupire profondément, amusé de ne pas avoir entrepris un seul geste pour éviter le projectile.

– Tu n'as pas dormi, toi !

Ce n'est pas une question, mais bien une remarque. La fatigue doit se lire sur mes traits tirés.

Cependant, je ne réponds pas et me redresse dans le lit. J'ai besoin de quelque chose de fort pour me réveiller.

C'est sur cette constatation mentale que je sors les jambes du lit et enfile mon pantalon. Je croise le regard de Calvin qui semble satisfait de me voir sur mes pieds.

– Nina doit déjà être prête… qu'est-ce que tu fous ? me demande-t-il tandis que j'ouvre le minibar de la chambre.

– Ça se voit, répliqué-je en ouvrant une flasque d'alcool.

– T'es vraiment cinglé, Spencer ! On peut prendre un café avant de se mettre en route, si tu veux.

– Il ne serait pas assez fort.

Du coin de l'œil, je le vois rouler des yeux en signe d'exaspération, mais je m'en fous totalement. Je bois une gorgée de scotch. Le liquide ambré descend dans ma gorge, y brûlant fortement les parois.

– Bordel, ça fait du bien, grogné-je en grimaçant.

– Si tu le dis, murmure Calvin.

Satisfait, je me tourne vers lui. Il a déjà sa veste sur le dos et range un vêtement dans son sac.

– Prends tes affaires, je vais voir si Nina est prête.

– Non ! j'y vais, l'arrêté-je tout en plongeant un regard assuré dans le sien.

Il semble hésiter un instant, mais il lève sa main libre en signe de reddition.

– Comme tu veux, mec.

J'approuve sa réponse d'un signe de la tête et attrape ma veste avant de passer devant lui. J'ouvre la porte et la referme sans me préoccuper qu'il ait l'intention de me suivre ou pas.

À grandes enjambées, je me dirige vers la porte de la chambre de ma sœur et tambourine du poing sur le battant. Rapidement, elle m'ouvre et se statufie aussitôt.

Je plisse le front en remarquant que le sourire éblouissant qu'elle avait sur les lèvres vient de disparaître.

– Ça fait plaisir, grondé-je.

– C'est toi…

– Ouais, rien que moi ! me moqué-je de la grimace qui s'affiche sur son visage.

– Tu t'attendais à quoi ? Au prince charmant ?

– Qu'est-ce que tu veux ? me demande-t-elle d'un ton las.

Je lève ma flasque en la pointant du doigt.

– Il faut que je te parle.

Elle roule des yeux.

– J'ai rien à te dire donc, retourne cuver ailleurs.

– Je ne suis pas ivre, me défends-je. J'ai juste besoin de ça pour tenir le coup, je n'ai pas dormi de la nuit, figure-toi, lui expliqué-je.

J'ai bien conscience qu'elle s'en fiche royalement, mais je me moque de ce qu'elle pense, il faut que je la mette au courant des doutes que j'éprouve sur l'identité de la personne qui me téléphone en masquant son numéro et raccroche aussi vite.

Alors, je finis par la pousser gentiment dans sa chambre pour entrer avant de fermer de la porte et lui raconte tout.

– OK… dit-elle une fois que j'ai terminé.

J'écarquille les yeux, j'ai pensé au moins à une réponse plus approfondie que ce vaste « OK ».

– Tu crois que je suis cinglé, je sais, mais c'est…

– Ça doit être elle, m'interrompt Nina.

Surpris, je reste sans voix, les lèvres entrouvertes avant de secouer la tête pour m'en remettre.

– Donc, tu me crois ?

Elle hoche la tête en signe d'acquiescement. Je plisse les yeux, incrédule, quand je remarque qu'elle me cache quelque chose. Toutefois, je n'ai pas le temps de la questionner qu'elle m'avoue d'elle-même :

– Nous nous sommes parlé hier soir.

– Qu… quoi ? m'exclamé-je.

– Comme chaque soir avant de me coucher, j'essaie de la joindre et cette fois, elle m'a répondu. Elle sait que nous arrivons.

Je dois avoir l'air d'un con en pleine béatitude.

– Comment ça, elle sait que nous venons ? Et bordel, pourquoi ne pas nous l'avoir dit ?

J'ai hurlé. Elle a sursauté.

– J'étais fatiguée et j'ai préféré vous laisser dormir.

– Mais… comment elle va ? Elle est bien à…

– Oui, c'est bien là-bas qu'elle se trouve, Travis, me répond-elle d'un ton neutre.

Je reste suspicieux par sa façon de répondre, elle n'a pas l'air très enthousiaste et je me demande les raisons de son impassibilité.

– T'as pas l'air heureuse de lui avoir parlé, remarqué-je alors.

– Bien sûr que si ! J'ai hâte de la retrouver demain matin, crois-moi.

– OK.

Cette fois, c'est moi qui reste évasif.

– Elle va mieux, c'est ce qui compte, répète-t-elle sans me quitter du regard.

– Pourquoi n'a-t-elle pas donné de nouvelles ?

– Ses parents avaient son téléphone. Nous avions raison, ils ne lui ont pas parlé de nos appels. Elle pensait qu'on se moquait de ce qui lui arrivait. Mais j'ai réussi à lui ôter ce doute. Elle a hâte de revenir à L.A, mais elle refuse de partir sans le dire à ses parents.

– Ils ne la laisseront pas venir avec nous, lâché-je en réfléchissant à une autre solution.

– Je sais, c'est ce que je crois aussi, mais elle m'a promis que demain, elle ferait partie de notre voyage pour le retour au loft.

– Tu en es sûre ?

Elle hoche la tête.

– Oui. Et pour ce qui s'est passé avant qu'elle prenne le volant, elle ne s'en souvient plus. Elle pense qu'elle a dû rentrer de la fête par ennui. Tout simplement.

– Et… tu lui as dit la vérité ? demandé-je, hésitant.

– Non, car cette vérité, je ne la connais pas vraiment. Vous vous êtes disputés, mais les raisons qui l'ont poussée à partir comme ça en mettant sa vie en danger, je les ignore toujours, je te rappelle.

Je déglutis péniblement à la douleur que j'éprouve dans la poitrine à cette remarque.

– En effet.

– Ce que j'ai dit avant de partir du loft tient toujours, Travis. Tiens-toi loin d'elle.

Je serre les dents et la foudroie du regard, mais je prends conscience qu'elle est sérieuse et qu'elle n'hésitera pas à se mettre en travers de mon chemin si je ne respecte pas sa règle.

Alors, je pousse un long soupir de résignation et hoche la tête.

– Entendu, murmuré-je quand soudain, des coups sont frappés contre la porte.

Nina s'empresse d'ouvrir. Un large sourire se dessine sur ses lèvres quand elle invite Calvin à entrer.

Là, elle lui raconte l'appel passé à Sarah et je me sens de trop, mais reste quand même dans la pièce, impassible, pensant secrètement au plan que mon cerveau est en train de mettre en place pour accélérer le moment où Sarah sera des nôtres.

***

Nina

Je suis tout excitée de retrouver mon amie. Il est bientôt onze heures et je ne fais que fixer le GPS tandis que mon estomac gargouille. Il nous reste encore huit heures de route et je sais que Calvin refusera d'oublier les pauses sur le trajet.

Je marmonne entre mes dents et m'affale sur le siège arrière. Je lève les yeux, irritée que mon frère ait insisté pour s'installer à l'avant. Il m'agace, surtout qu'il s'est endormi depuis deux bonnes heures.

Le bougre !

Heureusement que notre chauffeur me fait la conversation, car rester enfermée dans l'habitacle du véhicule à attendre que les kilomètres disparaissent derrière nous me ferait perdre la tête.

D'ailleurs, je discute depuis tout à l'heure par SMS avec Sarah. Elle dit qu'elle se sent bien et qu'elle est pressée de rentrer avec nous.

Bon sang, quand je repense à cette situation où son père veut l'éloigner de nous ! Je lui ai demandé si elle compte vraiment mettre au courant ses parents que nous allons la chercher. Évidemment, elle a acquiescé, mais c'est Sarah. Elle refuse de les inquiéter plus qu'ils ne le sont déjà.

À sa place, je profiterais de l'occasion pour leur faire regretter ce qu'ils ont osé faire. Franchement, ce comportement est vraiment honteux : enlever leur fille pour la garder à l'abri de notre amitié.

Ce n'est pas très malin !

Cependant, je sais que mon amie saura leur faire entendre raison, du moins, je l'espère.

– Tu as si faim que ça ? me demande soudainement Calvin en lâchant un petit rire.

Je peste contre mon estomac qui ne cesse de se faire entendre.

– Juste un peu, mens-je.

Mes joues se mettent à rougir quand je croise son regard dans le rétroviseur.

– Nous allons bientôt nous arrêter de toute façon.

– J'ai le temps, je t'assure. On peut continuer à rouler, de toute manière, il dort encore.

– Plus maintenant, grogne Travis en tournant la tête vers moi. Si tu ne faisais pas de bruits d'ogre, je serais encore en train de terminer ma nuit à cette minute !

Je lui tire la langue, évitant soigneusement de lever mon majeur, geste qui me démange.

En tout cas, ma grimace a été remarquée par Calvin qui éclate de rire tandis que mon frère se redresse sur son siège.

– J'ai faim, moi aussi.

Je roule des yeux, exaspérée, et me penche entre les deux sièges pour balancer sur ses jambes le paquet de chips salées que j'ai entamé.

– Tu penses vraiment que ça fera l'affaire pour le déjeuner ?

Je soupire, cherchant une réplique cinglante à lui lâcher quand la voix de Calvin me stoppe.

– Nous allons faire une pause sur l'aire de repos dans cinq minutes.

Eh merde !

Je peux voir que Calvin esquisse un sourire. Ce qui m'énerve encore plus, mon grand con de frère a gagné et il ne se prive pas pour m'en faire la remarque en me rendant les chips.

– Avale cette merde si tu veux, moi, je prendrai un bon repas !

Cette fois, je lui envoie mon majeur. Il rit, mais je peux voir dans ses yeux vitreux qu'il est vexé, peut-être parce que mon geste a déclenché le rire de Calvin.

– Voilà, la sortie est ici, informe le chauffeur en dirigeant le véhicule vers l'entrée de l'aire de repos.

Quelques minutes plus tard, nous sommes tous les trois attablés au *Hard Rock Café*. Une chance pour les garçons que nous en ayons trouvé un sur cette aire de repos. Je me serais bien contentée d'un sandwich préparé la veille au soir.

Cependant, cela aurait été un crime, le double burger que je suis en train d'avaler est succulent.

– Alors, tu as eu d'autres nouvelles de Sarah ? me demande subitement mon frère.

Je lui lance un regard inquisiteur et termine de déglutir avant de répondre :

– Oui. Elle va bien et elle a hâte de ME retrouver.

Je remarque avec fierté que d'insister sur moi l'a plus qu'agacé. Son regard parle pour lui, il a envie de me tuer à cette seconde, mais je m'en moque ouvertement et croque une bonne bouchée dans mon burger.

Au même instant, Calvin se met à bâiller bruyamment.

– Pardon, s'excuse-t-il.

– Tu es crevé, dis-je, le regard plissé.

– C'est moi qui prends le volant après, l'informe Travis.

– Non, ça va aller. Je vais commander un café fort et je pourrai reprendre le volant.

– Tu n'as pas dormi, moi, je suis en forme ! clame Travis.

J'assiste à leur échange qui me semble ne plus en finir. Calvin refuse de prêter de nouveau son tout neuf 4x4, mais mon frère a de sacrés arguments. Je dois bien lui laisser cela.

C'est pour cette raison que je n'aide pas Calvin quand je m'aperçois que son regard m'appelle à l'aide.

– Arrête d'insister, Trav », je n'ai pas la conduite d'un vieux !

– Je n'ai pas dit ça, mais tu dois bien te rendre à l'évidence, je conduis beaucoup plus vite que toi.

– Je confirme, murmuré-je, récoltant un regard écarquillé et furieux de Calvin.

Contrairement à mon cher frère qui me remercie d'aller dans son sens, même s'il est bien conscient que je le soutiens uniquement dans le but d'arriver au Kansas le plus tôt possible.

Une serveuse arrive au moment même où Calvin cède. Elle est assez grande, plus que mon mètre cinquante-neuf en tout cas. Brune aux yeux verts en forme d'amande, ses lèvres sont pulpeuses comme il le faut, sans doute un peu trop pour son visage aux traits fins et délicats.

Elle nous demande si nous désirons autre chose et mon frère commande aussitôt des cafés serrés. Évidemment, je n'ai pas manqué de remarquer les regards entendus qu'elle lui lance. Et visiblement, comme toujours, il répond à son invitation muette par un clin d'œil.

Ne changera-t-il donc jamais ?

C'est la question qui me taraude l'esprit depuis l'échange de SMS que j'ai eu avec Sarah dans la matinée. Elle m'a interrogée sur Travis, et j'ai essayé de lui faire comprendre avec diplomatie qu'il était inutile de s'inquiéter pour lui. Je n'ai pas non plus su tenir ma langue et lui ai demandé si elle avait des sentiments pour lui.

Trop rapidement, sa réponse en majuscules sur mon écran m'a inquiétée. Ce « NON » était bien trop éloquent pour moi. De toute façon, je n'ai jamais rencontré une fille qui m'ait dit le contraire concernant mon frère, malheureusement elles tombent toutes dans ses filets… ou plutôt dans ses bras.

D'ailleurs, je me demande si la serveuse aura le droit à une séance de baise dans la réserve du restaurant, quand je m'aperçois du petit signe de tête qu'elle lui adresse, après avoir posé les tasses de café devant nous et de s'éclipser.

Je perçois le petit rire amusé ou « blasé » de Calvin qui me lance un regard à la seconde où Travis se lève de table.

– J'arrive dans deux minutes, s'excuse-t-il.

Je roule des yeux, exaspérée.

– À mon avis, ça va durer plus de deux minutes !

– De quoi parles-tu ? me demande-t-il d'un ton de reproche.

– Tu as l'intention de baiser cette salope dans les chiottes, non ?

Il ne me répond pas, mais je remarque qu'il est vraiment fou de rage. Il serre fortement le dossier de sa chaise qu'il avance dans un bruit assourdissant.

– Eh vous deux, intervient Calvin d'un ton ferme. Je vous rappelle que j'ai accepté de vous emmener à condition que vous ne vous déchiriez pas pendant le voyage.

– Nous ne nous disputons pas, Calv ». Je n'y peux rien si ma chère petite sœur a l'esprit mal placé !

J'ouvre la bouche pour répliquer une cinglante, la première qui me vient à l'esprit, mais je n'en ai pas le temps. Travis traverse déjà le restaurant pour se rendre dans le couloir qui mène sans doute aux toilettes.

Je ne sais pas combien de secondes s'écoulent lorsqu'il est hors de ma vue, mais je me rends compte que ma bouche est toujours grande ouverte. Je croise, à cet instant, le regard amusé de Calvin. D'un mouvement vif, je ferme les lèvres et mords l'intérieur de ma joue.

– Ce n'est pas drôle, grogné-je.

Calvin hausse les épaules, arborant toujours ce sourire qui fait briller le vert de ses beaux yeux.

Bordel, reprends-toi !

J'esquisse alors un semblant de sourire et porte ma tasse de café à mes lèvres, pour me donner une contenance : je n'ai jamais encore éprouvé ce besoin de me cacher dans un trou de souris !

– Tu devrais faire attention, c'est chaud.

Effectivement. J'aurais dû prendre en compte son conseil, mais j'ai besoin de boire ce café, ma gorge est dangereusement devenue très sèche, à cause de l'embarras dans lequel mon frère m'a mise.

– Ta réflexion est normale. Il fait n'importe quoi avec ces filles.

– Mm… marmonné-je, ne trouvant pas d'autres mots.

Un blanc s'installe entre nous et de voir qu'il est aussi mal à l'aise que moi me conforte quelque peu. Puis, je jette un regard circulaire et me mets à rire légèrement, en constatant que la serveuse des cafés est introuvable.

– Je suis certaine qu'elle l'a rejoint, dis-je, triomphante.

Je lui montre le comptoir où elle se trouvait depuis notre arrivée. Il secoue la tête, visiblement las du comportement sex-appeal de son pote.

– Tu veux que j'aille le chercher ?

– Surtout pas ! m'exclamé-je, le rouge aux joues. Je ne voudrais pas que tu te retrouves où ils… font…

Son rire m'interrompt. J'esquisse un faible sourire et tente de me reprendre.

– Nous devrions peut-être l'attendre dans la voiture ?

– Si tu… je ne pense pas que ce soit nécessaire, me dit-il en fixant un point sur la droite.

Je dirige mon regard dans cette direction et pose la main sur mes lèvres, pour étouffer le rire qui monte dans ma gorge, en découvrant la serveuse furieuse reprendre place derrière le comptoir tandis que Travis nous rejoint à la table.

– Tu as déjà fini ? le questionne Calvin alors qu'il essaie de garder son sérieux.

Travis me foudroie du regard et je cesse aussitôt de me moquer de lui.

– Je n'ai fait que pisser, et vous devriez y aller tous les deux, je ne compte pas m'arrêter avant ce soir.

Je me mets à déglutir péniblement, effaçant toute trace d'amusement de mon visage quand mon regard croise celui de Calvin.

Une tension – identique à celle qui vient m'assaillir particulièrement quand Calvin et moi nous trouvons rien que tous les deux – s'installe entre nous.

Cependant, j'arrive à reprendre mes esprits et me lève d'un bond, peut-être un peu trop brusquement car Travis m'envoie un regard interrogateur, avant de sortir sa blague à deux sous.

– Tu viens de te rendre compte que t'as tes règles ?

Horrifiée, je regarde si d'autres clients ont entendu ces mots et, furieuse de remarquer que certains hommes me dévisagent, je lui fais un signe d'honneur avant de me précipiter dans les toilettes.

CHAPITRE 8

Sarah

Je suis perdue dans mes réflexions quand quelqu'un frappe contre ma porte. D'un geste vif, je plonge mon téléphone portable sous le drap et me redresse contre les oreillers avant d'inviter mon visiteur à entrer.

Une grimace de douleur m'empêche toutefois de sourire à mon amie qui vient d'arriver, s'exclamant joyeusement :

– Salut, ma belle ! Comment tu vas aujourd'hui ?

Je hoche la tête, m'efforçant à ne pas lui montrer que ma jambe me fait mal à cet instant. C'est ma faute, je n'aurais pas dû bouger aussi vite.

– Ça va, dis-je, une fois après avoir retrouvé un semblant de souffle.

Elle penche la tête sur le côté et me considère un moment.

– Tu n'en as pas l'air, bien que ton visage commence à reprendre forme humaine.

– Très sympa, clamé-je, irritée et amusée à la fois.

Elle hausse les épaules de nonchalance et vient s'installer sur le bord du lit. Son regard plonge dans le mien et un rictus malheureux se dessine sur ses lèvres ornées d'un rouge pimpant.

Janice a toujours été belle. Sa simplicité avait d'ailleurs été son meilleur atout, mais depuis mon absence, j'ai l'impression qu'elle change, qu'elle devient plus féminine et adhère à présent aux artifices de la beauté.

– Ça ne s'est toujours pas arrangé avec ton père ?

– Je le déteste, lâché-je aussitôt.

Mon amie soupire longuement avant de prendre la parole.

– Je sais que ce n'est pas très malin ce qu'il a fait en cachant ton téléphone, mais d'après lui, il ne voulait que te protéger, Sarah.

– Mon seul moyen de communication avec mes amis ! Et me protéger de quoi, s'il te plaît ? lui demandé-je, énervée de voir qu'elle le défend.

– De ce garçon qui a osé lever la main sur lui, pardi ! s'exclame-t-elle.

– Ce n'est pas vrai, il n'a jamais levé la main sur mon père, il ment !

– Et comment le sais-tu ? Tu n'étais pas là… enfin, tu étais dans le coma, chérie !

Je secoue la tête, vraiment irritée de comprendre que Janice prend la défense de mon paternel. Alors, je décide de lui avouer que j'ai pris contact avec Nina et qu'elle m'a tout expliqué.

– Papa n'avait pas le droit de m'emmener comme ça sans les prévenir.

– Mais… c'est ton père, Sarah !

Je lève un sourcil, me questionnant sur les raisons de cette subite complicité entre eux.

– Ce sont mes amis avec lesquels je vis à présent. Je t'assure, Janice, Travis ne l'a pas frappé, mon père a pris le prétexte de cette stupide dispute entre eux pour m'en éloigner, me couper tout moyen de les prévenir que je vais bien pour les rassurer.

– Pourquoi faire ça ?

– Tu le sais très bien ! répliqué-je d'un ton sec. Tu sais comment il peut être autoritaire avec moi. Ne l'oublie pas, je suis une fille, et pour lui…

– Arrête avec ça, ton père n'est pas non plus un tyran en ce qui concerne les femmes.

J'ouvre la bouche pour rétorquer qu'encore une fois, elle prend sa défense, mais je m'en abstiens. Moi qui étais sur le point de lui révéler l'arrivée de mes amis !

Quelle erreur à ne pas faire ! grogné-je mentalement, en cherchant dans son regard quelque chose qui puisse me mettre sur la voie du changement opéré durant mon absence, concernant la nouvelle alliée de mon paternel.

Mais je ne décèle rien.

Ses yeux restent inexpressifs et je regrette que le silence s'installe entre nous. J'ai même l'impression de ne plus savoir sur quel pied danser avec elle.

Est-ce ma faute ?

Un fossé s'est creusé entre nous, je peux le sentir, et cela me fait mal.

– Janice, soufflé-je, triste de ressentir cet éloignement.

– Oui ?

Je déglutis péniblement au regard vide d'expression qu'elle pose sur moi. Je fronce les yeux et pose une main amicale sur la sienne.

– Tu m'as manqué, tu sais.

Un rire s'échappe de sa gorge. Ce n'est pas un rire amusé, mais plutôt un son prouvant un dégoût ou une réticence malheureuse à croire à mes mots. Et cela me blesse profondément.

– Je t'ai manqué… répète-t-elle. Tu ne m'as appelée qu'une seule fois, Sarah.

– Non, c'est faux ! la contredis-je en écarquillant les yeux.

– Bien sûr que si. J'ai attendu tes coups de fil, ils ne sont jamais venus. C'est moi qui ai toujours pris l'initiative de t'appeler, bordel ! Et tu dis que je t'ai manqué ? Pendant nos conversations, tu ne m'as pas parlé une seule fois de tes nouveaux amis ! Seulement de cette Nina et du fait que vous êtes devenues les meilleures amies du monde, mais des autres ? Oh ne t'inquiète pas, je comprends parfaitement que tu ne veuilles pas m'intégrer un tant soit peu dans ta nouvelle vie avec ces gosses de riches, je suis une paysanne, une fille de fermier. Tu n'as sans doute pas l'intention de me mêler à ta belle vie d'étudiante californienne. Je suis comme ton père que tu ne cesses de dénigrer !

– Qu'est-ce que tu racontes ? demandé-je d'un ton fort. Ne dis pas n'importe quoi, tu sais très bien que c'est faux !

Je la regarde sans ciller. Elle est sur le point de dire quelque chose, mais la sonnerie de mon téléphone m'avertit que je viens de recevoir un message. Rapidement, je rejette le drap et attrape mon portable pour prendre connaissance du SMS qui vient de Nina.

– Qu'est-ce que je disais…

Je relève la tête et les traits emplis de déception de mon amie me paralysent pendant un instant.

– Rien n'a changé entre nous, me concernant, Janice.

Doucement, elle hoche la tête tandis que les larmes me montent. Cependant, je refuse de laisser couler l'une d'elles devant mon amie. Je veux entendre des explications cohérentes de ce qu'elle a à me reprocher et, pour cela, je dois mettre également de la bonne foi en l'acceptant.

– Tu as raison, je n'ai pas vraiment beaucoup parlé de ma nouvelle vie et de mes nouveaux amis avec toi, et j'en suis sincèrement désolée. Je t'assure que je ne voulais pas te blesser, c'est juste que… je suis trop occupée et j'ai pensé que ma vie à Los Angeles ne t'intéresserait pas vraiment.

– Tu plaisantes ? me demande-t-elle, visiblement outrée de mes plates excuses. Sarah, je rêve moi aussi de me tirer de ce trou perdu, et je pensais que tu allais me faire découvrir tout ça à des kilomètres. Après, je comprends que tu sois occupée, c'est vrai ! La vie en Californie doit être riche en occupation comparée à Abilene.

– Oh, tu sais, c'est un peu la même chose, dis-je en souriant, rassurée à présent qu'elle reste mon amie.

– Je ne peux pas te croire.

– Si, c'est vrai, Janice. Mes journées se ressemblent un peu, tout comme ici où les corvées de la ferme me prenaient tout mon temps. Je t'accorde qu'il y a plus de choses à voir à L.A et à faire, mais avec mon boulot, je n'ai pas vraiment eu l'occasion de découvrir les bons côtés de la ville pour s'éclater.

– Tu n'étais pas à une fête quand cet accident est arrivé ?

Je déglutis péniblement aux souvenirs confus que ma mémoire a gardés.

– Une fête d'étudiants sur le campus. J'ai du mal à réaliser que je me suis retrouvée là. Tu sais, au début, je pensais faire bonne impression en m'intégrant à eux…

Je me coupe et baisse le regard, honteuse du comportement que j'ai eu à ces fêtes.

– Que veux-tu dire ?

Je n'ose pas la regarder et triture nerveusement la coque de mon téléphone portable.

– Sarah ? insiste Janice.

J'esquisse un pauvre sourire et lève les yeux vers les siens.

– Je… ne suis pas très fière de ce que j'ai fait, Janice.

– Quoi ? Tu as couché avec un gars, à cette fête ?

J'écarquille le regard, horrifiée.

Cependant, je secoue la tête d'un mouvement fébrile, sachant pertinemment qu'elle est également amie avec Aaron. Je ne peux pas la mettre dans une telle position.

– Non, bien sûr que non, Janice ! J'ai… bu, beaucoup trop bu.

– Oh… j'imagine que j'aurais fait exactement la même chose que toi, ma belle, inutile de t'en vouloir pour ça ni même d'avoir honte. En tout cas, j'espère que tu t'es éclatée !

– Oui… oui, réponds-je, confuse.

– Ah ! Qu'est-ce que je donnerais pour être là-bas avec toi !

Je plisse le front et lui demande :

– Pourquoi ne pas venir me rendre visite pendant les prochaines vacances ?

Une grimace se dessine sur ses lèvres.

– Je ne pourrai pas, maman a besoin de moi en cuisine, tu sais bien.

– Ah oui, c'est vrai, murmuré-je.

C'est sans doute idiot de ma part de lui avoir proposé cela, je sais pertinemment que Janice doit aider sa mère au restaurant dès qu'elle est libre.

À quoi pensais-je ?

Rien n'a changé, tout est resté pareil dans leurs vies, à Abilene où la routine prime sur tout le reste. Il n'y a que les gens qui changent lorsque nous sommes loin d'eux.

Tout simplement.

Je pousse un énième soupir et observe le visage de ma meilleure amie. Je ne peux pas m'empêcher de la trouver quelque peu changée, mais je ne préfère pas engager la conversation sur ce sujet, je sais bien qu'elle va se braquer et mettre ce changement de mon côté.

Alors, le silence qui a envahi la pièce perdure un peu plus longtemps que ce que j'avais imaginé. Janice ne semble pas prête à discuter de quoi que ce soit, bien trop concentrée sur les messages qu'elle envoie, à Dieu sait qui.

Aurait-elle à présent une nouvelle meilleure amie ?

Je ne peux la blâmer.

Quiconque peut me remplacer aisément, elle sera meilleure que je l'ai été.

Mon regard me démange de jeter un coup d'œil à mon portable. Pendant que nous nous disputions avec Janice, Nina m'a informée par SMS qu'ils ont repris la route. Actuellement, ils sont dans l'état du Colorado et devraient bientôt atteindre Denver.

Nina est persuadée qu'ils seront à Salina dans la soirée, mais j'en doute, sachant que la route est très longue et sinueuse. Toutefois, je garde espoir de les voir demain matin, même si je crains que mes parents et ma satanée jambe m'en empêchent.

– Tu veux que je te laisse te reposer ?

La question de Janice me tire de mes pensées. Je lève les yeux et m'excuse de fixer l'écran de mon portable.

– Non, reste.

– Tu es sûre ?

Je le confirme d'un hochement de la tête et lui souris.

– Très bien. Nous n'avons pas encore parlé d'Aaron et de toi !

Merde.

– Ça va, ne t'en fais pas.

– Non, ça ne va pas trop. Tu as pensé qu'il mettait fin à votre relation, l'autre jour…

– C'était un malentendu, réponds-je vivement.

Je remarque qu'elle plisse le front, visiblement perturbée.

– Quoi ?

– Rien, c'est juste que je me demandais si la distance entre vous est vraiment anodine pour votre…

– Janice, l'interromps-je en soupirant de lassitude. Tout comme lui, je fais mes études dans un autre état et nous comptons obtenir notre diplôme.

– Je sais, mais…

– Nous allons très bien, clamé-je un peu trop fort, la faisant douter davantage de mon affirmation.

– OK… c'est juste que je trouve Aaron un peu inquiet, tu sais.

– Il ne m'a rien dit au sujet de ses inquiétudes, Janice. D'ailleurs, il repart dans la journée pour New York.

– Oui, ce soir, confirme-t-elle en souriant.

Cette fois, c'est moi qui fronce les sourcils. Quelque chose me chagrine dans la façon dont son regard s'allume.

Je lui demande derechef :

– Je dois savoir quelque chose ?

– Oh, non, sauf que… enfin, il m'a demandé si je pouvais le déposer à l'aéroport et… pourquoi ? Si ça te dérange que…

– Non, bien sûr que non, la coupé-je en souriant tandis qu'à l'intérieur, j'ai l'impression qu'elle vient de me mettre un coup de couteau.

Cependant, ma réponse a l'air de la satisfaire, elle serre ma main dans la sienne et me sourit.

– Tu m'as manqué, tu sais.

Je ne réponds pas, me contentant de lui sourire. Puis, Janice change de sujet de conversation. La conversation dévie sur mes petites sœurs, j'ai eu la joie d'avoir leur visite pendant tout un après-midi.

Elles m'ont manqué, et je me demande si je devrais partir sans les prévenir, bien que cela me déchire le cœur.

– Dis-moi, Janice ?

– Oui ?

– Mes parents viennent me voir, tout à l'heure. Sais-tu s'ils auront les petites avec eux ?

– Oui. Les jumelles seront là, m'informe-t-elle, amusée par le soupir de soulagement qui s'échappe de ma gorge.

Tant mieux. Maintenant, il faudrait peut-être que j'engage la discussion sur un prochain retour à L.A, juste pour voir la réaction de mon amie.

– Janice, il va falloir que je retourne en Californie.

Ses yeux semblent sortir de leurs orbites et je constate que j'aurais dû redouter cette réaction avec sérieux.

– Ne sois pas stupide !

– Mes études ne m'attendront pas et…

– Tu n'es pas en état de partir pour le moment, Sarah !

Je roule des yeux et lui rappelle que mon père a bien fait pire en me transférant alors que j'étais dans le coma.

– Il a pris les précautions nécessaires, Sarah. Ton père sait ce qu'il fait…

– Parce que moi, non ?

J'ai hurlé, mais je m'en moque à présent. Elle exagère en supposant que je ne suis pas capable de faire ce qui est bon pour moi.

Elle m'inspecte d'un regard inexpressif et se met à rire.

– Tu n'es pas capable d'aller bien loin avec ta jambe, Sarah.

– Je sais marcher, grogné-je en lançant un regard vers la paire de béquilles, posées en équilibre contre le mur.

Elle se lève du lit et fait quelques pas dans la chambre, avant de se tourner vers moi. Elle semble en colère, elle a posé les poings sur ses hanches et m'observe comme si j'étais une enfant à enguirlander.

– Tu ne peux pas repartir pour la Californie, Sarah. Pas dans ton état !

– Je vais mieux, répété-je, en articulant chaque mot. Écoute, ma vie est là-bas à présent et mes amis sont très inquiets…

– Ah, parce que nous, ta famille et moi, nous ne le sommes pas, peut-être ?

Elle est jalouse !

– Mais… merde, Janice ! Je ne vais pas gâcher mon rêve de toujours pour… pour…

– Nous ?

Merde !

– Janice, soufflé-je d'un ton las. Je vous aime tous, mais j'aime par-dessus tout vivre à Los Angeles. C'est là qu'est ma vie à présent. J'ai besoin de ça, je veux concrétiser mon rêve et je ne pense pas faire ainsi quelque chose de stupide. Je vais repartir chez moi, Janice. Avec ou sans ton aide.

– Que veux-tu dire ?

Merde

Et Re-Merde !

Remarquant mon silence, elle s'approche d'un pas menaçant et reprend sa place sur le bord de mon lit. Elle baisse le regard vers mon téléphone portable en grognant quelque chose que je ne comprends pas. Cependant, je n'ai pas le temps de réagir qu'elle me l'arrache des mains et se lève d'un bond tandis que je lui crie de me le rendre.

Elle s'éloigne près de la fenêtre et j'essaie de me lever, folle de rage. Dans ma précipitation, j'accroche l'attelle au drap et pousse un cri de douleur.

Janice lève les yeux de l'écran et me fixe tout en souriant.

– Tu vois, tu n'es pas capable de sortir de ton lit sans hurler de douleur, alors pour ce qui est de partir pour L.A…

– Va te faire foutre, Janice ! Rends-moi ce téléphone !

– Non, attends une seconde.

Bordel de merde, je vais la tuer !

J'arrive à me mettre assise au bord du lit, tout en retenant ma respiration. J'étire le bras et attrape mes béquilles, mais une douleur lancinante me prend au niveau du genou.

Je lance alors un rapide coup d'œil vers Janice qui, les sourcils froncés, prend connaissance des messages de Nina.

La garce !

– Comment oses-tu faire ça ? plastronné-je, furieuse.

Elle lève la tête, le regard noir de colère.

– Tu ne comptais pas me le dire qu'ils étaient sur le chemin pour venir jusqu'ici, n'est-ce pas ?

– Janice…

Elle secoue la tête, refusant d'entendre ce que j'ai à dire. De toute façon, je ne suis pas vraiment certaine de savoir quoi ajouter après cela.

Les faits sont là, sous ses yeux, et elle m'en veut.

– Mon père n'aurait pas dû les mettre à l'écart. Je te l'ai dit, ils s'inquiètent pour moi.

Elle s'avance en faisant à nouveau défiler les messages.

– Arrête, donne-moi ça !

– Tu ne savais pas qu'ils allaient débarquer.

Je roule des yeux et me doute qu'elle a dû prendre connaissance des messages que j'ai échangés avec Jared.

– Non, je l'ai appris quand ils étaient déjà en chemin. S'il te plaît, Janice, donne-le-moi.

Elle me regarde pour la première fois d'une façon que je n'aurais pu imaginer. J'ai l'impression qu'elle a en face d'elle une étrangère.

Elle s'approche et me tend mon portable que je m'empresse de prendre.

– Tu n'aurais pas dû.

Elle hoche la tête. Je fronce les yeux, surprise, et j'appréhende la suite.

Toutefois, les reproches ne viennent pas. Au contraire, son silence est encore plus douloureux. Elle attrape sa veste et s'avance vers la porte. Elle l'ouvre, ignorant mes appels.

– S'il te plaît, Janice. Ne leur dis rien.

Elle se fige à mes mots et, sans un regard, elle quitte la chambre et ferme la porte, me laissant seule, triste d'avoir perdu celle qui était depuis toujours ma meilleure amie.

CHAPITRE 9

Travis

Nous nous trouvons sur la route de Denver, à la grande enfourchure de Silverthorne. Logiquement, nous devrions arriver à Denver dans moins de deux heures, nous en profiterons pour faire une pause, ensuite, ce sera Calvin qui reprendra le volant.

Nina a la tête baissée vers son téléphone, ses doigts pianotent sur les touches. Je la soupçonne d'informer Sarah de notre itinéraire. J'esquisse un léger sourire en pensant à elle. Bien que je me demande quelle sera sa réaction lorsqu'elle nous verra en chair et en os.

Demain…

Nous avons déjà établi le plan : nous passerons la nuit à Salina, la ville la plus proche d'Abilene et, à l'aube, nous partirons la retrouver avant de reprendre la route du retour, avec elle.

J'ai hâte, mais le plan que nous avons arrêté ne me plaît pas vraiment. J'aimerais pouvoir nous rendre à l'hôpital dès ce soir. Ce serait plus simple si nous voyageons de nuit pour le retour.

Toutefois, je n'ai pas jugé utile de prévenir les autres sur mes intentions. Ils m'en empêcheraient, surtout Nina.

La promesse qu'elle m'a demandé de tenir est une vraie torture, mais je n'ai pas eu d'autre choix que d'accepter si je voulais participer au road trip.

Ce soir, je dois rester prudent, ils ne doivent pas se douter de ce qui les attend.

Sans m'en rendre compte, je serre le volant si fort que mes jointures en blanchissent. Je sais ce qui me met dans cet état, c'est elle.

Elle et l'appréhension que j'éprouve de la retrouver bien que mon empressement soit au maximum.

Nina dit qu'elle ne se souvient plus des raisons pour lesquelles elle a quitté la fête si brusquement. Je me sens quelque peu soulagé et, secrètement, je ne sais pas si c'est bien ou mal d'espérer qu'elle ait aussi oublié ce que nous avons partagé.

Non !

Je me mets une claque mentale. Je refuse qu'elle oublie cette partie de la soirée. Je veux qu'elle se souvienne des moindres détails lorsque je lui ai pris sa virginité. Je veux qu'elle se rappelle comment elle a joui sous mon corps brûlant.

Bordel !

Je balaie ces images érotiques qui viennent parsemer mon cerveau et tente de me concentrer sur la route. Calvin soupire de lassitude à cet instant. Je tourne la tête et l'observe quelques secondes.

– T'en as assez de conduire ? me demande-t-il.

– Non, ça va, réponds-je en appuyant sur la pédale d'accélérateur. Nous serons arrivés une heure plus tôt que prévu à Salina.

– N'oublie pas qu'on s'arrête à Denver.

– J'ai pris en compte ta pause pipi, t'en fais pas.

Il rit et secoue la tête avant de se baisser vers son sac posé à ses pieds. Il en tire une grande enveloppe. Curieux, je l'observe du coin de l'œil et constate qu'il a embarqué son script avec lui.

– T'es sérieux ? Tu comptes vraiment bosser là, maintenant ?

– Oui, j'ai une idée et il faut que je la note.

Je roule des yeux au moment même où je sens ma sœur se pencher entre nous.

– C'est quoi, cette idée ? l'interroge-t-elle.

Calvin lui explique avec engouement les futurs projets d'enregistrements. Évidemment, il émet des réserves sur le personnage de Sarah, ne sachant pas si elle sera prête à tourner les séquences dans l'immédiat.

– Je suis sûre qu'elle sera partante, c'est une battante, clame Nina.

J'ai envie de lui demander ce qui lui fait dire cela, mais je m'en abstiens. Après tout, elles sont proches toutes les deux, mais je pense la connaître mieux qu'elle. Ça aussi, il ne vaut mieux pas que je lui révèle.

Calvin semble de son avis lui aussi. Il gribouille quelque chose sur ses notes et ferme son dossier avant de le ranger.

– Bon, tu penses qu'elle en a parlé à ses parents ?

Je plisse le front, impatient de connaître la réponse de ma sœur.

– Je ne sais pas si elle va les informer ou pas de notre arrivée, mais ils sont avec elle en ce moment même.

Les poils de mes bras se hérissent. Quand je pense au père de Sarah, la colère monte dans tout mon corps et je regrette vraiment de ne pas lui avoir fichu une bonne raclée lorsqu'il m'a manqué de respect.

Connard !

– Elle ne t'en a pas reparlé ?

– Non, elle m'a juste dit qu'elle s'est disputée avec Janice, sa meilleure amie.

– Oh… lâche Calvin avant de rester muet.

Je serre un peu plus le volant. J'aimerais qu'il continue de poser des questions, car je ne peux pas le faire. Nina m'arracherait la langue.

Heureusement, sa curiosité est aussi animée que la mienne.

– Elle t'a parlé des raisons de cette dispute ? demande Calvin.

– Oui, elle est au courant que nous sommes en chemin. Elle a dérobé son portable et a lu tous les messages.

Quelle pétasse !

Je n'en reviens pas. De quoi se mêle-t-elle, cette fille ?

– Je vois. Donc, il se peut bien que Janice informe les parents…

– Attends, je viens de recevoir un message.

J'observe Nina dans le rétroviseur. Visiblement, elle est très concentrée sur ce qu'elle lit et j'ai envie de la secouer pour qu'elle nous dise ce que Sarah a envoyé.

– Alors ? C'est elle ? demandé-je, impuissant à retenir ma langue.

– Oui… elle… n'a rien dit à ses parents. D'après elle, Janice non plus, mais…

– Quoi ?

– Elle a eu de fortes douleurs dans sa jambe et elle redoute de ne pouvoir faire le trajet de retour en voiture.

Je serre les dents en imaginant Sarah souffrir. Un sentiment de culpabilité m'envahit, mais très vite, je le chasse et accélère un peu plus, dépassant la vitesse autorisée dans cet état, pressé de la retrouver et de lui faire oublier tout ça.

***

Sarah

– Tu veux que nous appelions un médecin ?

Je regarde maman et lui souris avant de refuser son offre. Elle est gentille et s'inquiète de me voir souffrir ainsi.

– Tu ne devrais pas l'écouter et y aller, maintenant ! clame mon père en fixant ma mère d'un œil sévère.

– Ça va passer, insisté-je en le foudroyant du regard.

Un rire rauque s'échappe de ses lèvres et il s'avance vers maman qui lève les yeux pour atteindre les siens.

– Elle a déjà eu des antidouleurs, si elle dit que ça passera, ça passera.

Bien envoyé !

Je la remercie d'un hochement de tête et me tourne à demi vers mes sœurs qui sont occupées à faire un dessin sur la table.

– Je peux voir vos chefs d'œuvres, les filles ?

Je remarque le regard assassin de papa quand il constate que je porte mon attention sur les petites, pour cesser cette discussion sans fin.

Julia et Fiona approchent et me tendent leurs feuilles colorées de toutes les couleurs.

– Waouh ! C'est magnifique, mes chéries.

– C'est pour toi, disent-elles d'une seule voix.

Mes yeux sont rivés sur les traits onduleux formant des personnes dans une maison. Rapidement, je constate qu'il s'agit de notre famille. Sur le dessin de Fiona, papa et maman semblent se disputer tandis que mon personnage, coloré d'un rose pimpant, tient les petites jumelles par les mains. Sur celle de Julia, c'est différent. Elle se représente avec des larmes sur le visage. Sa jumelle est présente, sa main repose sur son épaule tandis que papa et maman ne sont pas très loin derrière elles.

Il y a quatre personnes dans la maison bleue.

Je n'y suis pas.

Ma vue se brouille légèrement, et je n'ai pas le temps de me reprendre que Julia me demande pourquoi je pleure.

– Je ne pleure pas, ma puce. Ça va, ton dessin est très beau, dis-je en passant une main sur son visage délicat.

Elle sourit et se lève sur la pointe des pieds. Je me penche et l'embrasse sur le front. Fiona s'approche et je les prends dans mes bras pour leur faire un câlin.

– Vous allez me manquer, mes puces, mais nous nous reverrons bientôt, c'est promis, murmuré-je.

– Comment ça, elles vont te manquer ? s'exclame mon père.

Oh non…

Je ne le savais pas si près de nous.

– Papa…

– Tu ne retourneras pas avec ces sauvages !

– Je viens de commencer mon année, dis-je en faisant un signe aux jumelles de retourner près de notre mère. Ce n'est pas cet accident qui va me gâcher ça, ni toi. Je retournerai à Los Angeles, que tu le veuilles ou non.

Je ne sais pas ce qui m'a pris, mais son comportement m'agace de plus en plus. Je ne le supporte plus. Je crains évidemment les mesures qu'il serait prêt à prendre pour m'empêcher de partir. Je n'aurais peut-être pas dû lui balancer cela de but en blanc.

Maman me regarde, effrayée, tandis que mon paternel approche.

– Nous en reparlerons plus tard, en attendant, tu dois te remettre de tes blessures. C’est clair ?

J’ai envie de lui rire au nez. S’il savait que demain matin, je ne serai plus là !

Cependant, je n’ai pas envie de lui donner plus d’informations pour le faire douter et, ainsi, lui donner l’avantage pour me retenir dans cette chambre d’hôpital plus longtemps.

– D’accord, mais UN jour, je repartirai chez moi, papa, et tu sais très bien que tu n’as aucun droit de m’en empêcher.

Il me foudroie d’un regard mauvais et grommèle quelque chose que je ne veux même pas chercher à entendre.

Demain, je ne serai plus ici, je serai loin de ses contraintes et de son humeur horrible.

Demain, je serai avec mes amis.

CHAPITRE 10

Nina

Au fur et à mesure que nous engloutissons les kilomètres qui nous séparent de Sarah, je suis de plus en plus confiante. Mon amie m'a avertie par message qu'elle est assurément prête pour le voyage du retour. D'ailleurs, à cet instant, elle doit être en train de préparer ses affaires.

Pendant notre arrêt à Denver, il y a plus d'une heure, nous avons mangé et acheté des provisions que nous avons placées dans la glacière. J'ai eu envie de lui passer un coup de fil, mais Travis a réussi à me persuader de ne pas le faire, il voulait reprendre la route dès que possible.

C'est ce que nous avons fait, dans la bonne humeur grâce au repas que nous avons partagé au bord de l'autoroute, assis dans l'herbe près d'un peuplier. Quand j'y repense, il y avait longtemps que nous n'avions pas, mon frère et moi, partagé un moment aussi paisible que celui-ci.

Le dernier dans mes souvenirs lointains remonte à mes quatorze ans. J'avais fêté mon anniversaire avec la famille, papa était de la partie, mais nous nous étions disputés, j'étais folle de rage qu'il ne puisse pas rester pour le gâteau que j'avais préparé avec maman pendant de longues heures. Il était magnifique et j'étais si fière de moi d'avoir mis la main à la pâte que la déception en fut d'autant plus grande.

J'étais tellement furieuse ce jour-là qu'il doive encore retrouver sa maîtresse et Sean que je m'étais rendue dans la cuisine et avais balancé la génoise au chocolat dans la poubelle.

Mon frère avait assisté à ma colère dans un coin de la pièce en restant silencieux. Il m'avait laissé faire sans intervenir. C'était son rire qui m'avait avertie de sa présence. Je l'avais regardé d'un air mauvais, prête à lui balancer mes poings dans la figure en remarquant l'expression moqueuse de son visage, mais lorsqu'il avait pris conscience des larmes sur mes joues, son regard s'était adouci et il s'était approché vers moi en me tendant la main. Évidemment, j'avais répondu à son sourire et avais agrippé ses doigts. Il m'avait alors pris dans ses bras et m'avait serrée si fort qu'il avait su stopper cette douleur au fond de moi, celle que notre père me causait toujours en préférant être avec sa deuxième famille qu'avec nous.

Travis m'avait sortie de la maison et emmenée dans un parc d'attractions sans prévenir maman. Elle s'était inquiétée comme jamais alors que nous nous étions amusés comme des fous.

Ce jour-là, j'aimais mon frère plus fort que nos parents. Il était mon héros et j'ai su que je pouvais compter sur lui quoi qu'il arrive. Il m'avait offert son épaule pour pleurer et, surtout, il avait su taire la souffrance que j'éprouvais par ce manque. Pendant longtemps, il avait su remplacer papa… jusqu'à Jenny.

Une vague de douleur monte dans mon ventre à ce souvenir. J'essaie de balayer l'image de son doux visage rayonnant, mais mon cerveau refuse d'obéir. Il insiste et, très vite, je ferme les paupières et fais le vide dans ma tête tandis que je laisse les flashs du passé défiler dans mon esprit.

J'avais quinze ans quand j'ai su que Jenny revenait vivre à Los Angeles. Ses parents avaient déménagé sept ans plus tôt et avaient décidé de rentrer après l'échec professionnel de son père. Quand j'ai appris que monsieur et madame Smith avaient acheté la maison en face de la nôtre, j'étais la plus heureuse : ma meilleure amie depuis la maternelle vivrait juste à quelques mètres de moi.

Elle m'avait tellement manqué.

Très vite, nous nous étions retrouvées comme autrefois, notre amitié était restée intacte malgré les années d'absence.

Nous étions devenues inséparables. Les jours où nous n'avions pas cours, nous les passions toutes les deux jusqu'à ce qu'elle s'entiche de mon frère.

Je sens mon corps se tendre à cette image qui passe sous mes yeux clos. Cette vision – quand je les ai découverts en train de se peloter, dans notre cabane en bois du jardin – me fait mal. Elle est encore si claire, si limpide à mon esprit.

J'étais convaincue que Travis n'était pas amoureux. Il ne restait jamais avec la même fille et depuis ce jour, plus rien n'avait été pareil entre Jenny et moi. Quant à Travis, je ne l'aimais plus.

J'avais perdu mon héros.

– Nina ? Tu vas bien ?

J'ouvre les paupières brusquement et je prends conscience que mes joues sont humides de larmes. Rapidement, je les balaie de mon visage et adresse un pâle sourire d'excuse à Calvin qui a pris le volant depuis Denver.

– Tu veux en parler ? me demande-t-il d'une voix douce.

Je secoue la tête, incapable de prononcer un mot. Je ne veux plus y penser, j'aimerais tellement de ne pas les avoir vus tous les deux ce jour-là.

Soudain, je prends conscience de la présence de Travis dans la voiture. Je me tourne vers lui, le regard furieux, mais il s'est endormi. Je ne peux détacher les yeux du visage de mon frère. Il semble apaisé, presque heureux.

À cette constatation, je me redresse sur mon siège et évite de croiser le regard interrogateur de Calvin. Cependant, il ne l'entend pas de cette manière.

– Nina… si c'est à cause de ton frère…

– Non, mens-je quelque peu. Enfin… c'est juste que… je ne sais pas, je pensais à Jenny, c'est débile, hein…

– Pas du tout, souffle-t-il. Je comprends qu'elle te manque et je suis vraiment désolé de ce qui s'est passé, tu sais. Je pense que je n'ai pas eu l'occasion de te le dire.

– C'est bon… t'en fais pas.

À cet instant, nos regards se croisent. Je lui souris, gênée qu'il m'ait vue dans cet état de lamentation silencieuse.

– Ton frère n'a pas voulu ça, tu sais.

Je ne dis rien. Je ne veux pas me disputer avec Calvin à ce sujet. Travis est le seul responsable de ce qui s'est passé et il est normal qu'il essaie de défendre son ami.

Alors, je hausse les épaules et tente de me concentrer sur le paysage qui défile sous mes yeux, mais Calvin insiste davantage. Il pose une main sur la mienne et aussitôt, quelque chose se produit dans le bas de mon ventre. Mes joues deviennent rouges, j'en suis convaincue, car elles me brûlent comme jamais.

Il doit s'apercevoir de mon trouble, car il dégage sa main, brisant ce contact dangereux et agréable à la fois.

– Même si ton frère ne l'a jamais montré, il a beaucoup souffert de cette histoire.

Une histoire ?

Pour lui, ce n'est que ça ?

Une simple histoire.

Cette fois, je ne peux retenir la colère qui bouillonne dans mes veines.

– Elle est morte à cause de lui, bordel ! Alors, il s'agit bien plus d'une histoire, Calvin !

– Je sais, répond-il rapidement pour tenter d'apaiser ma colère.

– Il... il...

– Elle a menti, Nina. Elle a accusé ton frère de...

– Ne le défends pas, Calv », le coupé-je.

– Je ne le fais pas, mais tu...

– N'en parlons pas, s'il te plaît, le supplié-je, au bord des larmes.

– D'accord, mais je veux juste que tu prennes en considération que Travis n'est pas le seul responsable. Jenny n'aurait pas dû faire ce qu'elle a fait et...

– Stop ! hurlé-je, sans prendre vraiment conscience de mon cri qui réveille mon frère à l'arrière.

Je le vois hocher la tête en signe d'acquiescement et, de façon nonchalante, je monte le volume de la radio. Je perçois tout de même les mouvements de Travis à l'arrière. J'entends les touches de son portable sur lesquelles il pianote et j'essaie de me vider la tête de la conversation que je viens d'avoir avec Calvin, elle m'a perturbée plus que je ne l'aurais cru.

Cependant, je n'arrive pas à oublier malgré les efforts considérables que je fais depuis ces années. Jenny me manque tellement. Je n'ai pas seulement perdu ma meilleure amie depuis toujours, mais aussi mon frère, ce héros en qui je croyais tellement.

Oui, Travis me manque, mais je ne le lui dirai jamais. Il mérite mon indifférence et mon refus de le considérer comme le frère qu'il pense être pour moi.

Et cela me fait mal.

Pendant de longues minutes, j'analyse, je me souviens de ce jour où j'ai trouvé mon amie, de la dernière fois où mon regard s'est posé sur elle. Je me souviens également, comme si c'était hier, de son enterrement, où j'ai dû faire bonne figure alors que mon frère était mis en détention.

Je me souviens de mon père, il m'avait giflée pour la première fois de sa vie, tout ça car j'avais raconté la vérité sur son fils indigne aux inspecteurs de police.

Je ferme les paupières pour empêcher les larmes de couler le long de mes joues. J'ai l'impression qu'elle me picote encore à cette pensée. Papa était vraiment fou de rage que je ne défende pas celui qui a le même sang que le mien.

Mais je ne pouvais pas.

Jenny avait bien trop souffert par sa faute.

Nous sommes bientôt arrivés.

Je m'administre une claque mentale, m'obligeant à reprendre mes esprits. Calvin a raison, c'est le passé et, au fond de moi, je suis convaincue que Travis a souffert lui aussi.

– Dans combien de temps ? demande Travis en se penchant entre nos sièges.

J'ai un mouvement de recul, mais ne dis rien et ne regarde pas dans sa direction. Mes yeux restent fixés droit devant la route.

– Dans moins de dix minutes. Nous allons bien à l'hôtel à la frontière de Salina ?

Je hoche la tête en prenant conscience que Calvin vient de s'adresser à moi.

– OK.

Quelques minutes plus tard, Travis est en train de discuter avec Jared au téléphone, l'informant de notre avancée quand Calvin s'engage dans le parking souterrain de l'hôtel.

J'écoute d'une oreille distraite l'aventure du point de vue de mon frère qui jacasse au téléphone. Je roule des yeux,

Calvin me surprend et lâche un petit rire avant de couper le moteur du 4X4.

– Allez, on y va ! lance notre chauffeur, visiblement de meilleure humeur que tout à l'heure.

Nous descendons de voiture et Calvin et moi allons vers le coffre pour sortir nos sacs. Travis nous rejoint, le téléphone toujours collé à l'oreille.

Je me demande ce que Jared raconte pour qu'il tire une telle tête en cet instant. À mon avis, cela ne doit pas être de bonnes nouvelles.

Nos sacs sous le bras, Travis attrape le sien que Calvin lui lance et nous nous dirigeons tous les trois vers l'entrée de l'hôtel.

Le hall est bien éclairé et immense. Il n'est pas haut de gamme, mais l'atmosphère est agréable. Une rangée de fauteuils noirs et blancs bordent l'accueil où une jeune femme soigneusement coiffée se tient derrière un comptoir en bois sculpté, représentant des dessins dignes de la préhistoire.

Pendant une brève seconde, je me demande où nous avons atterri quand je me rends compte que les formes dessinées sont juste des représentations d'antan pour montrer aux touristes que les producteurs de bovins et les agriculteurs n'ont pas toujours eu le travail facile.

– Bienvenue au *Candlewood* ! clame l'hôtesse en nous souriant.

Je lui rends son sourire et, après avoir échangé un regard avec Calvin, nous nous avançons vers le comptoir. Travis est toujours en communication avec Jared et, avec Calvin, j'engage la conversation avec la jeune femme, réservant deux chambres.

Quand, enfin, Travis raccroche, il se joint à nous et pose les coudes sur le comptoir, face à la femme qui semble intimidée par son regard de braise.

Bordel, il va recommencer !

Calvin aussi se rend compte de son jeu tandis qu'il tend la carte de crédit à l'hôtesse.

– Laisse, c'est moi qui règle.

– OK, murmure Calvin en me lançant un regard surpris.

Je hausse les épaules et elle nous tend nos clés avant de prendre la carte de Travis.

Quel con !

Il vient d'attraper la main de l'hôtesse et lui demande si la chambre possède un mini bar. Elle lui répond que toutes les chambres en possèdent et que s'il a besoin de quelque chose d'autre, il n'a qu'à lui demander.

– Je le ferai certainement.

Je roule des yeux, agacée par la complicité qu'ils témoignent tous les deux.

Une fois qu'il daigne lâcher sa main, elle prend le règlement et nous souhaite un agréable passage à Salina tout en fixant mon frère dans les yeux.

Je marmonne mon mécontentement en le pressant.

– On ne va pas dormir dans ce hall, Travis !

Pour toute réponse, il sourit et adresse un clin d'œil à l'hôtesse. Furieuse, je presse le pas et me dirige vers l'ascenseur. Une fois dans la cabine, j'explose :

– Dis-moi à quel moment tu te la taperas celle-là, j'éviterai d'être dans les parages !

Calvin serre les dents tandis que Travis part dans un grand rire en balayant l'air de ses bras.

– Qu'est-ce que tu racontes encore, Nina ?

– J'ai bien vu les regards que vous vous êtes lancés avec l'hôtesse et les sous-entendus…

– Et moi, je pense bien que tu devrais arrêter de te faire des films, bordel, et si je me la tape, qu'est-ce que ça peut te foutre, Nina ? Franchement, dis-moi ? J'aimerais vraiment le savoir !

Je déglutis péniblement, il a l'air furieux. Toutefois, je n'ai pas le temps de discuter davantage avec lui, car je reçois un appel.

– C'est Sarah, dis-je dans un murmure avant de décrocher, remarquant au coin de l'œil que Travis vient de blêmir.

CHAPITRE 11

Sarah

Je ne suis pas surprise qu'il me soit impossible de fermer les yeux. Je suis bien trop excitée pour cela. Demain matin, je vais retrouver mes amis et je partirai avec eux pour rentrer chez moi.

Le loft me manque tant, tout comme les colocataires qui sont devenus, au fil des jours, bien plus que de simples amis. Ils sont ma famille, ce qui panse un peu mon cœur de la déception que j'éprouve suite à la perte de Janice.

Depuis le départ de mes parents et de mes sœurs, je ne cesse de faire les cent pas dans la chambre malgré la douleur de ma jambe. J'ai déjà préparé mes affaires que j'ai rangées dans un sac à dos, ainsi que les dessins de mes deux petites sœurs que j'ai soigneusement pliés, cachés sous l'armoire. Quand ils viendront me chercher, je serai prête, ayant déjà revêtu un pantalon de survêtement et un sweat. Les infirmières n'y verront rien.

Je suis tellement pressée d'être demain que je n'ai pas pu m'empêcher d'appeler Nina. Elle m'a informée qu'ils venaient d'arriver à l'hôtel de Salina, mais j'ai besoin de savoir que tout va bien, j'ai besoin d'entendre qu'ils seront bien là, tôt dans la matinée comme prévu.

Quand elle décroche, mes lèvres s'étirent en un large sourire, mais quelque chose dans sa voix me dit qu'il y a un problème.

– Ça ne va pas ? demandé-je alors.

– Si, si, tout va bien, c'est juste que mon frère m'agace, comme toujours !

– Oh…

J'entends la voix lointaine de Travis. Toutefois, il m'est impossible de comprendre ce qu'il vient de dire, mais Nina s'énerve après lui.

Je la laisse grogner dessus sans l'interrompre. Je me demande bien ce qu'il a encore fait pour la mettre en colère. À croire que c'est son passe-temps favori.

Je soupire tandis que j'essaie de comprendre à nouveau ce qui a bien pu se passer entre ces deux-là pour qu'ils en soient arrivés à une telle haine. Cependant, je me rappelle que j'ai promis à Nina de ne rien faire pour découvrir ce secret qui les ronge chaque jour. Moi qui avais pensé qu'en entreprenant ce petit voyage, les choses s'arrangeraient pour le frère et la sœur, et bien c'est raté, encore !

– Nina ? l'appelé-je.

Elle cesse aussitôt de s'adresser à son frère. Je perçois les injures et noms d'oiseau qu'ils se donnent.

– Ça suffit, soufflé-je.

J'entends un hoquet de surprise de Nina.

– Quoi ? Comment ça, il m'énerve, je le hais…

– C'est ton frère, Nina, lui rappelé-je, appréhendant de m'attirer ses foudres. Il t'agace peut-être, mais tu ne peux pas dire que tu le hais.

Je peux deviner l'expression d'incrédulité de son visage à cet instant, je donnerais tout pour voir ça.

– Pourquoi le défends-tu ? Il essaie de mettre cette hôtesse dans son pieu, bon sang !

– *Arrête de te faire des films, bordel !*

Ça, c'est Travis. Il semble vraiment furieux.

Est-ce parce que j'ai entendu la vérité de la bouche de sa sœur ?

Je me le demande et j'ai envie de hurler à mon tour, mais je contiens ma rage et ma… jalousie.

Je n'ai aucun droit de l'être. Bien que j'aie perdu les souvenirs des raisons qui m'ont poussée à partir de cette fête, le soir de l'accident, je n'ai pas oublié qu'il a été clair avec moi sur notre relation :

« Écoute, Sarah… je ne veux pas de relation où les sentiments sont en jeux. Je ne sais pas ce que tu en penses de

ton côté, mais ça ne m'a jamais réussi de m'attacher et l'amour est superficiel. »

Ces mots sont exactement ceux qu'il m'a dits et j'étais d'accord pour poursuivre ainsi. Il me montrerait les plaisirs de l'amour sans s'attacher…

J'attends un instant qu'ils terminent de se disputer. J'entends Travis grogner, une porte qui claque et le long soupir de mon amie.

– Désolée, s'excuse-t-elle à mon adresse.

– Ce n'est rien, mais j'aimerais bien que vous arriviez à vous entendre tous les deux, dis-je, sincèrement.

Un petit rire jaillit de sa gorge. Je roule des yeux.

– Je suppose que tout le monde le voudrait, mais ça n'arrivera pas, Sarah. Au fait, pourquoi appelles-tu ? J'espère que tu es toujours OK !

– Oui, oui. Bien sûr, je suis prête.

– Bien.

– C'est juste que… Je devrais essayer de dormir, mais je suis tellement pressée de vous voir et de sortir de cette putain de chambre !

– Je suis tout autant pressée que tu l'es, crois-moi, mais il faut que tu te reposes, nous voulons te voir en forme, demain.

– Je le serai, ne t'inquiète pas, assuré-je en grimaçant.

– Super, écoute, j'ai juste le temps de me préparer, nous allons manger et nous reposer pour demain, nous sommes tous crevés.

– Oh, désolée d'avoir appelé si tard, dis-je en me rendant compte de l'heure tardive.

– Sarah, il n'est que vingt heures trente, mais le voyage nous a éreintés… tu sais très bien que tu peux appeler à n'importe quelle heure.

– Je sais, dis-je en souriant légèrement. J'ai tellement hâte d'être demain.

– Moi aussi, mais dors, les heures passeront vite, c'est promis.

Je ris doucement, entendre ses conseils m'amuse quelque peu.

– Je te laisse alors, reposez-vous bien. Embrasse les garçons pour moi, tu veux ?

– Je le ferai pour Calvin, pas de soucis, mais en ce qui concerne…

– Nina ! la coupé-je avant de pousser un long soupir.

– OK, je lui dirai. À demain, ma belle.

– À demain. Bisous.

– Bisous.

Elle raccroche et je continue de fixer l'écran de mon portable qui devient noir, refoulant l'envie profonde d'appeler Travis.

Travis

Je n'en reviens toujours pas qu'elle ait osé faire une telle chose ! Prétendre que je voulais coucher avec cette fille alors qu'elle était en communication avec Sarah !

Avec Sarah !

Bordel !

Je la déteste vraiment. Ma sœur est une emmerdeuse de première et je ne sais pas ce qui m'a retenu de la gifler après ces putains de propos !

Bon, OK, j'aurais certainement couché avec elle si Nina n'avait pas parlé de ça à Sarah. Maintenant, je n'en ai plus aucune envie.

Évidemment, je ne fais pas de Sarah mon exclusivité, mais pour le moment, elle est seule dans cet hôpital et nous sommes ici pour la récupérer, non pour lui fournir des détails sur ma vie sexuelle.

Quand Calvin me rejoint dans la chambre, je suis en train de descendre la petite bouteille de scotch du mini bar. Il me regarde sans être surpris et me lance :

– Je vois que tu l'as trouvé.

– En effet, lâché-je en buvant une dernière gorgée.

L'alcool me fait du bien, il me détend.

– On part dans une demi-heure pour le resto, c'est ta sœur qui invite.

Un rire m'échappe.

– Je n'ai pas faim.

– Tu me feras le plaisir de nous accompagner, Travis. OK ?

– Et pourquoi je ferais ça ?

Il ne cille pas au regard noir que je lui lance.

– Première chose : tu as besoin de te nourrir et non de te saouler ! Deuxième chose : j'ai répondu positivement en ta faveur, tu m'en dois une.

Connard !

– C'est du chantage. Quoi ? Si je refuse, je me démerde pour rentrer au bercail, c'est ça ?

– Le juste retour des choses, prétend-il. Mais c'est une option.

Je roule des yeux, agacé.

– Écoute, je commence à en avoir marre de vos embrouilles avec ta sœur. Il faut que tu trouves un moyen d'arranger les choses.

– Parce que c'est à moi de remédier à ça ? Je ne fais rien, je ne dis rien qui puisse la mettre en rogne, elle part toute seule en vrille pour des raisons ridicules !

– C'est ton point de vue, Trav ».

– Tu la défends !

– Ça aussi, ça l'est ! Je ne défends personne. Je te préviens juste que la colocation n'a pas à souffrir de vos disputes. Bordel, Travis, mets de l'eau dans ton vin pour une fois, tu sais très bien que ta sœur souffre encore de ce qui s'est passé.

– Je ne lui ai pas demandé de m'aimer ! hurlé-je, fou de rage en balançant la flasque contre un mur.

La bouteille se brise en mille morceaux et je reste pétrifié par mon geste. Le souffle court, je perçois les mouvements de Calvin derrière moi. Puis, une main se pose sur mon épaule. Je ferme les yeux et j'essaie de retrouver un rythme cardiaque décent.

– Travis…

Il ne semble pas en colère. Sa voix est douce, compatissante.

Tout ce que je déteste.

Je me tourne vers lui et croise son regard avant d'y plonger. Ma vue se brouille davantage. Mes poings se desserrent presque tragiquement et un sanglot étouffé s'échappe de mes lèvres.

Putain !

Je n'ai pas le temps de faire quoi que ce soit pour feindre un rire ou autre chose que Calvin m'attire contre lui dans une étreinte fraternelle.

Pendant un instant, son geste tendre et compatissant adoucit le tourbillon de colère qui coule dans mes veines, mais je le repousse légèrement.

Je ne suis pas une fille…

– Je vais prendre une douche, soufflé-je en me dirigeant vers la porte attenante de la chambre.

– OK. Je t'attends ici.

Je hoche la tête sans le regarder et m'isole dans la pièce étroite.

CHAPITRE 12

Travis

J'ai pris en considération la demande de Calvin, mais je n'ai pu y parvenir lors de notre sortie au restaurant. Je les ai accompagnés, c'est déjà ça, mais tenter de percer le mal-être qui nous ronge, ma sœur et moi, est au-dessus de mes forces.

Nous nous sommes ignorés durant tout le repas. Nos regards se sont fuis comme la peste.

Un dîner de merde, sauf que la bouffe était bonne.

J'ai bien remarqué que Calvin n'était pas à l'aise. Il n'a pas osé m'adresser la parole, sans doute pour éviter un moment de frustration à ma chère sœur.

Putain, elle m'emmerde !

Ne peut-elle pas oublier le passé une bonne fois pour toutes ?

J'ai envie de retrouver la complicité que nous avions tous les deux autrefois. J'ai BESOIN de retrouver la petite sœur qui me regardait avec importance.

Ouais, j'ai besoin et désire la retrouver comme avant toute cette tragédie qui a creusé ce fossé entre nous.

J'aurais tellement aimé que Jenny ne revienne jamais.

Cependant, je ne peux revenir en arrière. Il y a longtemps que je me suis rendu à l'évidence, je n'étais qu'un pauvre con buté et amoureux.

Enfin, je croyais l'être.

Aujourd'hui, j'ai muri, même si c'est dur à croire ou à entendre pour Nina, mais je ne suis plus le stupide Travis qui s'est fait prendre dans les filets de la belle Jen.

Non, je ne suis plus ce garçon et plus jamais je ne serai cet homme.

Plus jamais…

Je pousse un long soupir sous ma promesse mentale et ouvre un œil. Je scrute comme je peux l'obscurité pour savoir si Calvin s'est endormi. Il ne fait aucun mouvement et je tends l'oreille afin d'écouter plus attentivement sa respiration.

Peu sûr de moi, j'attends encore une bonne dizaine de minutes et attrape mon portable sur la table de nuit. Je le déverrouille et profite du faible halo de lumière pour m'assurer qu'il dort.

Visiblement, il est profondément endormi.

Il est temps.

Prenant soin de ne pas faire de bruit, je me lève et ramasse mes chaussures avant de me diriger vers la chaise où sa veste se trouve. Je retiens mon souffle quand je glisse la main dans sa poche avant d'en extirper ses clés.

Je les range aussitôt dans ma poche de pantalon que j'avais laissé pour me mettre au lit et avance à pas de loup vers la porte. Je l'ouvre et me permets de respirer profondément une fois dans le couloir et la porte refermée.

Un large sourire se dessine sur mes lèvres devant la facilité avec laquelle mon plan se déroule. Je n'ai plus une minute à perdre. Je me chausse et enfile ma veste que j'ai attrapée au passage avant de sortir et me dirige vers l'ascenseur. En attendant la cabine, je jette malgré moi un rapide coup d'œil vers la porte de la chambre de ma sœur.

Quelques minutes plus tard, je me trouve dans le hall de l'accueil. Samantha est toujours là, dressée dans une tenue impeccable derrière son comptoir. À ma vue, elle cligne des yeux et m'offre un large sourire.

– Salut, dis-je en avançant vers elle.

– Salut, bredouille-t-elle en retour. Vous êtes de sortie ?

– Ouais, on peut dire ça. Je reviendrai sans doute dans moins de deux heures.

Elle hoche la tête et il me semble qu'elle est sur le point de dire quelque chose, mais je la stoppe avant cela :

– Il faut que j'y aille.

– Oh… bien sûr.

Je lui offre un clin d'œil et me faufile vers la sortie en sentant son regard dans mon dos.

Il est évident qu'elle ne dirait pas non pour une partie de jambes en l'air, mais j'ai l'intention de faire quelque chose de plus important, quelque chose qui me tient à cœur depuis un très long moment, beaucoup trop long. Et il est temps pour moi d'assouvir ce besoin que j'éprouve.

Très vite, je suis assis sur le siège conducteur du 4X4 de Calvin et démarre. J'allume le GPS et enclenche la navigation.

Dans moins d'une demi-heure, je serai enfin à ses côtés.

Sarah

Je suis en train de m'endormir tout doucement quand résonne la sonnerie de mon téléphone, m'informant que je viens de recevoir un SMS. Je sursaute légèrement et me redresse d'un bond avant de l'attraper. Je regarde l'écran avec de gros yeux, étonnée de recevoir un message de Travis.

Ni une ni deux, j'ouvre le message et esquisse un large sourire de ravissement à ma lecture.

JE SAIS QUE C'EST TOI QUI M'AS APPELÉ PLUSIEURS FOIS EN INCONNU.

Il ne me salue pas, ne dit aucun mot gentil, mais cette phrase (trop courte à mon goût) me soulage d'une certaine manière.

Je réponds aussitôt, sans prêter vraiment attention à mes doigts tremblants qui pianotent rapidement sur les touches tactiles.

QU'EST-CE QUI TE FAIT PENSER QUE C'EST MOI ?

C'est vrai, j'aimerais connaître sa réponse, mais le simple fait qu'il m'envoie ce message (peu importe le contenu) me fait extrêmement plaisir.

Sa réponse ne tarde pas. Je me laisse aller contre les oreillers et pousse un long soupir de soulagement avant de lire son message.

TOI. TA RESPIRATION ET TON AUDACE DE ME RACCROCHER AU NEZ.
NE REFAIS PLUS JAMAIS ÇA.

Très vite, je réplique.

JE N'AI PAS PEUR DE TOI.

Je souris, satisfaite et l'envoie. Il me tarde d'avoir un autre message, mais j'ai la désagréable impression que les minutes deviennent des heures.

Ce n'est qu'au bout de sept minutes dix-huit que je reçois enfin un autre message.

JE N'AI PAS DIT UNE TELLE CHOSE. MAIS C'EST VRAI, JE TE CONSEILLE DE NE PLUS JAMAIS ME RACCROCHER AU NEZ, CAR IL Y AURA DES CONSÉQUENCES, SARAH.
JE SAIS, TU VAS DIRE QUE TU N'AS PAS PEUR... MAIS C'EST JUSTE UN CONSEIL D'AMI ☺

Mes yeux sortent de leurs orbites tellement ce mot me met en colère. Si je l'avais devant moi, je lui mettrais ma main dans la figure.

Un conseil d'ami !

Je secoue la tête et rédige ma pensée avant de lui envoyer.

TON CONSEIL D'AMI, TU PEUX TE LE METTRE LÀ OÙ JE PENSE !

Connard !

Je grogne en croisant les bras sous ma poitrine. Cette fois, son message ne se fait pas attendre.

OÙ VEUX-TU QUE JE LE METTE ? DIS-LE. J'AIME QUAND DES MOTS COCHONS SORTENT DE TA PETITE BOUCHE.

– Enfoiré ! grogné-je avant de me mettre à rire.
Je ne réponds pas, indignée quelque peu, mais aussi car je n'en ai pas le temps. Un autre message arrive.

AU FAIT, TU N'ARRIVES PAS À DORMIR ?

Je réponds simplement.

NON.

NORMAL. TU DOIS ÊTRE PRESSÉE DE ME VOIR.

ÇA, C'EST CE QUE TU PENSES ! :P

J'étouffe un rire dans ma main que je plaque sur mes lèvres. Ce serait vraiment dommage que je me fasse remarquer avant ma fuite.

J'EN SUIS CERTAIN.
TU ME MANQUES...

Mon rire cesse aussitôt à la lecture de son message. Je lui manque…
Vivement, je m'empresse de répondre, puis hésite avant de hausser les épaules et d'envoyer mon SMS.

TOI AUSSI, PLUS QUE TU NE LE PENSES.

TU N'ES PAS DANS MA TÊTE, SARAH. JE SAIS QUE JE TE MANQUE.

Je roule des yeux.

PRÉTENTIEUX !

NON, JUSTE RÉALISTE.

Je grogne à nouveau. À vrai dire, je ne peux mettre un mot exact sur l'état dans lequel je me trouve à cet instant. Parler avec lui par messages me fait plus de bien que je ne l'aurais cru.

Pendant dix minutes, nous n'échangeons plus rien et cela me mine. Je lui envoie donc un SMS rapide.

QUE FAIS-TU ?

Cinq minutes plus tard, il répond.

JE SUIS DEHORS, JE NE SUPPORTE PLUS LES RONFLEMENTS DE CALVIN ☺

J'AIMERAIS ÊTRE DEHORS, MOI AUSSI. JE N'EN PEUX PLUS DE RESTER ICI, ENFERMÉE DANS CETTE CHAMBRE.

JE SUIS SÛR QUE TU PRÉFÉRERAIS ÊTRE ENFERMÉE DANS UNE CHAMBRE AVEC MOI. JE ME TROMPE ?

JE NE RÉPONDRAI PAS À CETTE QUESTION, TRAVIS. LAISSE-MOI DORMIR À PRÉSENT, JE SUIS ÉPUISÉE.

JUSTE EN PARLANT ? JE NE SAVAIS PAS QUE MON DON DE SÉDUCTEUR ALLAIT JUSQUE-LÀ ☺

Quelle andouille !

Cependant, je ne peux m'empêcher de sourire et poursuis avec lui notre petit jeu sans queue ni tête. Pendant plus de dix minutes, nous nous taquinons l'un l'autre jusqu'à ce que son dernier message m'émeuve plus que de raison.

JE SUIS VRAIMENT DÉSOLÉ QUE TU AIES EU CE PUTAIN D'ACCIDENT, SARAH. TU M'AS FOUTU LA TROUILLE DE MA VIE. NE REPARS PLUS COMME ÇA, PLUS JAMAIS.

J'essaie d'analyser ce message, mais ma vue se brouille à cause des larmes qui apparaissent dans mes paupières. Toutefois, je me dis que je dois profiter de l'occasion pour lui demander s'il connaît les raisons de mon départ de la fête, ce qui m'a presque couté la vie.

Je ne me souviens plus de l'accident ni pour quelles raisons je suis partie seule. Tu sais pourquoi, toi ?

Oui.

Et ?

L'appréhension me gagne, tout comme l'empressement que j'éprouve alors qu'il semble mettre plus de temps à répondre.
Quand enfin, la réponse apparaît sur l'écran, je reste hébétée pendant de longues secondes.

Ce n'est pas important, Sarah. Ce qui l'est, c'est... est-ce que tu te souviens de ce que nous avons partagé avant cela ?

Je ferme les paupières et les rouvre vivement avant d'esquisser un léger sourire. Puis, je réponds à son message.

Non, quoi donc ?

Une longue minute s'écoule. Je mords l'intérieur de ma joue, et reprends le message que je n'ai pas envoyé.

Oui, je me souviens de ça.

Alors, c'est parfait. C'est ce qui compte. Dis-moi, à quel point je t'ai manqué ?

J'éclate de rire, mais me reprends rapidement avant de lui répondre :

Je te l'ai dit, plus que je ne le voudrais.

J'appuie sur la touche « envoie » après un petit instant d'hésitation. Ce n'est pas la peine de lui mentir, il doit connaître la vérité et de toute façon, je suis convaincue qu'il connaissait la réponse avant même de me l'avoir demandée.

Je ferme les paupières et aussitôt, les images de notre première fois me reviennent en tête. Je me souviens parfaitement des mots qu'il a prononcés et de ses caresses. Du moment intense où pour la première fois de mon existence, je me suis sentie vivante et aimée.

Bordel !

Je rouvre les paupières et me rends compte qu'il vient de m'envoyer deux messages.

ME SAUTERAS-TU DANS LES BRAS DEMAIN ?

IMAGINE QUE JE SOIS SEUL, LE FERAIS-TU ?

Je me mords la lèvre jusqu'à ce que la douleur me fasse reprendre mes esprits.

Je déglutis péniblement, sentant le rouge monter à mes joues et mes doigts commencent à bouger sur les touches de mon iPhone.

SI TU ES SEUL, OUI, MAIS TU SAIS TRÈS BIEN QU'IL EST INUTILE DE RÊVER À CE MOMENT. J'AI CRU COMPRENDRE QUE TA SŒUR NE ME LAISSERA PAS T'APPROCHER.

À l'instant même où j'envoie ma réponse, je perçois un bruit derrière la porte de ma chambre. Je me fige et patiente, attentive à d'autres bruits éventuels, mais le calme est revenu. Je soupire de soulagement et me concentre sur la lecture de sa réponse.

C'EST VRAI, MAIS PERSONNE NE M'EMPÊCHERA DE PASSER DE BONS MOMENTS AVEC TOI, SARAH. JE TE LE PROMETS.

HEUREUSE DE LE SAVOIR. IL FAUDRA DONC RESTER PRUDENTS... SI TOUTEFOIS, TU VEUX TOUJOURS PASSER DE « BONS » MOMENTS AVEC MOI ?

J'envoie ce dernier message en angoissant d'avance à sa réponse. Je suis certaine qu'il ne voudra plus passer de temps avec moi lorsqu'il m'aura vue.

Mon physique n'a pas changé. Mon visage est toujours marqué par quelques hématomes, mais ma jambe me handicape fortement.

Voudra-t-il toujours de moi ainsi ?

Me fuira-t-il ?

En plein doute, je me rends compte après une bonne minute que son message clignote sur mon écran. J'en prends connaissance, crispée comme jamais.

TA QUESTION EST LA PLUS STUPIDE DE TOUTES CELLES QUE TU M'AIES POSÉES !

BIEN SÛR QUE JE CONTINUERAI DE PASSER DU TEMPS AVEC TOI. JE T'AI PROMIS QUE J'ALLAIS TE FAIRE DÉCOUVRIR LES PLAISIRS DU SEXE ET JE LE FERAI. IL ME TARDE DE COMMENCER, BÉBÉ.

Je secoue la tête, ne sachant pas si je dois rire ou pleurer en lisant ces lignes prometteuses. Toutefois, je me raidis et cesse de respirer quand des bruits de pas provenant du couloir approchent vers ma chambre.

CHAPITRE 13

Travis

Mon sourire semble ne plus vouloir s'effacer de mes lèvres. Pourtant, j'ai bien cru que mon plan allait tomber à l'eau quand je me suis retrouvé face à une interne, dès mon passage dans le service de traumato.

Un petit rire m'échappe, satisfait de la supercherie qui m'est venue à l'esprit pour fournir à cette jeune femme de bonnes excuses pour justifier ma présence dans les lieux à cette heure tardive.

La chance a été de mon côté, et la montée d'adrénaline m'a fourni un très bon alibi quand elle m'a demandé des explications. Je me suis redressé et ai feint la colère en lui rappelant que les résidents nous prenaient pour des cons. Elle ne m'a pas semblé surprise, au contraire, quelque chose dans son regard ressemblait plus à de la compassion qu'autre chose.

J'ai donc joué le jeu tandis que Sarah a répondu à mon message. La curiosité m'a dévoré de l'intérieur alors que je prenais mon mal en patience en expliquant à l'interne qu'une personne du service cardio avait planqué ma blouse. Je dois vraiment être bon acteur, avec mon air de chien battu, elle a pris pitié et m'a demandé de la suivre.

Dans une pièce, j'ai bien cru qu'elle allait me demander des faveurs, mais elle m'a tendu une blouse et m'a suggéré de rester fort face aux médecins tortionnaires.

Évidemment, j'ai conscience que je suis tombé sur une personne bien trop tracassée par ses problèmes personnels et sa lassitude, sans doute après plusieurs heures de garde, j'imagine. Si j'avais été face à un médecin, j'aurais terminé hors de l'hôpital, expulsé par les gros bras de la sécurité.

Et j'aurais pu dire adieu à mon plan infaillible.

À l'abri dans le couloir silencieux du service traumatologie où se trouve la chambre de Sarah, je prends une profonde inspiration et m'approche tout en prenant enfin connaissance de sa réponse.

HEUREUSE DE LE SAVOIR. IL FAUDRA DONC RESTER PRUDENTS... SI TOUTEFOIS, TU VEUX TOUJOURS PASSER DE « BONS » MOMENTS AVEC MOI ?

Pourquoi me dit-elle une telle chose ?

Le front plissé, j'essaie de lire entre ces lignes et secoue la tête avant de me précipiter derrière un coin de mur à l'écoute d'un bruit de chariot qu'on pousse.

Je passe ma tête lentement pour vérifier si la personne ne s'approche pas de l'endroit où je me cache et roule des yeux en soupirant de soulagement.

Je suis bien seul dans ce couloir sombre et silencieux.

Je souris et réponds rapidement à son message.

TA QUESTION EST LA PLUS STUPIDE DE TOUTES CELLES QUE TU M'AIES POSÉES !

BIEN SÛR QUE JE CONTINUERAI DE PASSER DU TEMPS AVEC TOI. JE T'AI PROMIS QUE J'ALLAIS TE FAIRE DÉCOUVRIR LES PLAISIRS DU SEXE ET JE LE FERAI. IL ME TARDE DE COMMENCER, BÉBÉ.

Après mon envoi, j'avance vers la porte 253 et effleure la poignée des doigts avant d'hésiter un instant. J'ai tout de même du mal à croire que j'y suis arrivé. Elle ne s'attend certainement pas à me voir ici avant l'heure convenue, ni seul…

Je serre les dents tandis que mon esprit tente d'analyser ce comportement désinvolte que j'ai pour me pointer ici, mais c'est tout simplement hors de question d'arriver à trouver une réponse logique.

Je n'ai fait que suivre mon instinct.

Pourquoi ?

Pour quelles raisons ?

Je me fous de savoir. Je veux juste retrouver celle que ce connard de paternel m'a enlevée sans prévenir.

Une partie de moi pense certainement que je veux juste m'assurer qu'elle ne me tient pas responsable de son accident, mais c'est beaucoup plus fort que ça.

Toutefois, je n'ai pas envie de réfléchir davantage au « pourquoi » ni au « comment ». Je dois rester simple et on verra bien où cela nous mène, espérons seulement que je ne vais pas droit dans le mur.

Et comme j'aime les défis, je n'hésite plus et agrippe la poignée de la porte avant de la baisser.

La chambre est plongée dans le noir et silencieuse. Je déglutis péniblement avant de faire un pas dans la pièce. Là, j'entends sa respiration et esquisse un sourire avant de fermer la porte. C'est à cet instant que la lumière s'allume.

Je suis de dos et ferme les paupières pour tenter de garder le contrôle de l'émotion qui m'enveloppe. Les battements de mon cœur grondent dans ma poitrine et je dois rester serein. Tout se passera bien. J'en suis certain.

Elle ne semble pas m'avoir reconnu. Elle ne dit rien, je perçois juste son souffle beaucoup plus rapide.

Je me mets une claque mentale, si ce n'est deux. J'ai envie de me retourner et de la rejoindre aussi vite que possible, mais je me retiens.

Je le dois.

Alors, je baisse la tête et esquisse un large sourire avant de murmurer :

– Je t'ai réveillée ?

Je perçois un hoquet de surprise, puis sa voix m'atteint, telle une lame aiguisée qui transperce mon cœur.

– Travis !

Bordel !

Je n'attends plus, je suis impuissant face à cet élan vif qui me traverse de toutes parts.

Quand je me tourne, je croise juste son doux regard et j'ai l'impression que mon cœur vient de se remettre à battre.

Tout doucement.

À chaque pas que je fais, brisant la distance qui nous sépare, il repart de plus belle, se précipitant dans ma cage thoracique jusqu'à la brûler.

– Sarah, soufflé-je, prenant à présent le temps de la regarder tandis que je me trouve près du lit.

Elle est toujours la même, aussi belle, bien que les bleus qui se trouvent sur son visage me donnent la nausée. Elle a une longue coupure sur le front, mais je suis certain que la cicatrice disparaitra avec le temps.

L'émotion de pouvoir la voir d'aussi près me bouleverse bien plus que je ne l'aurais imaginé. Je suis si proche qu'il me suffirait de lever une main pour la toucher, mais je reste immobile, paralysé par la beauté de ses yeux clairs qui me fixent.

Je prends conscience à cet instant qu'une larme est prête à couler le long de sa joue. Elle stagne dans le coin de son œil droit et je ne résiste plus. Lentement, je dirige ma main vers son visage et, de mes doigts hésitants, je frôle sa joue avant d'effacer cette goutte d'eau salée de mon pouce.

Elle renifle et secoue la tête avant de fermer les yeux. Mon esprit lui crie de les rouvrir. La profondeur de son regard m'a bien trop manqué pour qu'elle m'en prive à présent.

Je ne sais pas mettre un mot pour définir vraiment l'état dans lequel je me trouve, mais je ne suis plus celui que je devrais être et rester.

J'ai l'impression qu'elle a pompé toute mon énergie pour la remplacer par une grande fatigue qui me laisse faible et fragile devant elle.

Où est-ce le soulagement ?

J'entrouvre les lèvres et caresse sa joue meurtrie du revers de la main. Sa peau est douce, si délicate.

– Ouvre les yeux.

Je lui ordonne cela dans un souffle, d'une voix que je ne reconnais pas.

Je ne suis plus que guimauve face à elle et il faut que je me reprenne.

Je m'y oblige.

– Sarah, insisté-je en m'installant à son côté.

Elle a une petite hésitation, je peux le deviner quand elle se met à déglutir. Puis, elle ouvre les paupières et une bouffée d'oxygène panse quelque peu la douleur de ma poitrine.

– Salut, lui dis-je en souriant.

– Sa… salut. Qu'est-ce que tu fais ici ?

Je lâche un faible rire et poursuis les allées et venues de mes doigts sur son visage. Son contact m'a manqué, mais je ne le lui avouerai pas. Je dois me retrouver, et je ne suis pas habitué de me confier sur ce que je ressens, même si Sarah a le don de me retourner le cerveau. Le plus drôle dans tout ça, c'est qu'elle ne soupçonne même pas posséder ce pouvoir. Ce qui rend encore plus la situation risible, de mon côté tout au moins.

Elle attend visiblement une réponse de ma part, mais que puis-je bien lui dire de plus ?

Je hausse les épaules et admets :

– J'ai voulu les devancer et j'y suis arrivé.

L'expression qui se peint sur son visage me laisse présager qu'elle est en colère contre moi.

– Pourquoi ? me demande-t-elle.

Je fronce les sourcils et suspends mes doigts au-dessus de sa joue.

– Quoi, pourquoi ?

Elle secoue la tête et je roule des yeux, ressentant l'agacement me gagner. Je n'ai aucune envie de me justifier. Je ne connais pas vraiment les raisons qui m'ont poussé à venir ici sans le dire à personne.

Enfin, si… mais elles me sont propres.

– Écoute, si tu n'as pas envie que je sois là alors je…

– Non ! s'exclame-t-elle.

Surpris, je baisse le regard vers la main qu'elle a posée sur mon bras pour me retenir. Malgré le cuir de ma veste et le coton de la blouse que je porte, j'ai la sensation étrange que son contact me brûle à petit feu.

Perplexe, je retire mon bras, brisant son contact et passe une main dans mes cheveux pour me donner une contenance.

– OK… alors, qu'est-ce qui ne va pas ? l'interrogé-je tout en ancrant mon regard dans le sien.

Ce que je n'aurais pas dû faire, pour la simple et bonne raison qu'il m'est à présent impossible de rester ici comme un ami.

Cependant, le ton criard de ma chère sœur revient hanter mon esprit.

Fais chier !

– Il n'y a rien, c'est juste que je ne m'attendais pas à ce que tu viennes ici… pas maintenant en tout cas.

Je souris, tentant vainement de cacher mon trouble tandis qu'une fine pellicule de sueur glisse dans mon dos.

Je sais ce que ça veut dire, j'ai envie de l'embrasser et de lui montrer combien elle m'a manqué, combien je me suis inquiété pour elle…

Putain !

Il faut que je me reprenne, que je pense à la promesse que j'ai faite à Nina. Si j'ai envie d'arranger les choses avec elle, ce n'est pas en me comportant avec Sarah, tel un ado à son premier rendez-vous qui devient guimauve devant elle. Je ne dois pas perdre mes moyens, je me l'interdis.

– OK, y'a aucun problème alors ?

Elle secoue la tête et m'offre enfin ce que je désire depuis longtemps… enfin, une des choses que j'attends.

Elle me sourit.

– OK, dis-je en prenant conscience que je répète ce « OK » depuis tout à l'heure.

Sur ce, je me tais et reste ainsi pendant quelques minutes. J'ai l'air ridicule, et cela m'agace au fond de moi, mais que faire ? Je suis venu ici, sans doute pour m'assurer de mes propres yeux qu'elle était saine et sauve. Sans doute aussi pour soulager ma conscience…

Je fuis son regard à cette pensée, je sais que je suis responsable de sa fuite, qui a provoqué son accident. J'aurais dû tout lui dire concernant ce stupide pari qu'elle a pris pour elle, mais je n'en ai pas eu le temps et préfère oublier cette partie de l'histoire, tout comme elle, visiblement.

– Pourquoi es-tu venu ? Et ne me dis pas que c'est parce que tu voulais les devancer ou je ne sais quoi d'autre encore. Sois honnête, Travis.

Je la regarde, abasourdi.

Elle a raison, mais je ne peux pas l'expliquer moi-même.

– J'ai… suivi mon instinct, à tort ou a raison. Je suis ici, réponds-je d'une voix bredouillante.

Elle lève un sourcil et j'aime ce que je vois. Elle possède un petit sourire en coin et, à cette seconde, j'ai fortement envie de l'attirer dans mes bras pour l'embrasser et lui dire combien je suis désolé.

Cependant, je n'en fais rien et ajoute :

– Je voulais t'emmener maintenant à l'hôtel. J'ai pensé que ce serait plus judicieux de le faire pendant la nuit que d'attendre demain matin alors que tout le monde pourrait te voir partir. Tes parents seraient prévenus et…

– Je vois, me coupe-t-elle. Je suppose que c'est avec toi que mon père…

Elle s'interrompt tandis que j'acquiesce d'un hochement de tête.

– Je ne l'ai pas frappé, mais…

– Tu en as eu envie, continue-t-elle.

J'esquisse un pauvre sourire et garde le silence. Je n'ai pas besoin de dire quoi que ce soit, elle me connaît si bien malgré le peu de temps que nous nous sommes accordé tous les deux.

– Je te remercie.

Surpris, je lève les yeux et embrasse les siens.

– Pourquoi ?

– D'avoir gardé ton sang-froid face aux accusations de mon père. J'imagine qu'il vous a fait porter le chapeau de ce qui est arrivé. Je ne lui en veux pas vraiment, Travis. Il s'est inquiété.

– Il a pris ton téléphone, Sarah, lui rappelé-je. Il n'a rien dit et nous… j'étais fou furieux de ne pas savoir, de ne pas…

Elle m'interrompt. Le sourire aux lèvres et les yeux humides, elle s'est redressée et vient de poser ses doigts sur ma bouche pour que je me taise.

Je ferme les paupières, savourant ce contact et agrippe son poignet dans ma main. Je la regarde alors, et je ne résiste pas à l'envie qui me dévore de l'intérieur depuis mon entrée dans cette chambre. J'approche mon visage et pose mes lèvres contre les siennes. Elle ne bouge pas et je ferme très fort les yeux en appuyant mon baiser, tout en plongeant ma main vers sa nuque, la retenant près de moi de façon désespérée.

Pendant un petit instant, nous restons ainsi, lèvres contre lèvres sans que je ne cherche à intensifier notre baiser. Puis, un petit soupir de bien-être s'échappe de sa gorge et je me détends à mon tour. Nos lèvres remuent l'une contre l'autre et c'en est bien assez pour me faire perdre toute patience. Je force le barrage de ma langue et, dans des gémissements étouffés, nous nous retrouvons enfin…

CHAPITRE 14

Sarah

Lorsque je sens sa langue entrer dans ma bouche pour s'enrouler à la mienne, je fonds.

Littéralement.

Son baiser doux et insistant à la fois me fait perdre la notion du temps et du lieu où je me trouve. Il arrive à balayer les souffrances et les doutes que j'éprouve depuis mon réveil. Sa barbe de trois jours me chatouille quelque peu en une douce et tendre caresse sur ma peau délaissée depuis l'accident.

Bon sang…

Son baiser m'a manqué.

Le contact de sa peau, son odeur et son corps m'ont terriblement manqué.

Travis m'a manqué, lui seul dans toute sa splendeur et son côté mauvais garçon ont fait de moi une accro.

Une dépendante de ses mains, de ses caresses et baisers qui me font devenir une marionnette qu'il actionne à son gré.

Je ferme les paupières et l'embrasse encore et encore…

Refusant de briser le contact de ses lèvres, j'enroule mes bras autour de son cou et approfondis le baiser sensuel et délicat qui se déroule entre nous.

Je ne m'étais pas attendue à autant de douceur. Tout comme je ne m'étais pas doutée un seul instant qu'il allait débarquer dans ma chambre pour me sortir de mon enfer.

Je ne sais toujours pas les raisons exactes pour lesquelles j'ai terminé dans ce lit d'hôpital, mais je m'en moque. Mon cerveau a décidé de refouler cette partie encombrante de mon crâne et de profiter de ce moment… de profiter de lui, de sa présence.

Des petits gémissements s'échappent de nos lèvres jointes lorsque nos mains se mettent à courir sur nos corps. Une de mes mains échoue dans ses cheveux tandis qu'une des siennes descend le long de mon dos, provoquant des frissons sur tout mon corps.

Seul, le besoin d'oxygène nous impose de casser notre baiser. À bout de souffle, je baisse les yeux et me mords la lèvre, heureuse et mal à l'aise en même temps qu'il puisse apercevoir le rouge me monter aux joues au désir qu'il a enclenché en moi.

Travis oppose son front au mien et émet un petit rire. Je souris et rouvre les paupières pour plonger mon regard dans le sien. Aussitôt, il m'électrise, comme toujours.

J'ai beau demander à mon cerveau de fuir ses yeux clairs avant que je ne fonde davantage dans ses bras, il ne veut rien savoir. Alors, impuissante, je continue de fixer ses prunelles brillantes de désir et un sourire se dessine sur mes lèvres.

– Sarah…

Son murmure me gonfle le cœur de joie. Non pas car il vient de dire mon prénom, mais le ton empli de tendresse avec lequel il vient de le prononcer me fait penser que je suis importante à ses yeux.

– Quoi ? soufflé-je avant de déglutir péniblement.

Il recule son visage pour mieux plonger son regard dans le mien. Sa main vient englober ma joue et je ferme les yeux, juste un instant, profitant de ce moment de douce caresse, d'intimité, de grande tendresse dont il fait preuve.

Je ne le connais pas aussi doux et attentionné.

Le Travis de mes souvenirs est un homme qui fonce dans le tas, parfois violent, parfois gentil, mais jamais aussi tendre, bien que pendant notre première fois, il se soit montré attentionné.

Aujourd'hui, à cette minute, j'ai l'impression de découvrir une nouvelle facette de ce garçon qui sait comment s'y prendre pour me déstabiliser.

Totalement.

J'ouvre les yeux à la minute où il entrouvre les lèvres.

Fascinée, je regarde cette bouche que j'ai envie de dévorer encore et encore.

– Il…

Il s'interrompt et s'éclaircit la gorge. Tout en caressant ma pommette de son pouce, il poursuit :

– Si tu veux venir avec moi… c'est maintenant, Sarah.

Je fronce les sourcils et l'interroge silencieusement du regard. Il remue, brise le contact de nos peaux et se lève du lit. Je sens à cet instant une faible douleur envahir ma jambe.

Il doit remarquer ma grimace, car il se penche au-dessus de moi dans un mouvement vif.

– Qu'est-ce que tu as ? Tu as mal ?

Son inquiétude me rassure, mais n'enlève pas pour autant la douleur qui submerge mon genou, ma cuisse.

– C'est… ma jambe, avoué-je, en fuyant son regard interrogateur.

Cette fois, il me fixe avec une lueur de colère dans les yeux. Je n'ai pas le temps de faire le moindre geste qu'il retire le drap qui me recouvre.

– Bordel…

Je suis mal à l'aise. La déception peut se lire dans les traits de son visage. Je viens de recevoir une bonne claque. Maintenant, il va me rejeter, j'en suis certaine.

Qui voudrait d'une fille comme moi, avec cet attirail ?

– Qu'est-ce…

Je l'interromps en poussant un long soupir de lassitude, et de colère aussi…

Il fuit la vue de ma jambe et vient ancrer son regard dans le mien. Je serre les dents et lui explique les dommages que j'ai subis sur ma guibole droite.

– Les chirurgiens ont fait du mieux qu'ils ont pu pour sauver ma jambe. Ils n'ont pas eu le choix de faire ça, Travis.

– C'est entré dans ton genou ? me demande-t-il avec un rictus de dégoût.

Je hoche la tête et me redresse. Doucement, je place ma main au niveau de mon genou qui me lance plus fort à cette minute même.

– C'est une broche qu'ils ont traversée de part en part dans mon genou. Je dois garder ça pendant trois mois… je sais, c'est horrible, mais je n'ai pas le choix… c'est… on ne la voit pas trop, je peux la cacher et…

– Arrête… me coupe-t-il d’une voix tranchante.

Je sursaute quelque peu et le considère longuement. Il me semble furieux, mais il se calme, passant une main dans ses mèches qui lui tombent sur le front.

– Bordel, Sarah, je ne savais pas que tu… que ta jambe était en si mauvais état. Je suis désolé…

– Ce n’est pas ta faute, murmuré-je, les larmes aux yeux.

Je ne comprends pas pourquoi je commence à pleurer silencieusement. C’est sans doute à cause de sa réaction, je dois être répugnante à ses yeux.

– Sarah… que disent les médecins ? Dans trois mois, tu enlèveras ce machin et tout rentrera dans l’ordre ?

Je hoche la tête, incapable à cette seconde de prononcer un mot tant ma gorge est serrée.

– OK… poursuit-il dans un souffle. Ça te fait mal ? demande-t-il en frôlant ma main qui est toujours posée sur mon genou détruit.

– Oui. Pour le moment, c’est supportable, mais parfois… j’ai besoin de puissants analgésiques.

Il ouvre la bouche et la referme, puis, je suis surprise qu’il prenne ma main dans la sienne. Il s’installe sur le bord du lit sans me quitter du regard puis entrelace ses doigts aux miens.

– Tu sais marcher ?

– Oui, à l’aide de béquilles, mais je t’avouerai que je ne suis pas encore prête à courir le marathon.

Il sourit et mon cœur s’emballe.

– Travis, chuchoté-je. Je veux partir d’ici.

Il secoue la tête et répond :

– Je ne sais plus vraiment si c’est une bonne idée, Sarah. Tu as besoin de médicaments et…

– J’ai une plaquette dans le tiroir, le coupé-je avant de lui expliquer. L’infirmière l’a oubliée un jour où j’ai eu une grosse crise de douleur. Et… je peux marcher, doucement, mais je peux le faire.

Il veut insister, mais il hésite, je le vois dans ses yeux qu’il braque aux miens.

– S’il te plaît… le prié-je d’une voix misérable.

Il m’offre un doux sourire et je sens la pression de ses doigts autour des miens.

– Sarah, je n'avais pas l'intention de t'emmener au marathon et… si tu as des cachets… je peux te porter, tu n'auras même pas besoin de poser les pieds sur le sol. Sarah… répète-t-il en levant une main vers mon visage pour recueillir une larme qui vient de s'échapper de ma paupière, je ne veux pas que tu penses que j'ai changé d'avis, cela me serait impossible. Je suis venu te chercher et je compte bien te ramener avec nous, mais c'est juste que… je ne veux pas te voir souffrir, alors, promets-moi qu'une fois que nous serons arrivés à Los Angeles, tu iras consulter un médecin !

Émue, je laisse mes larmes rouler le long de mes joues et lui accorde cette promesse.

– Je te le promets.

– Bien, dit-il en un sourire satisfait.

Sur ce, il se lève, lâchant ma main où j'ai une sensation de brûlure.

C'est agréable, mais j'aimerais qu'il la reprenne rapidement, son contact me semble indispensable à présent…

Toutefois, je refoule cette possibilité. Je n'ai pas envie de lui paraître prête à tout pour un rapprochement avec lui. J'ai besoin de rester moi-même et non cette marionnette dont il tient les ficelles.

Je l'observe tandis qu'il jette un œil dans la pièce. Puis, il s'approche à nouveau et me demande :

– Tu as des affaires ?

– Oui, sous l'armoire, lui dis-je en lui montrant d'un geste de la main.

– Tout est prêt ?

Je confirme d'un hochement de tête. Travis se dirige vers l'armoire et en extirpe du dessous, mon sac à dos et ma paire de chaussures. Il revient vers moi et m'aide à me chausser.

– Tu es sûre que tu peux la mettre ?

Je souris.

– Oui, je le peux, réponds-je. Mon pied n'a rien, lui.

– OK.

Délicatement, il chausse mon pied droit et me lance un regard inquiet.

– Ça va ?

– Oui, ça va, réponds-je d'un ton légèrement exaspéré.

J'en prends vite conscience et je me radoucis en l'interrogeant sur la suite de nos actions.

– Tu n'as rien à craindre, je sais où passer sans être vu.

– Tu as fait des repérages ? demandé-je en gloussant.

Je le vois rouler des yeux avant de confirmer.

– Tu devrais mettre une veste.

– Elle est sur la chaise.

– Bien, dit-il en l'attrapant avant de me la tendre.

Je le remercie et l'enfile avant de ranger la plaquette d'analgésiques dans ma poche.

– Tu comptes sortir de cette chambre avec cette blouse ?

– Ouais, elle nous sera utile si jamais nous tombons sur quelqu'un.

– Si tu le dis.

– Ça va bien se passer, Sarah. Fais-moi confiance.

Un pauvre sourire timide se dessine sur le coin de mes lèvres.

Lui faire confiance ?

Je ne sais pas si je le peux ou pis encore, si je le dois.

Cependant, à cette minute, je n'ai pas le choix et accepte la main qu'il me tend.

Travis m'aide à m'asseoir au bord du lit, il glisse le sac dans mon dos.

– Passe-moi mes béquilles, s'il te plaît.

Il entrouvre les lèvres puis les referme avant de se tourner vers le mur pour les prendre. Il me les tend.

– Prends-les, je vais te porter.

– Tu n'es pas obligé…

– Crois-moi, bébé, nous irons plus vite ainsi.

Je n'ai pas le temps de refuser qu'il passe un bras sous mes jambes et l'autre dans mon dos pour me soulever comme si je pesais le poids d'une vulgaire plume.

J'ai un hoquet de surprise, mais lorsqu'il tourne son visage vers le mien, je retiens ma respiration et plonge mes yeux dans les siens.

Ils sont amusés, charmeurs et désireux.

Mon bras s'accroche à son cou un peu plus fermement. De ma main libre, je tiens les béquilles, évitant qu'elles ne claquent sur ses jambes alors qu'il avance vers la porte.

Soudain, il se fige. Mon corps a la même réaction, car je me demande s'il a entendu quelque chose ou alors, pense-t-il que quelqu'un approche ?

– Travis, soufflé-je.

Son nez frôle ma joue lorsqu'il tourne la tête vers moi. Nos regards s'ancrent l'un à l'autre, puis ses lèvres viennent s'écraser contre les miennes. Son baiser est étonnamment doux, mais j'y réponds avec bonheur. Il ne l'approfondit pas, il embrasse tendrement mes lèvres en fermant les yeux.

Quand il recule le visage, je reste d'autant plus surprise en prenant conscience de la lueur qui illumine le vert de ses iris.

À cet instant, je le trouve plus beau que jamais. Sa barbe de trois jours, ses yeux brillants (d'amour ?) me révèlent la vulnérabilité qu'il cache au regard de tous.

– Il est temps de filer, me dit-il alors dans un doux murmure avant d'actionner la poignée de la porte, m'offrant la liberté de m'évader… de l'aimer.

CHAPITRE 15

Travis

La montée d'adrénaline que je ressens est puissante, violente. Je marche le plus vite possible, espérant ne croiser personne dans les dédales de couloirs de l'hôpital. Je serre Sarah dans mes bras, elle a niché son visage dans mon cou et un sourire idiot déforme mes lèvres.

Son souffle sur ma peau me fait quelque chose. Mais évidemment, je ne lui montre pas et continue de marcher jusqu'à ce que je m'enfonce dans la cabine de l'ascenseur avec elle.

Dès que les portes métalliques se ferment, des pensées peu catholiques viennent à mon esprit, attisant plus prestement le désir que je tente d'enfouir au plus profond de moi.

Je me vois bien la poser sur le sol et la coller à la paroi de la cabine qui entame sa descente. Je lui prends les lèvres avec fièvre, l'embrasse avec passion, enroulant sauvagement ma langue à la sienne, jusqu'à lui couper le souffle. Puis, je déchire ses vêtements et je la prends violemment, là dans cet ascenseur où l'atmosphère est chargée de gémissements de plaisir et de cris de jouissance tandis que je la baise comme jamais je ne l'ai fait.

Ou alors, je la force à s'agenouiller devant moi. Je déboucle ma ceinture et déboutonne mon jean, lui révélant ma queue que je glisse entre ses lèvres. Elle me la prend jusqu'au fond de sa gorge et…

Bordel !

La petite alarme qui retentit, nous informant que nous sommes au rez-de-chaussée, chasse les fantasmes de ma tête. J'ai l'impression d'être à bout de souffle, épuisé et gêné, alors que je sens son regard interrogateur sur moi.

Heureusement, je tente de garder la tête froide et sors de la cabine sans un regard pour mon doux fardeau. Elle se contente de rester silencieuse, mais je peux sentir son sourire quand elle remet son visage dans mon cou.

L'esprit encore un peu confus par les images obscènes que mon cerveau refuse de balayer, je poursuis le chemin qui me mène vers la laverie du Centre Régional du Kansas.

Pendant que je presse le pas, je pense à Nina et Calvin, j'imagine la tête qu'ils vont faire lorsque je les réveillerai à notre arrivée à l'hôtel.

Évidemment, l'appréhension est présente au fond de moi. Je me demande si leurs réactions seront bonnes et s'ils comprendront les raisons pour lesquelles j'ai agi ainsi. Bien sûr, je n'exige pas d'eux qu'ils me remercient de nous avoir fait gagner du temps, mais j'espère secrètement qu'aux yeux de ma sœur, je gagnerai des points.

Cependant, je tiens entre mes bras la fille que je ne dois pas approcher, celle dont je dois me tenir éloigné pour évider les foudres de Nina.

Et comme un con, j'ai promis…

J'ai juré que je ne m'en approcherais pas, qu'elle est et ne sera à mes yeux qu'une colocataire de plus.

– Il y a quelqu'un, me chuchote soudain Sarah, me sortant de mes pensées.

Je fronce les sourcils et jette un œil vers les portes battantes qui n'attendent plus que nous les franchissions. Puis, je dirige mon regard vers deux hommes en train de discuter de l'autre côté du couloir. Je n'ai plus que trois mètres à faire pour que le mur d'en face, sur la droite, puisse nous cacher de leur vue.

– Chut, ne dis plus un mot, murmuré-je en me pressant.

Une fois à l'abri des regards des hommes, je soupire de soulagement et lui offre un sourire.

– Nous serons dehors dans trente secondes.

Elle me regarde avec reconnaissance. Nous nous sourions et, doucement, je pousse la porte de sortie de secours. Nous voilà à l'extérieur. Sarah resserre son bras autour de mon cou.

– Tu as froid ? lui demandé-je.

– Non, ça va, répond-elle, visiblement ravie de se trouver à l'air frais de la nuit. Où est la voiture ?

– Pas loin d'ici, je l'ai garée derrière ce container.

Elle regarde dans la direction de celui-ci et me demande de la poser au sol.

Je refuse. Elle insiste.

– Je peux marcher, ce n'est même pas à dix mètres, Travis !

– J'aime te porter.

J'accentue la vérité par un sourire. Elle en fait de même et lâche un petit rire tandis que je m'approche de la voiture. Une fois au côté du 4x4, elle me dévisage et fixe avec les yeux plissés, le véhicule flambant neuf.

– C'est…

– À Calvin, oui.

– Je…

Je l'interromps d'un soupir de lassitude et ouvre la portière avec habilité sans la lâcher. Dans mon mouvement, une des béquilles claque dans la carrosserie.

– Merde, grogné-je.

– Je suis désolée.

Je baisse les yeux et, rassuré qu'il n'y ait rien de cassé, je me mets à rire.

– C'est bon, t'en fais pas.

– Je suppose qu'il serait vraiment furieux s'il y avait une égratignure après que j'ai…

Elle s'interrompt et déglutit péniblement. Je la dépose délicatement sur le siège que je recule afin qu'elle puisse être à l'aise avec sa jambe droite et prends ses béquilles que je range sur la banquette arrière tandis qu'elle enlève le sac de son dos.

– T'es bien installée ? lui demandé-je en me penchant vers elle.

Elle hoche la tête. Satisfait, je ferme la portière et ôte la blouse de mon dos et la jette sur le bitume. Je me dépêche de m'installer à son côté. Aussitôt, une pluie fine s'abat sur le pare-brise.

– C'était moins une ! m'exclamé-je en riant.

Elle ne réagit pas. Sarah se contente de fixer silencieusement la pluie qui tombe. À cet instant, je n'ai pas de mal à deviner son trouble.

Cela me fait mal au cœur de la voir ainsi, si perdue dans ses pensées en fixant un point imaginaire devant elle. Alors, je démarre le 4x4 et enclenche le chauffage en remarquant qu'elle tremble un peu. Puis, je prends sa main et la serre entre les doigts.

– Sarah… Calvin ne t'en veut pas, tu sais. Son assurance a pris tout en charge et ce n'est pas comme s'il n'avait pas les moyens de se racheter un véhicule. Regarde, il est toutes options, bien mieux que l'autre et…

– S'il te plaît, murmure-t-elle.

Je m'interromps et la regarde dans les yeux.

– Travis… emmène-moi loin d'ici.

– D'accord, dis-je, ému d'apercevoir les larmes dans ses yeux.

J'aimerais lui dire quelque chose pour la rassurer, pour soulager le mal dont elle refuse de me parler, mais je ne peux pas. J'ôte ma main de la sienne et enclenche la marche arrière pour sortir de ma cachette.

Pendant les dix premières minutes du retour, elle ne dit pas un mot, ne prononce pas un son même lorsque je lui propose de mettre un peu la radio. Elle a juste haussé les épaules de nonchalance.

Ce silence est oppressant. Mon cœur bat dans ma poitrine douloureusement comme s'il voulait exploser la rage et la colère que j'enfouis pour rester calme devant elle. Cependant, je me demande si j'arriverai à tenir aussi longtemps. Tant de questions me taraudent l'esprit, à savoir que diront les autres du retour imprévu de Sarah ? Acceptera-t-elle de dormir avec moi cette nuit ?

Et si je ne réveillais pas Calvin ni Nina et que je profitais avec Sarah de cette nuit de retrouvailles ?

Je secoue la tête, furieux de ne pas avoir de réponses concrètes à mes questions, même si je sais que passer la nuit avec elle, dans son état, est impossible. Mais je pourrais la tenir dans mes bras…

Non, je m'interdis de faire une telle chose.

J'essaie de me concentrer sur la route, balayant ce flot de questions inutiles de mon esprit quand la tension due au silence angoissant m'irrite davantage.

– Sarah ?

Elle ne répond pas, se contente juste de tourner la tête vers moi. Je serre les dents, énervé puis je donne un coup de volant sur le côté et arrête le moteur de la voiture.

– Qu'est-ce que tu fais ?

– Enfin ! m'exclamé-je. Tu daignes enfin dire quelque chose !

Elle ne semble pas comprendre ce que je dis. J'éclate de rire nerveusement, remarquant le pli soucieux qui se forme au milieu de son front.

– Je suis fatiguée, Travis. Écoute, je suis vraiment heureuse que tu sois venu me chercher ce soir, je t'en suis reconnaissante, mais je n'ai pas beaucoup dormi et…

– Oh… non, ce n'est rien. Je pensais que tu… m'en voulais pour un truc et…

– Non ! Bien sûr que non, Travis, s'exclame-t-elle en levant une main vers moi avant de suspendre son geste.

Rassuré, un sourire étire le coin de mes lèvres. J'attrape sa main que j'amène vers mon visage. Je donne un baiser dans le creux de son poignet et lui avoue :

– Je ne regrette pas de pas avoir attendu demain matin, Sarah. Mais… quand ils comprendront, je pense qu'ils vont être furieux et…

– Alors ne leur dis rien.

J'écarquille les yeux, assez surpris de cette réponse.

– Ils le sauront tôt ou tard et je n'ai pas pour habitude de mentir, Sarah.

– Ah bon !

Ces deux petits mots ne sont pas une question qu'elle me pose, mais plutôt une sorte de moquerie. Mon amour propre en prend un coup.

– Contrairement à ce que tu penses, j'essaie de ne pas le faire en tout cas. À quoi penses-tu ? Tu voudrais passer la nuit avec moi et leur faire croire que je suis parti à l'hôpital à l'aube pour te chercher ?

Elle hausse les épaules.

– C'est une idée.

Je souris.

– J'avoue que je n'arrête pas de penser à cette idée, mais comme tu l'as dit, Sarah… tu es fatiguée et dans ton état…

– Oh… très bien, souffle-t-elle.

Merde, je l'ai vexée. Elle tente de dégager sa main de la mienne, mais je la retiens fermement et lui demande de me regarder.

Encore une fois, je n'ai aucune réponse.

Poussant un soupir de lassitude, je me penche vers elle en serrant ses doigts dans les miens et, de ma main libre, je prends son menton entre mon pouce et mon index, l'obligeant à me regarder dans les yeux.

– Sarah…

La vue de ses yeux brillants de larmes me serre le cœur, m'empêchant de continuer.

Je me sens idiot, stupide de ressentir autant de faiblesse devant cette fille exceptionnelle.

J'essaie de poursuivre, entrouvre les lèvres, mais un son rauque de désir s'échappe de ma gorge. Sans que je ne puisse résister davantage, je prends son visage en coupe dans mes mains et l'embrasse avec ferveur.

Soulagé qu'elle réponde à mon baiser, je l'approfondis, ma langue cherchant la sienne avec impatience. Et quand elles se trouvent, elles s'enroulent l'une à l'autre dans une danse des plus folles tandis que des gémissements s'échappent de nos bouches gourmandes.

Nous nous embrassons pendant de longues minutes. Nos mains partent à l'assaut de caresses sur le corps de l'autre et, à bout de souffle, j'agrippe ses poignets quand ses doigts tentent de s'immiscer sous ma veste.

– Sarah… je… il faut que je te dise quelque chose.

– Je t'écoute…

Bordel…

Ses lèvres gonflées par mon baiser me rendent dingue.

– J'ai… envie de toi, plus que tu ne le crois, mais j'ai fait une promesse à Nina, bébé.

– Quoi ? Quelle promesse ? Ne me dis pas que tu lui as promis de te tenir loin de moi ?

J'écarquille les yeux, surpris qu'elle sache.

– Elle te l'a dit ?

– Nina m'a juste raconté qu'elle ne veut pas que nous soyons amis, mais j'ai compris qu'elle pensait plus à « proche » que de simples amis.

– Je vois… et qu'en penses-tu ?

Elle hausse les épaules et me lance un regard réprobateur.

– Je sais que vous n'êtes pas en très bons termes tous les deux, et j'aime beaucoup ta sœur, mais nous sommes assez grands pour faire ce que nous voulons, non ?

– Bien sûr et je ne t'ai pas dit que j'allais appliquer sa directive, Sarah.

– Oh, je pensais que tu lui avais promis.

Amusé d'apercevoir une étincelle d'espoir dans ses yeux, je ris.

– Oui, je lui ai bien promis que je te considérerais comme une coloc, mais au loft, pas ailleurs, et elle ne le saura jamais, du moins, pour le moment. Si t'es d'accord, évidemment.

– Je… pense que je suis d'accord, mais… comment allons-nous faire pour…

Je l'interromps en posant mon index sur ses lèvres.

– Ne t'en fais pas pour cela, j'ai une idée. Pour le moment, nous allons les retrouver à l'hôtel et nous verrons bien leurs réactions. Ensuite, tu vas te reposer, nous prendrons la route demain matin très tôt et je te promets qu'une fois à Los Angeles, je m'occuperai de nous trouver un endroit pour nous retrouver. Je t'ai promis que j'allais te montrer les plaisirs que tu peux ressentir, bébé, et je le ferai.

– D'accord, murmure-t-elle, émue.

Je caresse sa joue, frôle le bout de son nez du mien et dépose un léger baiser sur ses lèvres.

– Dis-moi que t'es pressé que je te baise, bébé…

– Oui, souffle-t-elle en plongeant son regard dans le mien.

Satisfait, je lui souris et lui donne un long et doux baiser, espérant la rendre encore plus impatiente de vivre les moments que nous avons envie de partager tous les deux.

Ce n'est qu'à bout de souffle que je me recule. Elle me sourit tendrement en tentant de retrouver une respiration plus calme alors que je me réinstalle convenablement sur le siège conducteur.

– Il est temps d'y aller, à présent, lui dis-je en échangeant un regard complice avec elle.

Soudain, elle lève la main et effleure ma joue du bout des doigts, puis elle trace le contour de ma mâchoire que je serre sous cette douce caresse.

– Sarah… si tu continues d'être comme ça, je te jure que je vais revenir sur ma décision et te prendre à l'arrière de ce 4x4 en oubliant que je peux te faire mal.

Pour toute réplique, elle lâche un rire et continue de poursuivre sa caresse en descendant ses doigts vers mon cou. Je déglutis péniblement, ne lâchant pas son regard empli de provocations.

– Tu es fatiguée, bébé. Arrête ça maintenant où je vais faire une chose que nous risquons de regretter tous les deux !

Cette fois, elle suspend ses caresses et me regarde avec de gros yeux. Je profite de sa béatitude pour prendre sa vilaine main et la tiens prisonnière avant de redémarrer.

Elle continue de me regarder d'un air interrogateur et cela m'amuse tandis que j'appuie sur l'accélérateur.

– Un jour, je te montrerai ce que j'avais en tête à cette minute.

– Pourquoi pas maintenant ?

Surpris, je la considère un instant avant de me concentrer sur la route étroite que nous empruntons.

– Je doute que tu sois prête pour ça, bébé, mais un jour, tu le seras.

CHAPITRE 16

Sarah

J'ai encore un peu de mal à réaliser que je suis avec Travis. C'est fou qu'il soit venu me retrouver à la tombée de la nuit. S'il n'était pas « lui », je dirais que c'est le plus beau des romantiques, mais Travis est loin de l'être. Cela ne me gêne pas, car j'ai vu au fond de lui quelque chose d'inexplicable, de contradictoire avec ce qu'il avance et qu'il veut bien montrer aux gens.

Et je compte bien percer cette carapace pour comprendre exactement ce qu'il ressent. Évidemment, il me faudra du temps pour le découvrir, et aussi assez d'énergie pour garder l'esprit serein et calme devant ses sautes d'humeur à venir.

Oui, il semble peut-être plus abordable, mais un petit quelque chose au fond de son regard me dit de me méfier de lui.

Travis est une bombe à retardement, prête à exploser à n'importe quel moment, n'importe où. J'ai déjà aperçu le degré de violence dont il est capable, et je n'ai pas envie de réitérer un tel instant.

J'esquisse un sourire, fixant toujours le paysage obscur qui défile sous mes yeux. Ma main est toujours dans la sienne, son contact me permet de réaliser que ces minutes qui s'écoulent sont bien réelles.

Je pense alors à cette promesse qu'il a faite à sa sœur et qui me chagrine, je dois bien l'avouer. Cependant, je sais depuis le début que Nina est contre tout rapprochement entre Travis et moi. J'espère juste que nous arriverons à trouver un moyen d'être ensemble pour passer un peu de temps rien que tous les deux. J'aime être avec lui. Il arrive à me rendre si forte et faible à la fois. Je n'ai jamais ressenti quelque chose d'aussi inexplicable qu'en sa présence.

Toutefois, elle m'apaise, et comme il l'a si bien dit, c'est juste pour passer du bon temps ensemble.

– Nous sommes bientôt arrivés, Sarah.

Sa douce voix me fait sortir de mes pensées et je constate avec plaisir qu'il entrelace nos doigts.

– Tu penses qu'ils sont réveillés ?

– Je ne crois pas. Calvin dormait profondément et Nina était fatiguée.

– Alors… on fait comme on a dit, on rentre, on les réveille et on avise ?

Il me lance un coup d'œil avant de me sourire.

J'aime ce sourire en coin qui se dessine sur ses lèvres pleines. Chaque fois, j'ai envie de passer mes doigts sur la petite fossette qui se creuse magnifiquement bien sur sa joue, et avec sa barbe de trois jours, cela accentue son côté sexy de mauvais garçon.

Il remarque sans doute que je le scrute avec des yeux brillants de désir, car il lâche un petit rire en freinant le véhicule.

Surprise, je prends conscience que nous devons être arrivés. En effet, il se gare sur le parking.

– On peut faire ça, oui, répond-il enfin.

Je hoche la tête, sentant mes joues rosir de plus belle tandis qu'il se penche vers mon visage.

– Mais avant, laisse-moi t'embrasser encore, bébé.

– Attends…

Je ne sais pas ce qui me prend, mais je le retiens d'une main en la posant sur son torse. Je n'aurais pas dû faire ce geste. Ce contact chaud m'électrise.

– Qu'est-ce qui ne va pas ?

Je secoue la tête, paumée.

– Je… Travis, je tiens à passer des moments avec toi, j'aime être… à ton côté, mais j'aime ta sœur, et je ne peux pas lui mentir. C'est au-dessus de mes forces.

– Qu'est-ce que tu racontes, Sarah ?

Il semble furieux, sonde mon regard pendant quelques secondes pour chercher à connaître la réponse.

– Je te l'ai dit, je l'aime et je ne veux pas me mettre entre vous deux, vous avez déjà assez de problèmes et si elle…

– Elle ne le saura jamais.

Je roule des yeux, blessée au plus profond de moi. Bien sûr qu'elle ne le saura jamais, il ne compte pas faire de moi sa petite amie attitrée.

Qu'est-ce que je croyais, bordel ?

– T'as raison, sans doute… mais…

– Arrête, me coupe-t-il d'un ton grave. J'essaie de faire des efforts avec elle, et tu ne seras pas celle qui va aggraver notre relation, crois-moi. Je trouverai un moyen pour que nous soyons tranquilles, je te l'ai dit et je le ferai, d'accord ?

Je hausse légèrement les épaules, m'interrogeant mentalement : ne ferais-je pas mieux de mettre un frein immédiatement à ce qui se passe entre nous ? Cependant, c'est au-dessus de mes forces. Le doux regard qu'il affiche à cet instant a raison de moi, comme toujours.

Alors, je hoche la tête en signe d'acquiescement et lui rends un petit sourire.

– D'accord, bredouillé-je en me rendant compte que je viens de fermer le poing sur sa chemise.

– Tout se passera bien, tu verras. Tu es capable de jouer le jeu devant les autres, j'en suis sûr.

– Ça ne sera pas si évident que tu le penses.

– Ah, et pourquoi ça ? me demande-t-il d'un ton malicieux.

Je me mords la lèvre, gênée, et lui avoue dans un murmure :

– Dès que je te vois, j'ai envie de te sauter dessus.

Un rire satisfait lui échappe.

J'ai l'impression que mes joues sont en train de prendre feu tant je suis mal à l'aise devant cette paire d'yeux espiègles.

– Crois-moi, bébé, dit-il en avançant son visage vers le mien.

Je déglutis péniblement. Je ne vais pas résister longtemps avant de m'accaparer cette bouche tentante à quelques centimètres de la mienne.

Il lève une main vers ma joue qu'il caresse tendrement sans quitter mon regard.

– Si je n'écoutais pas ma raison, je t'aurais déjà prise au moins trois fois ce soir.

Je baisse les yeux, me mordille la lèvre inférieure à son aveu. Dans mon ventre, des fourmillements naissent et, quand il m'embrasse sur les lèvres avec frénésie, c'est l'explosion.

J'ai poussé un gémissement aigu tandis que sa langue vient s'enrouler à la mienne avec impatience. Je réponds évidemment avec autant d'ardeur et d'empressement. Notre baiser est sauvage, insoutenable. Pendant le ballet de nos langues, il ne cherche pas à me toucher autre part qu'au visage, et j'ai envie de hurler de frustration.

Et quand, à bout de souffle, notre baiser s'achève, j'ai le cœur qui bat la chamade. Sa fossette près de ses lèvres se creuse lorsqu'il me sourit de ce sourire que j'aime tant. Puis, il me serre dans ses bras et ce geste me gonfle le cœur de joie. Ma tête se pose sur son épaule et j'inspire fortement son odeur, savourant cet instant intime que nous partageons avant de nous trouver face à Calvin et Nina pour les explications.

Après ce merveilleux instant de douce accalmie, Travis m'aide à sortir du 4x4. Cette fois, il porte mon sac sur son dos et je prends mes béquilles quand il grogne un juron.

– Ne marche pas, je vais te porter !

Je n'ai pas le temps de le repousser qu'il me soulève dans ses bras. Amusée, je me mets à rire tout en nichant mon visage dans son cou. Il joint son rire au mien en me faisant remarquer que j'ai perdu bien trop de poids à son goût et il exige que je reprenne des kilos.

– J'ai du mal à croire que tu veuilles une baleine pour…

– Baiser ?

Je roule des yeux, ne peut-il donc parler convenablement au moins deux minutes ?

– Sarah, tu serais aussi belle avec dix kilos de plus, crois-moi.

– Je me sens bien ainsi, alors n'insiste pas et… j'ai perdu l'appétit, il faut dire que la nourriture de l'hôpital, ce n'est pas top.

– Elle est dégueulasse, dis-le franchement ! s'exclame-t-il en riant.

– Elle est immangeable, consens-je.

Très vite, je me rends compte que nous sommes sur le point d'entrer dans le hall de l'hôtel. C'est à cet instant qu'il s'arrête et me pose sur le sol en m'aidant à garder l'équilibre grâce à mes béquilles.

Je le remercie et il vient effleurer mes lèvres d'un chaste baiser.

– Tu es prête ?

– Je le suis.

Il est sur le point de pousser la porte quand je l'arrête.

– Travis ?

– Oui ?

– Merci pour ce que tu as fait, ça me touche vraiment beaucoup.

Il soupire, puis m'enlace par la taille tout en opposant son front au mien.

– Tu m'as manqué, Sarah.

– Toi aussi.

Nous nous sourions, puis il se recule légèrement pour ouvrir la porte après m'avoir offert un doux sourire encourageant.

Une personne se trouve derrière le comptoir. C'est une jeune femme aux longs cheveux blonds bouclés. Elle nous regarde lorsque nous approchons et me dévisage d'un œil interrogateur avant de fixer Travis.

– Salut. S'il faut que je mette un supplément pour…

– Non, ça va, dit la jeune femme, refusant de prendre la carte de crédit de Travis.

Je baisse les yeux vers le prénom brodé en rouge sur sa veste « Samantha » tandis qu'il la remercie.

– Viens, Sarah, il est temps d'aller retrouver les autres.

Je hoche la tête et mime un léger sourire à l'adresse de l'hôtesse avant de suivre Travis dans le corridor qui nous mène vers l'ascenseur.

Il ne dit rien, mais je remarque l'échange de regards entre lui et la jeune femme qui baisse aussitôt la tête lorsqu'elle s'aperçoit que je l'observe.

Je sens alors l'agacement monter en moi, titillant mon côté jaloux, et j'attends d'être enfermée dans la cabine de l'ascenseur pour faire remarquer à Travis :

– C’est étrange qu’elle ne t’ait pas demandé de payer pour moi, cette nuit.

– Nous avons pris deux chambres et elle sait bien que tu dormiras avec Nina.

– Ah, comment le sais-tu ?

Il rit et plonge son regard dans le mien avant de passer ses doigts dans mes cheveux.

– Qu’est-ce qu’il y a, au juste ?

– Rien du tout.

Il ne semble pas me croire, mais je m’en moque, je ne dirai rien de plus.

Lorsque nous arrivons à l’étage des chambres, Travis m’aide à sortir de l’ascenseur, enroulant son bras autour de ma taille.

– Bon, nous y sommes, dit-il en jetant un coup d’œil autour de nous. Viens, tu devrais t’installer sur ce fauteuil en attendant que je les réveille, OK ?

Je hausse les épaules, acceptant sa proposition, car la douleur de ma jambe se fait ressentir.

Quelques minutes plus tard, je suis assise et Travis se penche vers mon visage.

– Tout ira bien, Sarah.

Il embrasse tendrement mes lèvres. Son baiser a le don de balayer de mon esprit tous les doutes et le sentiment de jalousie que je viens d’éprouver.

– Ne dis rien devant Calv » et Nina, laisse-moi leur expliquer, d’accord ?

– Comme tu voudras, réponds-je en le remerciant d’un sourire de m’ôter ce fardeau.

Il me lance un dernier sourire et se dirige d’un pas assuré vers la porte. Je ne sais pas si c’est la chambre de Nina ou de Calvin, mais il sort une carte de sa poche et la glisse dans la fente prévue à cet effet. La porte s’ouvre et, sans un autre regard, Travis pénètre dans la pièce avant de la refermer.

Je suis seule dans ce couloir tamisé par les lampes murales. Je voudrais bien être une petite souris pour savoir ce qu’il fait à cet instant. Les minutes s’écoulent lentement. J’ai l’impression que cela fait plus d’un quart d’heure qu’il est entré dans cette chambre. En réalité, ça ne fait que trois minutes et vingt-huit secondes, je le constate en regardant ma montre.

Un instant plus tard, je ferme les yeux quand j'entends un petit cliquetis d'ouverture de porte. Je rouvre rapidement les paupières et fronce les sourcils tandis que Travis sort de la pièce. Ni Nina ni Calvin ne se trouvent avec lui, mais il ne me laisse pas l'opportunité de l'interroger, il avance :

– Je vais essayer de réveiller la marmotte, maintenant.

Je hoche la tête, troublée par le regard brillant d'émotions qu'il possède à cet instant.

– Sarah ?

C'est la voix de Calvin. Un large sourire se dessine sur mes lèvres tandis que je tourne vivement la tête dans sa direction. Il n'a pas changé, sauf qu'il me semble fatigué du voyage qu'il a entrepris avec son ami et Nina. Tout ça pour moi…

J'essaie de me lever, m'appuyant sur le haut de mes béquilles, mais Calvin stoppe mon geste en levant la main. Il vient vers moi et me considère longuement. Tout mon corps passe sous ses yeux bleus écarquillés.

– C'est si bon de te revoir, Sarah.

Émue, j'ouvre les bras alors qu'il se penche pour m'enlacer. Je ferme les paupières, profitant de ce moment de retrouvailles avec mon ami, et les rouvre pour constater que Travis nous observe.

Il me semble ému lui aussi, mais son visage se referme lorsque la porte sur laquelle il avait frappé comme un malade s'ouvre à la volée.

De suite, la voix furieuse de Nina s'élève dans le couloir.

– Non, mais t'es cinglé ! T'as vu l'heure ? Je te rappelle que… que nous… Sarah !

J'esquisse un pauvre sourire, retenant difficilement mes larmes à la vue des siennes qui viennent aussitôt emplir son regard après sa surprise.

Elle ne porte qu'un large tee-shirt, mais n'a aucune gêne à accourir dans le couloir pour venir se jeter sur moi. Je grimace de douleur et un petit cri s'échappe de mes lèvres serrées. Cependant, j'accepte son étreinte et la serre dans mes bras comme je le peux.

– Tu m'as tellement manqué, ma belle ! s'exclame-t-elle dans une sorte de sanglot étouffé.

Soudain, Travis m'arrache Nina et je retiens mon souffle à l'éclat de colère qui passe dans ses yeux lorsqu'il se place devant elle.

– Tu vas finir par lui faire mal, bordel.

– Je te…

– C'est bon, soufflé-je, évitant la dispute.

Travis me dévisage, il a l'air furieux tout à coup.

Quant à Nina, elle secoue la tête, visiblement hébétée par la situation, mais la façon dont elle foudroie son frère du regard ne laisse rien présager de bon.

Alors, je tente de me lever quand la main de Calvin me vient en aide. Je le remercie et, une fois bien stabilisée à l'aide de mes béquilles, nous nous tournons vers eux.

Nina passe une main nerveuse dans ses longs cheveux et demande à l'adresse de Travis :

– C'est quoi, ton problème ?

– Je n'en ai aucun. Qu'est-ce qui te fait dire ça ?

– Comment savais-tu que… bordel, Sarah ! s'exclame-t-elle en s'avançant vers moi. Je suis heureuse de te revoir, mais… explique-moi, qu'est-ce que tu fais ici en plein milieu de la nuit ? Nous devions venir demain matin et…

– Fiche-lui la paix avec tes questions, Nina. Sarah est épuisée, tu devrais l'emmener dans ta chambre pour dormir.

Elle se retourne vers lui d'un mouvement vif.

– Ferme-la, Travis ! Ce n'est pas à toi que je parle et…

– J'ai été la chercher à l'hôpital, la coupe-t-il sans ciller.

– Tu as…

– Comment ? l'interroge finalement Calvin.

Je lève la tête et perçois une appréhension dans le regard de notre ami tandis que Travis commence à lui expliquer comment il a subtilisé les clés de son 4x4. Calvin ne montre aucun signe de colère, même lorsqu'il le menace :

– Si jamais je trouve une bosse sur ma bagnole, je te bousille la gueule, Trav » !

– Elle est intacte, assure-t-il.

J'esquisse un sourire, rassurée que la situation ne dégénère pas. J'ai bien l'impression que nous allons en avoir assez avec le frère et la sœur. La tension entre eux est bien réelle, et je reste sur mes gardes, prête à assister à l'explosion de l'un ou de l'autre.

CHAPITRE 17

Travis

J'hallucine, comment ose-t-elle me fixer de cette façon ?

On pourrait croire que je suis un grand criminel à ses yeux et de voir qu'elle me montre autant d'animosité, et ce, en la présence de Sarah, m'énerve fortement.

Pourtant, j'essaie de contenir la colère qui assèche mes veines.

– De quel droit tu t'es permis d'aller la chercher sans nous tenir au courant ? Tu fais chier, Travis ! T'es toujours en train de bousiller nos plans ! hurle-t-elle en s'avançant vers moi d'un pas menaçant.

Je ne dois pas rire, pas maintenant, mais voir ma sœur se déchainer sur moi m'amuse.

– Et arrête de te foutre de ma gueule, bon sang ! Sarah ?

– Oui ?

– Je suis vraiment désolée, mais il… est…

– Il n'a fait que venir me chercher, Nina. S'il te plaît, arrête de crier, des gens vont…

Elle coupe Sarah, ne lui laissant pas le temps de me défendre. De toute façon, je n'ai pas besoin qu'elle me vienne en aide, je n'ai rien fait de mal, je nous ai juste fait gagner une bonne heure, si ce n'est deux, sur notre retour.

– Je me fiche complètement des clients de cet hôtel, Sarah, lui dit-elle avant de s'approcher de moi. Je t'ai dit de rester loin d'elle.

Le murmure qu'elle m'adresse sur un ton réprobateur me rappelle à l'ordre. J'aurais dû savoir qu'elle n'abandonnerait rien.

– Ne t'inquiète pas, je n'ai pas oublié, je voulais juste nous faire gagner du temps et te faire la surprise, mais je vois que tu n'es qu'une petite hypocrite insatisfaite, petite sœur !

Elle le prend mal, je le savais. Elle tente de me donner un coup, mais je retiens son poignet.

– Ne pense pas une seconde que je vais te laisser faire, Nina ! hurlé-je, furieux qu'elle ose faire un scandale sous les yeux de Sarah.

D'ailleurs, je lui lance un regard tandis que Calvin vient nous séparer. Elle est pétrifiée.

Merde !

Je m'approche d'elle et lui demande si elle va bien pendant que Calvin tente de calmer ma sœur furibonde.

– Oui, oui… c'était une mauvaise idée, je suis désolée.

Je secoue la tête, lui criant silencieusement de ne pas faire ça. Je vois bien dans son regard l'océan de regrets qui s'affiche sur tous les traits de son visage.

– Ne dis rien, lui murmuré-je, sentant ma sœur approcher.

– Sarah, je suis désolée. Je suis contente de te voir, mais…

– Arrête, Nina. Ton frère n'a rien à voir avec ça. Je ne me sentais pas bien et l'ai appelé pour qu'il vienne me chercher. Si tu dois être en colère, c'est contre moi et non Travis. Ne le blâme pas, je ne lui ai pas laissé le choix.

– Oh…

Ce n'est pas vrai…

Pourquoi fait-elle ça ?

Je lui ai demandé de rester à l'écart pour les explications, que je m'en chargerais moi-même.

Putain !

Maintenant, Nina est confuse et me regarde avec désolation. Je ne supporte pas ça et elle le sait très bien. Je suis conscient qu'elle me doit des excuses après m'avoir crié dessus comme cela dans le couloir de l'hôtel, surtout devant Sarah, mais elle n'a pas à me demander pardon.

Ma sœur a raison. Je bousille tout et me permets trop de choses la concernant.

Je sais très bien que je suis en tort, mais j'ai dit la vérité quand j'ai répondu que je voulais lui faire la surprise.

Je ne suis pas à blâmer, j'avais conscience d'une mauvaise réaction de sa part.

– Ça suffit, maintenant, clamé-je alors, furieux qu'ils me regardent tous avec cet air désolé.

Je secoue la tête, tentant de balayer la profonde colère qui gronde dans toutes les parties de mon corps tendu comme un arc. Le regard de Sarah sur moi n'arrange rien. Elle esquisse un petit sourire en coin de complicité, mais je refuse de lui répondre. Elle aurait dû la fermer comme c'était convenu entre nous.

– Vous feriez mieux d'aller vous coucher, maintenant !

– Travis…

– C'est bon, Nina, tu as raison sur toute la ligne, je ne suis qu'un connard, mais c'est comme ça ! m'exclamé-je avant de serrer les dents.

Elle déglutit péniblement et baisse les yeux.

– Trav » a raison. On va aller dormir, on se lève tôt demain.

– OK, à demain, lance Nina d'une voix peu assurée.

Je n'aime pas la voir si mal à l'aise, mais je dois reconnaître qu'elle n'a que ce qu'elle mérite. Cependant, je reste en colère après Sarah, elle ne m'a pas écouté et s'est sentie obligée de me défendre.

Bordel !

S'il y a bien une chose que je ne supporte pas, c'est que l'on prenne ma défense pour un oui ou un non, erreur ou pas de ma part. Je suis assez grand pour m'en tirer, je l'ai toujours fait.

Alors, quand elle approche de moi, soutenue par ses putains de béquilles et ma sœur, elle me regarde avec ses yeux de biche, mais je les fuis.

– Allez, amène-toi, Travis, fait Calvin en se dirigeant vers la chambre.

Je secoue la tête.

– J'ai autre chose à faire. Dormez bien, lancé-je avant de faire un pas dans la direction opposée de mes amis.

– Travis… tu…

– Va te coucher, Sarah, la coupé-je sans me retourner. La journée de demain sera longue.

Je ferme les paupières juste une seconde avant de presser le pas, fuyant le regard de la belle Sarah que je peux sentir dans mon dos jusqu'à ce que je tourne vers les cages d'ascenseurs.

Mes poings sont puissamment fermés, mes pieds sont impatients de sortir d'ici. J'ai du mal à contenir la colère, la frustration et la haine que j'éprouve tout à la fois.

Sarah.

Nina.

Les deux femmes que je n'arriverai jamais à comprendre.

Je roule des yeux et entre dans l'ascenseur. Je passe une main dans mes cheveux et respire profondément pour calmer la surcharge d'émotions qui me dévore de l'intérieur.

J'ai besoin de sortir de mon corps ce grain de violence que je ressens. J'hésite à frapper plusieurs fois du poing la paroi de la cabine, mais je me retiens. Je dois contenir toute cette rage, malgré l'impression de manquer d'air.

J'ai besoin de respirer, d'oublier tout cela.

Nina, Sarah…

Jenny…

Non, je dois évacuer toute cette merde que j'ai dans la tête.

Les portes de l'ascenseur s'ouvrent et, trop précipité à sortir de ce petit confinement étroit, je sors en trombe de la cabine et me heurte violemment à quelque chose.

Je retiens mon souffle et agrippe la personne qui laisse échapper un cri de douleur et de surprise mêlées. Mes pieds percutent ceux de la fille et je tombe lourdement sur le sol, emportant l'intruse dans ma chute.

Quand j'ouvre les yeux et que je prends conscience que Samantha, la réceptionniste de l'hôtel, est couchée sur moi, je lâche un rire.

Hébétée, elle ouvre grand les yeux et rougit.

– Je… je…

– Ça va ? lui demandé-je en fixant ses lèvres tremblantes.

Elle hoche la tête et essaie de se relever, mais je la tiens encore quelques instants contre moi.

– Oui, rien de cassé… j'étais venu justement vous voir…

– Ah oui ?

Ma voix doit lui paraître amusée, car elle esquisse un large sourire avant de plonger son regard dans le mien.

Putain...

– Des clients de l'hôtel se sont plaints d'avoir entendu des cris.

– Oh, c'est terminé. On a eu une petite dispute, désolé.

– Si c'est fini alors… tant mieux.

– Ouais, soufflé-je, m'accrochant à ses yeux.

Un silence s'installe entre nous.

C'est étrange, mais je me sens mieux, même si je dois avoir l'air con d'être ainsi allongé sur le sol avec cette fille couchée sur moi.

Son visage n'est qu'à quelques centimètres du mien et la façon dont elle me dévore des yeux me laisse tout à penser qu'elle ne me repousserait pas si je tentais quelque chose.

– J'espère que… ce n'est pas trop grave, cette dispute, dit-elle dans un souffle court.

J'esquisse un sourire et lui avoue :

– Maintenant que je suis sorti, tout va bien.

Elle semble surprise, elle lève un sourcil interrogateur et me lance dans un murmure rauque :

– Alors, tout va bien.

– Ouais.

Elle remue doucement sur mon corps sans pour autant faire le moindre geste pour se lever.

Putain...

Elle me fait bander et si elle continue, je ne donne pas cher de mon contrôle.

– Alors comme ça, tu sortais ?

– Ouais, j'ai besoin de m'ôter certaines choses de la tête.

– Mm, dit-elle en prenant appui sur ses mains, les plaçant de chaque côté de mon visage.

Je la considère longuement et de voir cette fille au-dessus de mon corps, les quelques mèches blondes qui retombent sur son visage et le regard étincelant de désir ont raison de moi.

Je lève une main et enroule une de ses mèches autour de mon doigt. Je baisse les yeux vers ses lèvres, elles sont pulpeuses. Puis je remonte le regard et je suis loin de me tromper quand je pense qu'elle est prête à s'amuser avec moi.

Je souris, satisfait de constater que ma sœur a finalement raison : je vais me taper cette fille avant de quitter la ville.

CHAPITRE 18

Nina

Je me sens mal à l'aise sous le regard de Sarah qui vient de s'installer sur le lit. Sa jambe la fait souffrir, elle avale un cachet et je la débarrasse du verre que je pose sur la table de nuit à côté d'elle.

– Sarah…

– Non, arrête de t'excuser, s'il te plaît.

– C'est ma faute, j'ai… tu m'en veux ? lui demandé-je en grimaçant.

Elle soupire et secoue la tête. Je remarque bien qu'elle est tracassée par la disparition de Travis, mais je ne me vois pas la rassurer sur ce cas.

Alors, je m'assieds à côté d'elle, faisant bien attention à ne pas toucher sa jambe enfermée dans une attelle qui, visiblement, maintient les os de son genou en place.

– Il va probablement aller boire un verre ou deux et rentrer se coucher.

– Tu… il fait ce qu'il veut.

– Oui, je sais. Tu m'as vraiment manqué, Sarah.

– Toi aussi, me dit-elle après un petit moment d'hésitation.

Nous nous regardons et je lâche un soupir de résignation avant de l'attirer dans mes bras.

Soulagée qu'elle réponde à mon étreinte, je souris contre son épaule puis me recule pour la regarder dans les yeux.

– J'ai eu tellement peur de ne plus te revoir.

– Je sais… je suis là, maintenant.

– Oui, nous prendrons la route dès l'aube. Au fait, tu en as parlé à quelqu'un ou…

– Non, me coupe-t-elle. J'ai… appelé Travis et je lui ai demandé de venir rapidement. Je n'en pouvais plus de rester là et de savoir que vous étiez tous à une demi-heure de moi… Il fallait que je sois avec vous.

Je la considère d'un œil compatissant, remarquant la lueur d'émotion dans son regard.

– Je suis vraiment désolée de ce qui est arrivé.

Elle hausse les épaules.

– Moi aussi, mais j'ai besoin de tourner la page et de reprendre le cours de ma vie, Nina. Écoute, je suis vraiment épuisée, j'aimerais dormir un peu.

– Oui, oui, bien sûr, clamé-je.

Elle me sourit et je me précipite de l'autre côté du lit. Je la couvre de la couverture et m'allonge à son côté. Nous échangeons un regard complice, puis elle se met à rire.

Amusée, je l'interroge du regard quand elle pointe le doigt dans ma direction.

– Tu voulais vraiment le frapper ?

– Qui ? Travis ?

Elle acquiesce et cesse de rire tandis que je peux lire dans ses yeux qu'elle devient sérieuse.

– Oui. Mon frère m'agace, ce n'est pas nouveau, et quand j'ai cru qu'il avait décidé seul de venir te chercher, j'ai vu rouge, Sarah. Il est exaspérant, tu sais. J'ai pensé qu'un jour, tout s'arrangerait entre lui et moi, mais je n'y arrive pas. Je ne le veux pas.

– Il n'est pas aussi mauvais que tu le penses, Nina.

– Tu ne le connais pas, Sarah. Et de voir que tu le défends sans cesse, alors qu'il ne le mérite pas, m'exaspère également. Travis est dangereux pour toi, pour lui-même. Il ne respecte rien et dès que son ego ou son amour propre en prend un coup, il est obligé de se venger sur quelque chose ou quelqu'un d'innocent.

– Tu vas un peu loin…

– Non, pas du tout ! Je ne sais pas ce qui m'a le plus blessé ce soir. Peut-être le fait que tu prennes sa défense ou alors parce que j'ai levé la main sur lui, mais j'ai vu dans son regard qu'il était furieux.

– Ce n'est pas étonnant et c'est normal d'être en colère, Nina ! le défend-elle à nouveau. Si c'était toi qu'il avait agressée physiquement, tu serais furieuse toi aussi.

Un petit rire s'échappe de ma gorge. Pourtant, sa tirade ne m'amuse pas, loin de là. Elle me prouve au contraire qu'elle n'a aucune conscience de ce que Travis pourrait faire lorsqu'il est dans cet état.

Cependant, je ne peux pas continuer de lui parler de mon frère, moins elle le connaitra, mieux ce sera pour elle. Alors, je me penche vers la lampe pour atteindre l'interrupteur et lui dis :

– Nous en reparlerons plus tard, en attendant, il faut que tu dormes, ma belle.

– Très bien.

Elle est contrariée, mais j'éteins la lumière et lui souhaite une bonne nuit, espérant secrètement que Travis ne soit pas en train de se faire du mal.

Travis

Tout est allé trop vite.

Je me retrouve dans une chambre du rez-de-chaussée de l'hôtel avec cette fille. Je n'ai pas compris comment j'en suis arrivé jusqu'ici tandis qu'elle est en train de me sucer la queue avec gourmandise.

J'ai les mâchoires serrées, ce qui évite de laisser échapper mes gémissements de plaisir alors qu'elle enroule sa langue autour de mon gland tout en me sondant du regard.

Putain !

Je ne me suis pas attendu à une telle audace chez cette fille. Elle m'a semblé si réservée au premier regard échangé, comme avec Sarah.

Bordel !

Je secoue la tête, refusant de penser à elle, mais ce que fait Sam avec sa bouche me renvoie les fantasmes que j'ai imaginés dans l'ascenseur de l'hôpital.

– Putain ! Arrête, m'exclamé-je en posant les mains sur ses épaules pour la repousser.

Elle me regarde avec des yeux écarquillés. Le malaise me prend, il est incontournable. Je passe une main sur mon visage et remonte mon jean avant de me diriger vers le minibar de la chambre.

Je peux sentir son regard dans mon dos alors que je sors la bouteille de scotch que j'ouvre avant de boire une longue gorgée.

Ça me fait du bien.

Un bien fou.

L'alcool me brûle la gorge, alourdissant le brouillard de mon esprit pour mettre définitivement fin à l'image du visage de Sarah qui me hante sans cesse.

Je perçois les mouvements de la fille derrière moi et je me dis qu'elle doit être vexée par ce qui vient de se passer et qu'elle est prête à foutre le camp de la pièce. Toutefois, quand je jette un œil dans la direction où elle se trouvait, près de la porte à me tailler une pipe phénoménale, je la vois.

Elle est debout, immobile, un large sourire sur les lèvres. Elle me semble si confiante à cet instant que cela m'amuse. Cette fille sait ce qu'elle veut, et ce n'est pas mon petit besoin de me saouler la gueule qui va la faire déguerpir d'ici.

J'aime ça.

Je voue une certaine dévotion à ce genre de filles qui ne lâchent rien, même si je les repousse. Elle va ramper à mes pieds jusqu'à ce que je la baise comme un forcené.

Et d'avoir cette pensée provoque dans tout mon être un désir fou, un désir puissant que je ne peux contrôler plus longtemps. J'avale une autre gorgée qui me fait grimacer et pose, dans un claquement sec, la bouteille sur le meuble du minibar.

Je tourne la tête et nos regards se sondent pour la première fois. Rien ne m'a laissé présager, chez cette fille, qu'une partie d'elle veut que je la prenne immédiatement. Cependant, dans son regard, je constate que son envie est réelle, bien palpable alors que je ne suis pas encore tout près d'elle.

Elle me veut, je peux le voir dans son regard, son attitude, mais je veux qu'elle me le dise sur-le-champ. Sans doute pour ne pas avoir de mauvaises surprises par la suite, il ne manquerait plus que ça, que les regrets la dévorent après ce que nous nous apprêtons à faire. Alors, je lui demande franchement :

– Qu'est-ce que tu veux ?

Elle esquisse un sourire en coin et, sans ciller, approche dans ma direction. Je me raidis, appréhendant quelque part sa réponse. Je sais que je ne devrais pas être ici, ce n'est pas ma place, et que je ferais mieux de rejoindre Calvin et dormir avant la longue journée qui nous attend le lendemain.

Pourtant, je reste là et dévore cette fille des yeux comme si elle pouvait m'enlever de la tête ce qui vient de se passer à l'étage où les autres se trouvent.

Où Sarah se trouve enfin.

– C'est toi que je veux, maintenant.

Elle est aussi franche que moi et je ne peux qu'approuver son choix. Elle me veut et j'ai besoin de me vider la tête, comme les couilles qui, en ce moment même, sont douloureuses à cause du désir que ses avances provoquent en moi.

Je suis faible et, cette fois, je l'assume entièrement.

– Très bonne réponse, murmuré-je en passant une main dans ses cheveux que je détache.

Ses mèches tombent dans son dos et je serre les doigts, agrippant fermement sa tignasse pour l'attirer vers mon corps brûlant. Elle me tend ses lèvres, mais je les esquive, plongeant mon visage dans son cou pour embrasser sa peau fine et délicate à la saveur vanille.

Ses mains, posées sur mon torse, descendent sans attendre vers la boucle de ma ceinture qu'elle décroche. Elle déboutonne le seul bouton que j'ai fermé il y a cinq minutes et faufile sa main vers ma queue qui frémit à son contact.

Putain…

Elle est audacieuse, chaude comme la braise.

Très vite, j'emprisonne un sein dans ma main libre et tourmente son téton à travers le tissu de son chemisier. Elle gémit tout en caressant mon sexe sur toute la longueur, mais mes vêtements me gênent et elle commence à faire glisser jean et caleçon vers le bas.

Elle ne peut plus attendre et, à nouveau, je suis tout à fait d'accord avec elle, mais si elle veut prendre le contrôle de la situation, elle a tort.

J'aime les femmes qui savent ce qu'elles veulent et ne renoncent pas, mais au pieu, c'est moi qui dirige !

C'est au moment où je sens mon froc sur mes chevilles que je la pousse vers le lit. Estomaquée, elle écarquille les yeux, sous le choc de ma brusquerie. Quand elle comprend que je ne peux plus attendre et que je dégage mes vêtements dans des gestes vifs, elle esquisse un sourire. Je m'approche et la déshabille sans faire de chichi supplémentaire.

Une fois nus sur ce lit, je goûte à ses seins parfaits tandis que je plonge un doigt en elle. Elle a un hoquet de surprise et essaie de me caresser, mais je repousse sa main.

Je n'ai pas besoin des mains de cette fille sur moi, pas celle-là…

Un grognement sourd sort de ma gorge. Elle se redresse et essaie de parler, mais je la devance.

– Je vais te baiser tout de suite.

La salope.

Elle n'est pas contre.

Elle gémit et je pénètre un second doigt dans sa chatte trempée. Elle en redemande encore tout en basculant son bassin vers le haut. Très vite, sans plus de préliminaires, je la retourne sur le ventre et attrape ses hanches pour la positionner à quatre pattes sur le matelas.

Je me penche vers ma veste qui a atterri sur le sol et en extirpe un carré de plastique. J'arrache rapidement l'emballage et enfile la capote sur mon sexe dressé.

Il y a deux jours, j'ai baisé l'autre Sam de cette façon et elle a crié fort. J'espère qu'il en sera tout autant pour cette fille audacieuse au visage d'ange.

Je me place bien derrière elle. Ma queue effleure son extrémité et d'une poussée, je la pénètre.

– Ho, putain ! lâche-t-elle.

Je serre les mâchoires et commence lentement une série de va-et-vient en fermant les paupières.

Mais je n'aurais pas dû.

Le visage de la belle Sarah vient heurter mon esprit et s'y ancre automatiquement. Sans le vouloir, je m'accroche à ce sourire gêné que j'aime tant chez elle.

J'aime voir également ses joues rougir, sa lèvre qu'elle mordille quand je continue de la fixer avec désir. Elle me tente, elle me rend fou.

Totalement.

Et mon corps réagit enfin avec passion et impatience. Mes coups de boutoir sont de plus en plus forts, rythmés à une cadence effrénée.

C'est violent.

La rage et la colère que mon corps emprisonne sont en train de dégager de mes nerfs tendus à l'extrême. Mon cerveau sait pertinemment que ce n'est pas Sarah que je suis en train de baiser, mais je m'accroche à elle, à son doux visage rougissant et à ses petits gémissements de plaisir – que je remémore encore – alors que je lui prenais sa virginité.

Bordel…

Tous ces souvenirs m'assaillent.

Mes attentes de pouvoir revivre ce moment de pur bonheur avec elle ont raison de moi.

Complètement.

Et dans une dernière poussée lointaine, je me lâche et murmure :

– Oh, bébé…

C'est à cette minute que je prends conscience de la situation réelle dans laquelle je me trouve. Avec cette inconnue, dans cette chambre d'hôtel en train de la baiser… en pensant à celle qui me chamboule la tête.

Heureusement, Samantha n'a pas entendu le petit surnom que j'ai prononcé. Elle a crié fort tandis qu'elle a joui.

Je me retire, à bout de souffle.

Mon corps est ruisselant de sueur.

J'enlève la capote et me déplace. Elle remue à son tour et tente de me garder prisonnier dans son lit, mais je me lève d'un bond.

– Qu'est-ce que tu fais ?

– Il faut que j'y aille, réponds-je sans la regarder.

Je commence à m'habiller. Je ne perçois aucun mouvement derrière moi. Elle doit certainement rester alanguie dans ce lit en train de récupérer.

Quelques minutes plus tard, je m'avance vers la porte et lance un regard dans sa direction. Contre toute attente, elle me sourit en se redressant et me dit :

– J'espère que j'aurai l'occasion de revivre ça une autre fois.

J'esquisse un sourire et regarde la poignée de la porte que je viens de prendre dans la main.

– Je te le souhaite, Sam.

Sur ce, après un dernier sourire, je sors de la chambre avec un sentiment de honte.

Pour la première fois, je me sens honteux après avoir baisé une inconnue.

CHAPITRE 19

Sarah

Quand j'ouvre les yeux, le lendemain matin, je trouve le visage de Nina juste au-dessus du mien. Elle esquisse un doux sourire lorsqu'elle comprend que je suis enfin réveillée. Je le lui rends et lui demande depuis combien de temps elle tente de me sortir du sommeil.

Un petit éclat de rire s'échappe de sa gorge et elle me répond :

– Juste cinq minutes, mais je regrette un peu d'avoir été obligée d'insister.

Surprise, je lève un sourcil.

– Pourquoi ça ?

– À mon avis, tu faisais un très beau rêve.

De suite, mes joues se mettent à rosir et je secoue énergiquement la tête.

– Je n'ai pas rêvé. Tu dois te tromper.

Elle me lance un regard moqueur. Je sais très bien qu'elle ne me croit pas, mais je ne dois pas insister, Nina serait capable de me tirer les vers du nez.

Alors, pour éviter qu'elle ne le fasse, je rabats les draps sur mes pieds et me redresse lentement. Évidemment, la douleur dans ma jambe se réveille, provoquant une grimace naissante sur mes lèvres.

– Tu as mal ?

Non, je suis en train de jouir, ça ne se voit pas ?

Je roule des yeux à la petite voix agacée qui chuchote dans ma tête.

Soudain, je prends conscience que mon amie semble également irritée par mon silence. Elle fait un pas en arrière et se dirige vers mon sac à dos.

– Il faut se dépêcher, Sarah. Les garçons sont déjà debout et nous attendent.

J'ouvre de grands yeux, ressentant une montée de soulagement m'envahir : Travis est bien rentré pour la nuit !

Il a donc dormi ici, avec Calvin et non avec une fille qu'il aurait ramassée je-ne-sais-où.

À cette réflexion, un sentiment de culpabilité balaie le soulagement que j'ai ressenti à cette annonce, un instant plus tôt.

J'aurais dû lui faire confiance, le film qui m'est passé à l'esprit lorsqu'il a fui, une fois notre arrivée à l'hôtel, était tout simplement insultant.

Et je m'en veux.

– Je vais me dépêcher, alors, dis-je tandis que Nina approche en me tendant la main.

Bien sûr, je la lui prends et la remercie d'un tendre sourire. Une fois sur mes pieds, après un grand moment de difficulté et de douleur, je m'appuie sur mes béquilles que Nina m'a tendues et avance vers la salle de bains.

Nina me suit.

– Je vais t'aider, me dit-elle en entrant dans la pièce à son tour.

Je veux refuser, lui dire que je peux me débrouiller toute seule, mais la douleur intense de mon genou irradie trop ma cuisse pour cela.

Alors, j'accepte son aide.

***

Plusieurs minutes plus tard, après avoir pris mon antidouleur, j'avale un café en compagnie de Nina qui reste bien silencieuse.

– On devrait peut-être les prévenir que nous sommes prêtes, non ? lui demandé-je, inquiète de la voir si immobile en train de fixer un point imaginaire. Nina ? Tu m'en veux pour quelque chose ?

– Non, non, clame-t-elle en reprenant ses esprits. Désolée, Sarah, c'est juste que j'ai… été un peu trop loin hier, avec mon frère.

– Oh… tu regrettes ?

Elle hausse les épaules, mais je peux lire dans son regard les regrets qu'elle nourrit depuis hier soir.

– Travis a sans doute oublié, Nina. Ne t'en fais pas, il…

– Je l'ai blessé… je sais, ce n'est pas la première fois que je lui fais du mal, mais ça a toujours été intentionnellement. Hier soir, je n'ai pas réfléchi et… bordel, Sarah, je ne sais plus quoi penser ni quoi faire avec lui.

– Explique-toi ? Qu'est-ce qui a changé entre vous deux ?

Elle baisse la tête et hésite un instant à me dire ce qu'elle a sur le bout de la langue.

– Nina, dis-moi ce que j'ai manqué. Je t'en prie.

– Je… je n'oublierai jamais ce qui s'est passé entre nous, non ! s'exclame-t-elle. Pas de question, s'il te plaît.

– OK, je me tais.

Elle esquisse un demi-sourire et poursuit :

– C'est juste que, d'un côté, j'ai envie que tout redevienne comme autrefois et d'un autre… j'ai peur que ce soit possible et que ça recommence.

– Nina…

– Non, Sarah, me coupe-t-elle en noyant son regard humide de larmes dans le mien. Je ne peux rien te dire sur ce qui s'est passé, mais Travis est dangereux et je ne veux pas que tu sois aussi proche de lui que tu l'es. Tu es mon amie et je ne veux pas te perdre.

Je sens mes joues brûler sous cet avertissement déguisé. Je déglutis péniblement et nie les faits.

– Nous ne sommes pas aussi proches que tu le penses, Nina. Ton frère est un ami, rien de plus, d'accord ?

Elle me considère longuement et je plaque un semblant de sourire sur mes lèvres pour appuyer ce mensonge. Je ne dois surtout pas exposer la moindre expression de mal-être sur mon visage.

Non pas que je ne veuille qu'elle ne sache rien sur les sentiments que j'éprouve pour son frère, mais je ne veux pas la rendre malheureuse, et si le fait de me penser proche de lui la fait pleurer, alors autant mettre cette relation sous le silence complet.

C'est à mon tour de rester muette et de laisser mes pensées s'évader au loin. Néanmoins, je reprends mes esprits rapidement lorsque je sens la main de mon amie se poser sur mon bras.

– Je ne veux pas te perdre, Sarah.

– Je sais, et tu ne me perdras pas, ma belle. Je te le promets.

Visiblement soulagée, Nina lâche un petit soupir et m'enlace tendrement.

Je réponds à son étreinte, sachant pertinemment que la douleur dans ma poitrine est due à ce mensonge que je me suis sentie obligée de dire.

Puis, quand elle recule, brisant notre embrassade, elle me dit :

– On devrait y aller, maintenant.

Je hoche la tête et, quelques minutes plus tard, nous nous retrouvons devant la chambre des garçons. Calvin nous ouvre et referme aussitôt la porte.

– Comment tu vas, Sarah ?

– Ça va, réponds-je, surprise qu'il ne nous ait pas invitées à entrer.

– Tu es prêt ? demande Nina.

Il lui sourit et acquiesce avant de nous informer que Travis nous attend dans le hall d'accueil.

– Ouais, il est en train de draguer l'hôtesse encore une fois !

Je plisse le regard et attends la réponse de Calvin qui se contente de hocher la tête.

Remarquant que je n'aurai pas d'explications, je lance un regard interrogateur à l'adresse de mon amie, mais elle n'y prête pas attention et s'avance.

Sans un mot, mais criant intérieurement que je veux en savoir plus, je suis Nina et Calvin. Dans l'ascenseur, Calvin me parle de l'inquiétude qu'ils ont tous ressentie suite à ma disparition. J'en profite pour m'excuser d'avoir détruit son 4x4, mais il ne veut rien savoir, m'assurant qu'il comptait le changer dans peu de temps.

Évidemment, je ne le crois pas, mais je n'insiste pas, troublée par le regard tendre qu'il pose sur moi.

– Tu veux que je te porte ?

– Non, ça va aller, refusé-je, constatant qu'il remarque que j'ai du mal à tenir debout. Il faut que je m'habitue avec ces béquilles.

Il sourit et j'ai conscience du regard perçant que Nina pose sur lui. Cela m'amuse. Soudain, les portes de l'ascenseur s'ouvrent et nous sortons de la cabine. Calvin me propose à nouveau son aide. Cette fois, je lui lance un regard assassin.

– OK, OK, je ne te le demanderai plus, dit-il en levant les mains en signe de reddition.

Mon rire se joint à celui de Nina. Soudain, mon regard tombe sur Travis et cette fille, mon amusement s'éclipse aussitôt.

Ils sont proches. Elle ne se tient plus derrière ce comptoir, mais devant, au côté de Travis qui garde les mains dans les poches de son jean pendant qu'il la dévore des yeux.

– Qu'est-ce que je disais ! lance Nina d'un ton réprobateur.

Je pousse un long soupir, touchée plus que je ne l'aurais cru en observant Travis draguer une autre fille. Toutefois, je me rappelle à temps que je ne dois rien laisser paraître et arbore un faible sourire tout en approchant.

Quand il prend conscience que nous sommes présents, Travis a un mouvement de recul et sort les mains de ses poches. Son regard croise le mien et, à cet instant, je ne peux garder ce faux sourire et le fixe amèrement.

– Euh, salut. Vous êtes prêts ?

Je ne dis rien et continue de l'assassiner du regard. Je laisse Calvin répondre et nous saluons l'hôtesse avant de sortir de l'hôtel.

Avant que Travis ne referme la porte, j'entends la voix de la fille :

– N'oublie pas !

Je tourne rapidement la tête. Travis lui fait signe avant de se tourner vers moi. Je le foudroie du regard.

– Qu'est-ce qu'elle veut dire ? demandé-je dans un murmure, consciente que Nina et Calvin sont juste devant nous.

– Rien, ne t'en fais pas.

Ne t'en fais pas ?

Il se fout de ma gueule !

J'entrouvre les lèvres et les referme aussitôt à la vue de Nina qui fait demi-tour afin d'être à notre hauteur.

– Ça va ?

– Ouais, tout va bien, tout va bien, répété-je, marchant un peu plus vite pour m'éloigner de Travis avant que je ne lui arrache les yeux.

Travis

Cela fait une heure et demie que nous avons pris le chemin du retour. Pour plus de confort, Sarah est installée à l'arrière, la jambe allongée sur les genoux de ma sœur. J'aurais voulu être à la place de Nina et pouvoir regarder ma belle Sarah.

J'ai croisé son regard à trois reprises depuis que nous roulons, et ce que j'y ai trouvé ne me plaît pas vraiment. Elle est en colère et plusieurs raisons viennent à mon esprit.

Cependant, j'aimerais trouver la bonne afin que je puisse anticiper une excuse bidon pour qu'elle retrouve le sourire.

Elle fait la tête soit parce qu'elle est furieuse que je sois parti prendre l'air hier soir, soit parce qu'elle m'a trouvé avec Sam ou alors ma sœur lui a remonté le cerveau et dans ce cas, c'en est fini de nous deux.

À cette possibilité, un grognement de mécontentement m'échappe. Je lance un coup d'œil vers Calvin, m'assurant qu'il n'a rien entendu, mais je tombe nez à nez avec lui.

Merde !

– Tu vas bien ?

– Ouais, laisse tomber.

– OK, murmure-t-il en jetant un regard dans le rétroviseur.

Je soupire de soulagement. Heureusement qu'il n'a pas insisté, car pour le moment, j'ai une grande discussion avec ma conscience.

Je pense à Sam. Pas celle de Los Angeles qui, d'après Jared, a fait un scandale au loft car je n'étais toujours pas de retour, mais celle de l'hôtel. Je n'arrive pas à oublier ce sentiment de culpabilité qui me ronge depuis que j'ai baisé avec elle.

Oh, elle n'est pas déçue, au contraire, elle m'a donné son numéro de téléphone pour la prévenir dès que je reviens dans le coin, mais c'est sans doute la présence de Sarah qui est la cause de ce trouble que j'éprouve.

Évidemment, je ne suis pas près de repasser à Salina pour la baiser, la Californie ne manque pas de filles, et j'ai Sarah…

***

Les heures défilent lentement.

Tellement lentement que je finis par sommeiller pendant quelques minutes. Je perçois des bribes de conversation entre Sarah et Nina. J'apprends ainsi que Sarah s'est disputée avec sa meilleure amie et qu'elle a laissé un message à ses parents pour les prévenir qu'elle était repartie à Los Angeles.

Ma sœur lui demande s'ils ont dit quelque chose. J'ai envie de me tourner vers elle pour lire l'expression qui passe dans ses yeux, mais je n'en fais rien.

Toutefois, je devine qu'elle a haussé les épaules, car j'entends son doux murmure :

– Ce n'est rien, ils finiront par accepter.

Je plisse le regard. À cet instant, j'ai envie de la prendre dans mes bras et de l'emmener loin de Nina et Calvin. Aussitôt, les souvenirs de la veille m'assaillent. Je ferme les paupières et, étrangement, je peux encore sentir le goût de ses lèvres sur les miennes, les sensations que son baiser a provoquées dans tout mon être.

Bordel !

Ce n'est pas le moment d'attraper la trique, mais le désir m'enivre. Je bouge légèrement, mal à l'aise d'être à l'étroit dans mon jean.

Soudain, un rire fuse à l'arrière.

Je me tourne et fixe ma sœur qui plaque une main sur ses lèvres avant de me demander :

– Tu as des vers au cul ?

– Va te faire foutre ! grogné-je avant de reporter le regard vers la route.

– On ne va pas tarder à faire une pause, informe Calvin qui bâille comme une carpe.

– Dans combien de temps ?

C'est Sarah qui vient de poser la question. Je retiens l'envie de me retourner pour l'observer.

– Dans moins d'une heure, nous arriverons dans le Colorado. Nous nous arrêterons à Aurora pour manger, ça vous va ?

Je roule des yeux, constatant qu'il me regarde en posant cette question.

Instinctivement, je hoche la tête et me renferme dans ma bulle, laissant mes pensées reprendre le dessus sur la réalité dans laquelle je suis coincé entre ma sœur et Calvin alors que je ne veux qu'une chose : être seul avec la belle Sarah.

CHAPITRE 20

Sarah

Lorsque nous nous arrêtons dans un *Burger King*, j'avale rapidement un médicament pour faire passer la douleur de ma jambe endolorie.

Le trajet est long et nous n'en sommes pas encore à la moitié. Cependant, j'en profite pour me ressaisir. Quand Calvin a arrêté la voiture sur le parking du restaurant, je commençais à m'endormir. Heureusement que Nina m'a tirée des bras de Morphée juste à temps.

Travis n'a pas décroché un mot depuis que nous sommes installés autour de la table. Il est placé face à moi et j'ai conscience qu'il fuit mon regard depuis tout à l'heure.

Ce qui m'irrite fortement.

Un flot de questions emballe mon esprit, mais j'y mets fin derechef à l'arrivée de la serveuse. Avec un pincement au cœur, je constate qu'il a levé la tête pour l'étudier de ses yeux charmeurs.

Je serre les dents tandis qu'il passe commande. Sa sœur prend la même chose, le menu du jour qui est la spécialité du lieu : le burger royal cheese. Calvin désire une salade avec le burger bacon. Quant à moi, je demande de m'apporter une salade exotique.

– Il vous faut des sodas ? nous questionne la serveuse.

– Un verre d'eau, s'il vous plaît, dis-je tandis que Travis commande une bière.

De suite, Calvin lui donne un coup de coude.

– Tu prends le volant juste après, n'est-ce pas ?

– Sérieux ? Je suis claqué, mec, demande ça à ce qui me sert de sœur ! clame-t-il sans prêter la moindre attention à Nina.

Je hausse un sourcil, surprise du ton narquois de Travis. Non pas que je ne sois pas habituée à sa façon de parler, mais cette fois, je décèle quelque chose dans sa voix que j'appréhende.

Cependant, Nina ne se laisse pas malmener de la sorte et réplique :

– Tu diras à ce qui me sert de frangin que je me ferai un plaisir de conduire et qu'il peut se saouler en toute tranquillité.

Je baisse les yeux à la vue du regard surpris de la serveuse qui rougit violemment lorsque Travis frappe la table du poing.

– Bien ! Au moins, tu serviras à quelque chose !

Je n'en reviens pas. Nous allons droit vers une terrible dispute entre le frère et la sœur.

Moi qui ai pensé profiter du moment.

– Bon, ça suffit, vous deux, intervient Calvin avant de s'adresser à la serveuse, hébétée devant la table. Je prendrai une limonade, s'il vous plaît.

Il regarde ensuite Nina et doit l'appeler afin d'avoir son attention. Ce qu'elle lui accorde après avoir foudroyé son frère du regard.

La serveuse prend note, terminant d'inscrire nos commandes sur son calepin. Elle est sur le point de nous quitter quand Travis l'interpelle.

– Mettez un cheese supplémentaire !

– Très bien, monsieur.

Il ne lui rend pas son sourire et feuillète le menu pour se donner une contenance. L'ambiance est électrique et je me sens mal à l'aise d'être au milieu de cette guerre familiale.

Travis est furieux, tout comme Nina qui ne cesse de lui envoyer des regards assassins, mais il s'en moque ouvertement. C'est comme si personne n'existait pour lui. En cet instant, j'ai du mal à comprendre son attitude.

OK, il est en colère pour ce qui s'est passé hier, mais pourquoi fait-il comme si je n'existais pas ?

L'aurais-je blessé en le défendant devant Calvin et Nina ?

Je suis perdue.

Cependant, j'arrive à garder un visage serein tandis que la communication reprend à table.

Évidemment, c'est Nina et Calvin qui entament la discussion sur la décoration du restaurant. Je n'y prête pas vraiment attention, je n'arrive pas à quitter les yeux de Travis qui envoie des messages.

Ses lèvres s'étirent en un sourire en coin.

La jalousie m'envahit.

Je me demande avec qui il échange par SMS pour que cela le fasse sourire ainsi.

Je pousse un soupir de lassitude qui est intercepté par Nina. Aussitôt, elle cesse de discuter sur des affiches accrochées aux murs, représentant les bovins de la région.

– Tu as encore mal ?

– Non, non, réponds-je en esquissant un sourire, la remerciant intérieurement de son inquiétude.

Elle me le rend, visiblement soulagée. C'est ainsi que Calvin me pose des questions sur ma rééducation. Je lui réponds en toute simplicité, dédramatisant l'état de ma jambe douloureuse.

Et pendant que nous discutons des étapes que j'aurai à franchir pour guérir au plus vite, je surprends les traits tirés de Travis qui m'écoute, la tête toujours baissée vers son iPhone.

– Tu penses pouvoir aller en cours ? me demande Calvin.

– Bien sûr. Je vais sûrement devoir prendre une demi-heure d'avance pour m'y rendre.

J'ai dit ça sur le ton de la plaisanterie, mais le grognement sourd de Travis, qui lui échappe, efface le sourire naissant sur mes lèvres.

Il relève la tête d'un mouvement vif et plonge un regard noir de colère dans le mien.

– Nous irons ensemble !

Embarrassée, je secoue la tête et m'accroche à ses prunelles sombres avant d'entendre une plainte sortir de la bouche de mon amie.

– Je serai là, n'oublie pas que nous avons pratiquement le même emploi du temps, Sarah.

– Oui, je sais, bredouillé-je, mal à l'aise.

Heureusement, la serveuse arrive avec nos commandes, ce qui permet de réchauffer l'ambiance autour de notre table. Nous commençons à manger, appréciant nos plats. D'ailleurs, Calvin en fait les éloges et mord avec gourmandise dans son hamburger. Je souris, soulagée que le froid entre nous ne soit plus si glacial quand, par inadvertance, mon regard tombe sur le visage de Travis.

Je prends alors conscience qu'il n'a pas encore touché à sa nourriture. Il s'est contenté jusque-là de me fixer, de m'observer sous tous les angles pendant que je grignote mes feuilles de salade.

La gêne m'enveloppe tandis que je l'interroge du regard, mais visiblement, il ne comprend pas. Alors, je lui demande de vive voix :

– Quoi ?

– Mange, se contente-t-il de me dire en avançant vers ma main, le burger supplémentaire qu'il a commandé.

Surprise, je le fixe et le refuse poliment.

– Non, merci.

– Ce n'est pas avec de la verdure que tu vas reprendre tes kilos perdus.

J'écarquille les yeux.

Comment ose-t-il ?

– Pour une fois, mon frère n'a pas tort. Tu devrais manger plus consistant, la route est encore longue.

Non, mais je rêve !

Maintenant, c'est elle qui se met de son côté !

J'aurai tout vu, tout entendu !

De plus, je constate que Calvin les soutient. Il n'a pas besoin de dire un mot de plus, je le remarque dans le regard qu'il pose sur moi.

Vexée, je redresse la tête et les foudroie du regard avant de prendre le burger dans les mains.

– Bien ! m'exclamé-je avant de mordre dans le sandwich.

Merde !

J'évite de justesse de laisser échapper un gémissement de plaisir.

C'est excellent.

Quelques minutes plus tard, je sens le regard amusé de Travis sur moi tandis que je me lèche les doigts après avoir englouti ce cheese majestueux. Je lève la tête, prête à l'envoyer sur les roses, mais il baisse les yeux.

Je rêve ?

Ses joues rosissent et un sentiment de bien-être m'enveloppe de toutes parts. Ce n'est pas tous les jours que je peux le faire rougir.

Quoique…

Une fois repus, nous quittons le restaurant. Comme convenu, Nina se dirige vers la portière côté conducteur. Calvin demande à Travis de s'installer avec moi à l'arrière.

Merde…

Je m'attends à ce qu'il refuse, mais contre toute attente, il ouvre la portière et me tend la main. Je m'avance d'un pas incertain et prends mes béquilles pour les placer sur le sol du 4x4, mais Travis me devance.

Je serre les mâchoires tandis qu'il se penche pour les ranger. Puis, il se redresse et place ses mains sur mes hanches.

Bordel…

Je retiens ma respiration lorsqu'il me soulève doucement afin que je puisse allonger ma jambe sur la banquette. Une fois assise, je le remercie dans un murmure. Il ferme la portière sans dire un mot et, un instant après, il s'installe à côté de mon pied.

Nos regards se croisent pendant une fraction de seconde. Soudain, je sens ses mains soulever ma jambe.

– Qu'est-ce que tu fais ?

– Tu seras plus à l'aise ainsi.

Il se rapproche de moi et pose ma jambe sur ses genoux. Je déglutis péniblement et me pousse le plus possible contre la portière. Cependant, je me rapproche vivement de lui à la douleur que je ressens dans le dos lorsqu'il cogne contre l'accoudoir.

Une grimace doit déformer mes lèvres, car le regard de Travis se plisse, m'interrogeant silencieusement.

Je secoue la tête, refusant cet échange visuel plus longtemps. Puis, Nina démarre le véhicule tandis que Calvin cherche une station de radio convenable.

Nous reprenons la route avec en fond sonore le nouveau tube d'Adèle et le fredonnement de mon amie sur la mélodie.

Une torpeur m'envahit et je n'arrive plus à écouter vraiment la chanson, je me sens doucement glisser vers le sommeil. Je ferme les paupières et m'endors rapidement sous la douce chaleur des mains de Travis posées sur ma jambe.

CHAPITRE 21

Travis

Le traitement que Sarah doit prendre semble vraiment puissant. Elle s'est endormie voilà plusieurs heures. Je n'ai pas eu le cœur à la réveiller lorsque nous nous sommes arrêtés à Rockville, petite ville située dans l'Utah pour changer de chauffeur et nous désaltérer. Pendant que Sarah dormait paisiblement, nous nous sommes dégourdi les jambes et avons acheté quelques provisions pour le cas où l'un de nous aurait un petit creux.

Le froid entre ma sœur et moi est toujours palpable, mais je l'ignore, c'est bien mieux ainsi.

Je me retrouve donc sur le siège passager, au côté de Calvin qui fredonne l'air de *Feeling Good* du groupe Muse. Logiquement, je prendrai le volant le lendemain matin, car Calvin a décidé de passer la nuit à l'hôtel malgré mon insistance à poursuivre la route de nuit.

Quand nous arrivons aux frontières de Henderson, ville opposée à Las Vegas, Sarah est réveillée depuis deux heures et discute avec ma sœur. Je perçois des bribes de conversation au sujet d'Aaron, le petit ami de Sarah.

Je serre les dents, sentant un sentiment de jalousie m'envahir. Pourtant, je ne suis pas enclin à ressentir cette émotion. Elle fait ce qu'elle veut avec qui elle veut. Et si je me souviens bien, j'ai une bonne longueur d'avance sur ce mec.

Calvin annonce que nous arrivons à l'entrée de l'hôtel. Le *Taylor Plaza* est un hôtel luxueux. Des voituriers sont disposés près du perron et les clients sont visiblement nombreux.

Je jette un coup d'œil à Calvin et lui demande de nous rendre dans un autre lieu. Non pas que je déteste le luxe et les gens hautains à l'intérieur, mais je suis certain que nous n'aurons pas de chambres. Ils doivent être au complet.

– On peut toujours tenter, me répond-il.

Je roule des yeux et n'insiste pas.

Une fois garés sur le parking, nous sortons du véhicule et j'arrête Nina qui s'empresse de se diriger vers le coffre pour récupérer nos affaires.

– Allons d'abord nous assurer que nous aurons une chambre.

– Très bien, répond Calvin à sa place.

Je hoche la tête et m'avance vers le hall d'accueil avec lui. Les filles sont en retrait et j'hésite un instant à les attendre avant que Calvin ne leur demande de rester ici, le temps que nous allions réserver.

Il ne nous faut que quelques minutes pour traverser le grand hall de l'hôtel où l'éclairage fait mal aux yeux. Des lustres de cristal sont suspendus partout au plafond. Nous nous dirigeons vers le comptoir où s'affairent plusieurs hôtesses.

Une fois notre tour, Calvin se charge de demander deux chambres pour la nuit.

– Vous avez réservé ?

– Non, mais…

– Désolée, messieurs, mais nous sommes complets pour aujourd'hui. Nous aurons une chambre de libre pour demain.

– C'est pour cette nuit ! interviens-je, accrochant le regard de la quadragénaire.

Elle me regarde de bas en haut et de son air hautain, réitère :

– Désolée, mais ce n'est pas possible.

– Bien ! clamé-je avant de me tourner vers Calvin. Je te l'avais bien dit.

Il se renfrogne et hausse les épaules avant de déguerpir du hall. Je le suis et je me dirige aussitôt vers Sarah qui est assise sur un muret entourant le parking de l'hôtel.

– Il n'y a aucune chambre. Je propose que nous reprenions la route après avoir mangé un morceau. Nous serons au loft dans moins de sept heures, ce serait con de dormir ici.

– J'ai besoin de dormir, Travis. Calvin aussi et…

– Je peux conduire, coupé-je Nina.

– Non, tu as ingurgité une bouteille de vodka tout à l'heure. C'est hors de question que tu prennes le volant.

Je roule des yeux et constate l'étonnement dans le regard de Sarah.

– OK, mais c'était il y a des heures, je te rappelle, Calv ».

– Cherchons un autre hôtel.

J'entrouvre les lèvres dans l'intention d'insister sur le fait que nous perdons notre temps quand une sonnerie de téléphone me coupe dans mon élan.

– Merde… c'est mon… père, dit Sarah en déglutissant péniblement.

– Ne réponds pas, lâché-je d'un ton froid. Nous partons, tout de suite !

Elle hoche la tête et range son téléphone dans la poche de sa veste avant de se tourner vers Calvin.

– OK, dit-il. Nous allons voir pour un autre lieu pour dormir, et nous rentrerons demain matin.

– D'accord, accepte Sarah, le visage pâli sous l'angoisse ressentie suite à l'appel de son père.

Contrarié, je serre les mâchoires et m'approche d'elle tandis que Calvin et Nina avancent vers la voiture.

– Ça va ? murmuré-je.

– Ouais… Je savais qu'il allait appeler, de toute façon.

Nos regards s'ancrent l'un dans l'autre et j'éprouve le besoin de la réconforter à la vue des larmes naissantes dans ses paupières.

– Il ne pourra pas t'obliger à rentrer, Sarah. Personne ne peut t'y obliger, OK ?

– Je sais… allons les rejoindre, me dit-elle, coupant court à la petite conversation que nous venons d'échanger.

Je remonte dans la voiture, laissant ma sœur se charger d'aider Sarah à s'installer à l'arrière. Calvin est au volant en train de chercher un hôtel tout proche sur son smartphone.

Heureusement, il en trouve un à quelques minutes d'ici. Nous reprenons alors la route, j'espère secrètement qu'il sera lui aussi complet.

Merde...

Je peste depuis cinq bonnes minutes.

Nous nous trouvons tous les quatre dans le couloir où nos chambres nous ont été attribuées.

C'est un petit hôtel modeste près de l'aéroport de *Paradise*. Calvin ouvre la porte de notre chambre, celle des filles se trouve au bout du couloir.

– On se retrouve dans une demi-heure dans le hall, les filles ! clame Calvin.

– OK, à tout à l'heure.

Sarah se tourne vers moi et esquisse un faible sourire. Pendant le peu de temps que nous échangeons un regard, je ressens à nouveau ce besoin de me tenir près d'elle.

Fais chier !

– Tu comptes rester dehors ?

Je quitte la belle Sarah des yeux et fixe d'un air ahuri Calvin qui relève les sourcils en signe d'interrogation.

– Tu rentres ?

– Ouais, ouais, dis-je, secouant la tête pour reprendre mes esprits.

Une fois la porte refermée, je jette un regard circulaire dans la pièce et soupire de lassitude en me jetant sur le matelas.

– Tu peux me dire ce qui t'arrive, Trav » ?

J'ouvre les paupières et le considère d'un air hilare.

– Rien du tout, je suis... on aurait dû continuer la route.

– T'as l'air aussi crevé que nous. Ce ne serait pas prudent de rouler cette nuit, autant profiter d'une bonne nuit de sommeil avant de rentrer.

Il n'a peut-être pas tort, mais je doute que j'arriverai à profiter du sommeil alors que je ne cesse de penser à autre chose.

– Bon, je vais prendre une douche.

Je le salue d'une main de façon narquoise et attends qu'il entre dans la salle de bains pour me lever. Je fais quelques pas dans la pièce, hésitant à aller frapper à la porte de la chambre des filles.

Cependant, je ne trouve pas d'excuses pour aller les déranger. Tout comme Calvin, elles doivent être en train de se préparer pour aller manger.

Je pousse des soupirs et grognements que j'ai du mal à distinguer. On dirait qu'un monstre gronde en moi. Je passe une main sur mon front, essuyant la fine pellicule de sueur sur ma peau, et me dirige vers le petit meuble en face du lit. Je l'ouvre, espérant qu'il fait office de minibar, mais ce n'est qu'une commode vide.

Contrarié, je plonge les mains dans ma veste et en sors un paquet de cigarettes. Je l'ouvre et recherche le dernier joint que j'ai gardé.

– Eh merde ! craché-je.

Furieux de me souvenir que je l'ai balancé dans les chiottes après mon aventure avec Sam, je range mes clopes dans la poche et m'avance vers la salle d'eau où j'entends le bruit de la douche.

– Calvin ?

Je réitère mon appel un peu plus fort et le préviens que je sors acheter des cigarettes. Je les retrouverai dans le hall tout à l'heure.

– OK, crie-t-il.

Je ne perds plus de temps et sors de la chambre. Une fois la porte fermée derrière moi, je lâche un long soupir de soulagement et inspire plus profondément. J'avais l'impression d'étouffer dans cette chambre étriquée.

Je me dirige d'un pas vif vers l'ascenseur qui mène au rez-de-chaussée quand je me stoppe à l'écoute de petits bruits derrière moi. J'esquisse un doux sourire, reconnaissant le claquement des béquilles de Sarah.

Je me tourne d'un mouvement vif, prenant l'air surpris de la voir venir vers moi en grimaçant.

– Qu'est-ce que tu fais ? lui demandé-je.

– J'ai… besoin d'air.

Comme par hasard.

– J'allais justement sortir prendre un verre en attendant que Calvin ait fini de prendre sa douche.

– Nina occupe la salle de bains alors…

– Il y a un bar dans l'hôtel, dans une salle à côté de la réception, l'informé-je sans pouvoir la quitter des yeux. Viens avec moi.

Ce n'est pas une question que je viens de lui poser. C'est plutôt un ordre et je n'attends pas qu'elle me réponde, je m'approche trop près d'elle, bien trop près, car les effluves de son parfum atteignent mes narines. Je serre les dents, évitant de respirer à plein nez son odeur afin de dissiper le désir que j'éprouve de prendre sa bouche sur-le-champ.

À quelques centimètres de mon visage, elle baisse les yeux. Je souris, remarquant que ses joues rougissent légèrement. Tendrement, j'attrape son menton entre mon pouce et mon index et l'oblige à lever la tête.

Nos regards se croisent une fraction de seconde avant de s'ancrer l'un dans l'autre.

– Viens avec moi, répété-je d'une voix méconnaissable.

Elle hoche doucement la tête et il ne m'en faut pas plus pour l'attirer vers l'ascenseur. Une fois les portes refermées, je ne peux taire le désir qui me brûle depuis trop longtemps. Je la plaque alors gentiment contre la paroi. Dans mon geste, ses béquilles chutent sur le sol, mais nous ne nous en préoccupons pas. J'avance mes lèvres vers les siennes avec une lenteur calculée, lui laissant le temps de refuser le baiser que je m'apprête à lui donner.

Sarah

Je sais bien ce qu'il veut. Il me laisse le choix d'accepter ou non son baiser. J'hésite, mais lorsque ses mains viennent entourer mes hanches, j'ai des papillons dans le ventre et je tends mes lèvres vers les siennes.

Il me les capture alors dans un grognement que j'étouffe avec ma bouche. Sa langue vient aussitôt s'enrouler à la mienne. Ses mains expertes entreprennent de caresser mes joues, mon cou, la naissance de mon décolleté. Chaque fois que nos peaux entrent en contact, je ressens des picotements d'excitation à travers tout mon corps, j'en tremble.

Je veux casser ce baiser, car j'aimerais avoir une conversation avec lui concernant ses actions de la nuit passée. J'aimerais lui poser des questions sur cette Sam de l'hôtel de Salina, mais je ne peux pas. Mon cerveau refuse de mettre fin à toutes les sensations inouïes que son corps pressé contre le mien m'inflige.

Je garde les yeux clos, l'embrassant encore et encore quand je prends conscience que le tintement de l'ouverture des portes de la cabine se fait entendre. Travis s'en aperçoit aussi et éloigne son visage du mien.

Arborant un sourire au coin des lèvres, il tourne la tête et fixe le hall d'accueil avant d'appuyer sur le bouton du dernier étage. Surprise, je l'interroge du regard, mais il anticipe ma question tandis que les portes se referment.

– Tu n'imagines pas à quel point j'ai envie de toi, bébé.

Son souffle chaud sur mon visage me fait frémir. C'est à l'instant où il frôle mes lèvres d'un doux baiser que je perds l'équilibre.

Vivement, je lève les mains et les plaque sur son torse musclé pour rétablir mon équilibre. Le rouge me monte aux joues et, la respiration entrecoupée, je lui avoue d'une voix bredouillante :

– Moi aussi, j'ai envie de toi, Travis.

L'émeraude de ses prunelles brille de mille feux.

Mon aveu a le don de précipiter les choses. Plus rien ne compte que ses lèvres possessives qui m'embrassent sauvagement. La tension sexuelle est palpable entre nous… dans cet espace étroit où nos murmures rauques et gémissements enveloppent l'atmosphère chargée d'électricité, je suis prête à revivre le moment où nous n'avons fait qu'un.

Je veux et j'ai besoin de retrouver cet instant magique avec lui. Je désire goûter encore la tendresse chez ce garçon à la prestance intimidante.

Cependant, le tintement de l'ouverture des portes brise notre instant. Nous nous reculons, à bout de souffle, et constatons avec effroi que nous sommes arrivés à l'étage où nos chambres sont disposées. Vivement, Travis appuie sur le bouton de verrouillage des portes et un rire s'échappe de ma gorge.

Ses joues sont rouges et ses yeux s'écarquillent comme des soucoupes devant mon air hilare. Je ne peux pas m'arrêter de rire, la situation est totalement amusante. Elle aurait été désastreuse si Calvin et Nina s'étaient trouvés derrière ces satanées portes.

Toutefois, ce n'est pas tous les jours que je peux constater un sentiment de peur dans le regard du beau tombeur qu'est Travis Spencer.

– Cesse de rire, veux-tu ! grogne-t-il.

Je hoche la tête, mais je dois plaquer ma main sur mes lèvres pour étouffer le fou rire qui s'en échappe. Il roule des yeux et se colle contre moi avant d'ôter ma main de mon visage. Son regard perçant me transperce de part en part, éloignant mon hilarité soudaine à des kilomètres.

Cette fois, mes lèvres se referment tandis que mon cœur manque un battement.

– Bébé, souffle-t-il en prenant mon visage en coupe dans ses mains.

Je presse mon dos contre la paroi pour ne pas perdre l'équilibre. Mes béquilles sont tombées sur le sol lorsqu'il m'a plaquée au fond de la cabine pour se jeter sur moi.

– Travis, murmuré-je sans quitter son regard.

Il pose ses lèvres sur le bout de mon nez, puis mes joues avant d'embrasser délicatement le coin de mes lèvres.

– Travis, répété-je à nouveau, entendant plus clairement les voix impatientes derrière les portes de la cabine.

Il redresse la tête et tend l'oreille.

– Ils vont finir par prévenir un dépanneur, dis-je avant de déglutir.

Pour toute réponse, il m'offre le plus merveilleux des sourires sarcastiques.

– Qu'ils le fassent… mais pour l'instant, je te le redis, j'ai envie de toi, Sarah.

Un couinement ridicule m'échappe.

– Moi aussi, mais… on…

– Ce soir, prépare-toi à être à moi, me coupe-t-il avant de prendre mes lèvres.

Ce soir…

Je ne réponds rien, me contentant simplement de répondre à son baiser avec une précipitation non feinte. Malheureusement, celui-ci ne dure pas aussi longtemps que je le souhaite. Travis ôte ses lèvres des miennes et se baisse pour ramasser mes béquilles, me laissant pantelante.

Lorsqu'il se redresse et place mes mains sur mes appuis, il oppose son front au mien et me souffle dans un murmure :

– Je trouverai un moyen pour nous retrouver tous les deux… en attendant, nous devrions y aller.

Je hoche la tête, incapable de prononcer un seul mot, un seul son tant la braise dans son regard chauffe mon corps tout entier.

Bordel !

Il faut que je me reprenne avant de me trouver face à Nina qui se doutera de quelque chose si elle me voit dans cet état d'excitation.

– OK… OK, marmonné-je en me redressant comme je le peux.

Travis me sourit en appuyant sur le bouton du rez-de-chaussée. Il revient vers moi quand la cabine entame sa descente.

Il m'offre un dernier baiser léger et je lui souris amoureusement, frustrée au fond de moi de ne pas pouvoir le retenir pour l'embrasser davantage.

Bien qu'à l'écouter, je le pourrai ce soir.

Ce soir…

CHAPITRE 22

Travis

Le dîner au restaurant de l'hôtel a été long, interminable. Toutefois, l'ambiance pendant le repas s'est montrée plus sereine qu'à midi où nous avons mangé au Burger King.

Nina a été courtoise, sans doute car elle était épuisée. D'ailleurs, j'ai fait mon possible pour qu'elle et Calvin passent une bonne nuit. Après notre moment intime avec Sarah dans l'ascenseur, nous avons été boire un verre en attendant les autres. J'ai bien remarqué le genre de clientèle qui trainait dans la salle et j'ai profité du moment où Sarah a eu besoin de se rendre aux toilettes pour vérifier mes doutes.

En effet, le barman n'a pas nié les faits que j'ai avancés sur un coup de tête. Je lui ai demandé de but en blanc si je pouvais me procurer des substances illicites dans le coin. Trois de ses clients avaient tout à fait le profil.

C'est alors que j'ai pu m'entretenir rapidement avec l'un d'entre eux. Évidemment, l'homme en question m'a observé sous toutes les coutures pendant un long moment avant d'accepter d'écouter ce que j'avais à lui dire. Une fois qu'il a compris que je n'étais pas un indic ou je-ne-sais-quoi d'autre encore, il m'a tendu un petit sachet d'herbe que j'ai rangé dans ma poche avant de lui glisser un billet.

Et c'est à cet instant que j'ai eu l'idée brillante d'en demander plus. Bon, ce n'est pas très illégal, mais ce que je comptais faire avec l'était.

Cependant, je n'avais pas en tête d'autre alternative afin que je sois tranquille avec Sarah cette nuit. Et ce n'est pas un somnifère qui allait les tuer.

Alors, quand j'ai eu en poche ce que je désirais, lorsqu'elle est revenue prendre place à mon côté, je lui ai glissé à l'oreille qu'elle ne devait pas oublier que, cette nuit, elle serait à moi.

Elle ne m'a pas répondu, mais j'ai bien compris, en voyant ses joues rougissantes, qu'elle était impatiente de revivre ce moment de pure explosion.

À présent, je me retrouve dans la chambre, allongé à côté de Calvin qui remue légèrement. J'attends que le somnifère que j'ai glissé dans son verre pendant notre repas fasse son effet. J'ai une pensée pour ma sœur, espérant qu'elle est déjà plongée dans les bras de Morphée. Je me dis que ce ne doit pas être très difficile, c'est à peine si elle est parvenue à tenir à table jusqu'à la fin de nos plats.

Mes pensées dérivent aussitôt vers Sarah qui n'a pas cessé de me lorgner avec gourmandise pendant que j'enfilais le steak-frites. J'ai su l'ignorer discrètement, mais il en était autrement pour une partie bien précise de mon corps. Je n'ai pas arrêté d'imaginer la nuit à venir avec elle, quand je l'aurais enfin dans mes bras pour l'envoyer au septième ciel.

Le souvenir de son visage si rayonnant lorsque je l'ai fait jouir pour la première fois, il y a déjà des semaines, n'a pas cessé de venir hanter mon esprit. Toutefois, j'ai dû faire attention à ne pas éveiller le moindre soupçon chez Calvin. Celui-ci n'a pas cessé de m'interroger du regard tandis que je m'empiffrais.

Heureusement, l'air hilare que j'ai pris pour le dévisager l'a tout bonnement fait cesser de me reluquer de cette façon. Je n'avais rien à dire, si ce n'est que j'avais hâte de partir du restaurant en compagnie de Sarah pour la baiser durant des heures.

Et, quand l'heure est venue de quitter le restaurant de l'hôtel, j'ai pris l'air de celui qui est éreinté après cette longue journée. Ils n'ont rien soupçonné. Seule, Sarah m'a envoyé un coup d'œil complice avant de disparaître dans sa chambre avec ma sœur.

Je ne lui ai pas dit ce que j'ai fait pour faciliter son absence dans la chambre. Je ne lui ai pas confié que je me suis joué de ma sœur et de mon meilleur ami, en leur administrant un puissant sédatif à leur insu.

Je ne suis qu'un sale enfoiré de première, mais ça en vaut la peine. Je n'en peux plus d'attendre, et ce n'est pas en me tapant des inconnues que je serai rassasié, que j'ôterai de mon corps cette putain d'envie de me libérer.

Non… j'ai besoin d'elle, seulement d'elle !

Et cette constatation mentale fait battre mon cœur plus vite, plus douloureusement. Mes membres commencent à trembler légèrement, ma gorge me pique tandis que mon souffle devient plus court.

Je ne sais pas ce qui m'arrive, mais ce n'est pas la première fois que cette sensation d'étouffer me traverse de tout mon être. Mon cerveau refuse d'obéir et je me sens perdu.

Je déteste ça : ne plus avoir d'emprise sur mon corps, sur mes sentiments me paralyse d'effroi.

C'est Sarah…

La seule qui me fait perdre la tête et, pourtant, j'essaie de contrôler les émotions qui me bousculent sans cesse quand la panique m'atteint.

Il faut que je sorte de cette chambre avant de me noyer dans la sueur qui s'installe sur ma peau jusqu'à ne plus être capable de respirer correctement.

Alors, je me redresse et allume l'écran de mon portable afin de vérifier si Calvin s'est endormi. J'esquisse un faible sourire, constatant qu'il ronfle. Je pose un doigt sur sa joue assombrie par la naissance de sa barbe et appuie dessus sans ménagement. Il grommèle, mais ne se réveille pas.

Parfait !

Je sors du lit et enfile mon jean et un débardeur blanc. J'hésite un instant avant de finalement envoyer un message à Sarah. Elle me répond très vite, ce qui me fait sourire et apaise un peu la douleur que je ressens dans la poitrine.

OUI, ELLE DORT COMME UN BÉBÉ.

Je passe dans la salle de bain et me passe de l'eau fraîche sur le visage. Je fixe pendant quelques secondes le reflet que me renvoie le miroir et passe une main humide dans mes cheveux.

C’est parti.

Avant de quitter la chambre, je jette un nouveau coup d’œil vers le lit où Calvin ronfle de plus en plus. Hilare, j’envoie un message à celle que je vais bientôt faire mienne.

SORS DE LA CHAMBRE, JE T’ATTENDS.

Sa réponse se fait attendre. Je décide tout de même de sortir, vérifiant dans la poche arrière de mon jean si j’ai bien la carte de la chambre d’à côté que j’ai réservée tout à l’heure, juste avant que Nina et Calvin nous rejoignent.

Rassuré de la sentir contre mes doigts, je m’éclipse de la pièce sans un regard en arrière et me dirige vers le fond du couloir. Sarah n’est pas encore sortie et, pendant un certain laps de temps, je me demande si elle le fera, si elle me rejoindra pour la nuit dont j’ai tant de fois rêvé.

À cet instant, j’ai envie de fumer un joint qui me détendrait, ou de boire un bon verre d’alcool fort qui évacuerait cette appréhension suffocante que je ressens.

Bordel !

Qu’est-ce qui m’arrive ?

Comment en suis-je arrivé là ?

J’attends encore et elle ne vient pas. Je commence à éprouver une colère puissante qui emballe à nouveau mon cœur. Ses battements sont rapides, oppressant ma cage thoracique, irradiant une douleur jusque dans mes poumons.

J’ai besoin d’air.

J’ai besoin de la voir, de la sentir contre moi, sous mes doigts.

Putain !

Je lève le poing et l’abats doucement contre le mur devant moi avant de me baisser, tentant de reprendre un semblant de souffle. Dans ma main libre, je tiens mon portable si fermement que je pourrais le broyer.

Soudain, j’entends de faibles bruits sur le côté. Je me redresse d’un bond et pose le regard vers la porte close de la chambre des filles. Je me surprends à prier Dieu qu’elle ouvre immédiatement cette putain de porte et qu’elle ramène son cul.

Quel con !

Je secoue la tête, reprenant peu à peu une respiration normale. Lorsque tout à coup, la porte s'ouvre et là, elle s'avance vers moi, vêtue uniquement d'un peignoir.

Je déglutis péniblement, appréciant cette sensation indescriptible qui m'assaille à cette seconde. Ses cheveux sont attachés et mes yeux descendent sur le décolleté que forment les pans de sa robe de chambre.

Respire, bordel !

Je tente de me reprendre, mais la vue de sa peau laiteuse ne m'aide pas. Elle avance prudemment, trop lentement à mon goût, et je manque de lui dire de se grouiller, quand sa béquille claque sur le mur qu'elle rase en approchant.

J'esquisse alors un doux sourire à son adresse et m'empresse de la rejoindre. Quand je suis à son côté, je ne contrôle plus rien à nouveau et une grosse frustration me transperce. Cependant, la peur que je lis dans ses yeux brillants d'émotions m'aide à reprendre les commandes. Je prends ses béquilles et les place sous son bras avant de la soulever dans les miens.

Elle ne prononce pas un mot, moi non plus. Nous n'avons pas le temps pour ça et j'ai envie de faire autre chose avec ma bouche que jacter inutilement.

Sarah passe un bras autour de mon cou pour s'accrocher tandis que j'avance vers la chambre à côté de la mienne. C'était la seule de libre à cet étage. Je l'ai prise sans hésiter une seule seconde, prenant le risque que Calvin entende ses cris. Car ce soir, cette nuit, j'ai bien l'intention de la faire hurler de plaisir.

Je me remercie d'avoir pratiqué beaucoup de musculation et de prendre soin de mon endurance quand je lâche une main, en tenant fermement le corps de ma douce dans l'autre, pour prendre la carte d'ouverture de la porte.

Je la glisse dans la fente tout en sentant le regard de Sarah sur moi. La porte s'ouvre en un cliquetis automatique. Très vite, je la pose délicatement sur le sol tout en fermant la porte d'un coup de pied et je prends ses béquilles que je pose contre le mur.

Nos regards restent accrochés et je ne peux trouver que mignonne la façon dont ses joues rougissent. Nous ne disons rien. Aucun mot n'est assez fort pour décrire ce que j'éprouve à cette seconde. Pourtant, j'ai baisé beaucoup de filles, de femmes dans ma vie, et je me suis trouvé dans toutes sortes de situations farfelues. J'ai toujours su quoi dire, mais là, face à cette fille qui bouscule tous mes sens et mon esprit, je reste silencieux, incapable de prononcer le moindre mot.

Je me contente alors de poser ma paume contre sa joue, l'englobant entièrement avant de me baisser vers sa bouche qui frémit à mon approche. Comme dans l'ascenseur, je lui laisse le temps de me repousser si elle le désire, mais elle n'en fait rien.

Au contraire, le petit couinement d'impatience qui sort de ses lèvres me laisse supposer que c'est ce qu'elle désire également.

Et je ne la fais plus attendre.

Je l'embrasse, d'abord doucement, tendrement comme jamais je ne l'ai fait auparavant. C'est une première, et j'aime ça. Pourtant, je suis pressé de la faire mienne, de me sentir en elle, dans la chaleur irradiante de son corps, mais je sais qu'elle vaut le coup d'attendre.

Elle aussi répond tendrement à mon baiser. Elle ne me touche pas, laisse ses bras le long de son corps et se contente de remuer les lèvres sous les miennes. Je décide alors de passer à la vitesse supérieure et force le barrage de ses lèvres avec ma langue.

Aussitôt, la sienne vient à sa rencontre et une danse frénétique se joue dans nos bouches unies. Pendant que nous échangeons ce baiser des plus torrides, je glisse une main vers sa nuque, la maintenant bien étroitement contre moi. Elle bouge enfin ses mains et enroule ses bras autour de ma taille, m'embrasant plus encore.

J'ai l'impression de me trouver sur le flanc cendreux d'un volcan, prêt à entrer en éruption. Sa langue est fougueuse, j'essaie de mener la danse qu'elle m'inflige, mais elle gagne. Mon souffle est haletant, ma respiration saccadée tandis que je la serre contre moi encore un peu plus fort.

Cette fois, le besoin vital de respirer nous rappelle à l'ordre, nous nous écartons, cassant notre baiser empli d'une passion insoupçonnable. Nous nous regardons, essoufflés, tandis que je me rapproche un peu plus. Elle se blottit dans mes bras, fiévreuse.

Le besoin pressant de découvrir chaque parcelle de son corps me submerge. Ma main glisse le long de son ventre et je dénoue la ceinture du peignoir avant de le laisser choir sur le sol. Elle porte une nuisette noire, et je ne l'ai jamais trouvée aussi sexy qu'à cet instant. Je sens un frisson la parcourir au contact de mes doigts que je pose dans son dos, sur sa peau nue. J'ai l'impression que mon cœur va éclater tant les battements se font plus précipités.

Avec fougue et passion mêlées, je la caresse sensuellement, prenant ses gémissements de plaisir contre mes lèvres, et continue inlassablement à savourer sa bouche avec une subtilité enivrante. Elle me caresse le torse, le ventre. Je pense devenir fou si elle continue son exploration à travers le tissu de mon débardeur.

Sarah

– Travis… murmuré-je en quittant ses lèvres.

Il me fixe, interrogateur, apeuré que je le repousse.

– Quoi ?

Son murmure est rauque, son souffle est court, tout comme le mien.

– Je… ma jambe.

Je deviens encore plus rouge que je ne le suis. J'ai honte de cette jambe qui m'handicape déjà fortement, alors imaginer que je pourrai faire l'amour avec Travis sans encombre…

Il secoue la tête, passe son pouce sur mes lèvres gonflées par ses baisers et me dit d'une voix rassurante :

– Ne t'inquiète pas. Je ferai attention.

Durant un long instant, nos regards demeurent arrimés l'un à l'autre. Sans m'en rendre complètement compte, je fais un pas en arrière et me retrouve dos au mur.

Mon cerveau tourne à vide, seul mon corps semble exister, refoulant toutes mes craintes et mes doutes.

Mes sens.

Mes organes en émoi.

Mon cœur battant furieusement dans mes tempes.

Mes jambes tremblant incroyablement.

Je frémis tandis que je le regarde, le souffle court, s'approcher lentement vers moi. Comme dans mes nuits tant rêvées, il prend appui au-dessus de moi et se penche vers mes lèvres.

Les siennes sont douces, m'effleurent à peine. Une vague monte en moi, tandis que j'ai l'impression de vaciller pendant qu'il poursuit cette caresse insoutenable. Sa bouche contre la mienne, nos souffles se mêlant l'un à l'autre sans vraiment se rencontrer.

Je sens qu'il lutte, qu'il tente de garder le contrôle sur le désir puissant qui nous atteint de plein fouet.

Avec douceur et lenteur surtout, il m'embrasse enfin. Comme si nous vivions cet instant électrisant au ralenti, nos langues se touchent, se séparent pour mieux s'enrouler dans un balai de volupté. Dans un crescendo d'une langueur terrible, la caresse s'enflamme et enfin, notre baiser s'approfondit avec une voracité qui me fait frémir de plaisir.

Le monde tournoie autour de moi, et j'en suis réduite à laisser mes sens s'éveiller comme jamais auparavant. C'est à peine si je prends conscience qu'il glisse ses doigts dans mes cheveux. Grisée par l'esquisse sensation de sa main sur ma nuque.

Plus fougueux à chaque seconde, notre baiser nous embrase tous les deux. Il me plaque plus étroitement contre le mur, et colle son corps brûlant au sien. Une sorte de fièvre m'emporte… le désir qui monte en moi est d'une puissance inouïe.

Je passe une main autour de son cou et gémis lorsqu'il m'attire rudement contre lui pour faire courir une main fiévreuse dans mon dos… puis sur mes hanches. J'entends la tempête gronder au-dehors, mais l'orage se joue ici, entre nous à la surface de nos corps, pressés l'un contre l'autre, impatients de ne faire qu'un.

Je suis en train de vivre le baiser le plus torride, le plus érotique que j'aie jamais connu. Nous sommes dans un corps à corps fougueux. Je m'agrippe à lui tandis qu'il me couvre de baisers passionnés, revenant sans cesse chercher mes lèvres brûlantes et humides.

Un grognement sourd s'échappe de sa gorge alors que je resserre les bras autour de son cou. Il pose ses mains sur mes épaules et les glisse vers ma poitrine dont il dessine le contour de mes seins avant de glisser un doigt sous la bretelle de ma nuisette.

Ensuite, comme si je n'en pouvais plus de cette délicieuse torture, ma robe glisse sur le sol. Je me cambre sous son corps et remonte les doigts vers son débardeur.

Avide de le toucher, je le soulève et il m'aide le plus rapidement possible en le passant au-dessus de sa tête. Je pose mes mains à plat sur son torse. Je peux sentir les battements rapides de son cœur. Il m'enlace plus étroitement.

Troublée par son sourire tendre, par ses gestes si doux, par son regard brûlant, je ferme les yeux et savoure la chaleur de nos corps pressés l'un contre l'autre. Je suis pratiquement nue dans ses bras. Je ne possède sur moi que la culotte en dentelle noire que j'ai choisi de mettre après la douche rapide que j'ai prise.

Des frissons surgissent à la surface de ma peau alors qu'un brasier s'allume dans mon ventre tandis que ses lèvres humides et chaudes découvrent ma poitrine.

Tout en agaçant les pointes de mes seins du bout de sa langue, il glisse ses doigts sur mes hanches. Je pousse un gémissement sans vraiment m'en rendre compte et il relève la tête pour me donner un baiser passionné.

Le souffle court, je m'écarte de ses lèvres et les porte sur son torse. Je parcours son corps du bout de la langue, explorant les creux et courbes de son cou. Sa respiration s'accélère alors qu'il se presse davantage et caresse mes fesses avec une lenteur insoutenable. Mes mains glissent le long de son torse et je caresse avec émoi son ventre… son bas-ventre qui durcit sous mon passage. Je souris et passe un doigt le long de sa ceinture que je m'empresse de défaire.

– Attends, m'interrompt-il avant de me soulever dans ses bras.

Il m'allonge avec tendresse sur le lit. Je parviens à peine à respirer. Ma gorge est sèche, mon corps est en feu.

Il enlève son pantalon et le laisse tomber sur le sol avant de s'approcher en silence et de s'allonger contre moi. Il caresse mon ventre, mes cuisses tandis que j'explore son corps de mes doigts tremblants.

Soudain, il s'aventure sous le triangle de dentelle qui cache mon intimité. Instinctivement, j'écarte les jambes, oubliant la douleur de ma blessure. Plus rien ne compte que Travis et les sensations qu'il provoque en moi.

Il revient coller ses lèvres aux miennes. Cette fois, son baiser est enfiévré, me faisant monter des ondes de plaisir de plus en plus violentes.

Avec exaltation, il explore sans fin l'antre humide et chaud de ma féminité.

C'est insensé…

Je me sens chavirer sous ses caresses.

Comment peut-il éveiller en moi des sensations d'une telle intensité ?

Je ne me suis pas attendue à tant de douceur ni de tendresse de sa part. J'ai pensé qu'il serait plus violent que la première fois où je me suis donnée à lui.

Quelle surprise…

Lentement, presque timidement j'avance une main vers son bas-ventre que je caresse doucement. N'y pouvant plus, je glisse mes doigts dans son caleçon que je fais descendre le long de ses jambes, avant de caresser son membre tendu.

Je souris en écoutant les marmonnements rauques qui sortent de sa bouche à ce contact.

– Tu me rends fou… murmure-t-il alors que j'accentue mes caresses. Je ne peux pas attendre…

J'esquisse un doux sourire, ravie au plus profond de moi de le voir souffrir d'impatience. Je suis dans le même état, j'ai besoin de le sentir à nouveau en moi, profondément…

Alors, je plonge le regard dans le sien et lui réponds :

– Viens… maintenant.

Je n'ai pas à insister. Il se penche vers son pantalon qu'il ramasse pour fouiller la poche arrière et en sort un préservatif. Je me redresse d'un mouvement rapide et le lui retire des mains. Je déchire l'emballage à l'aide de mes dents sous son regard écarquillé.

– Bordel, Sarah, si tu savais combien de fois j'ai rêvé de ce moment.

Je souris, satisfaite de son aveu, et me presse en enroulant la capote autour de son membre, long et dur.

– Putain, grogne-t-il, le souffle court avant d'écraser sa bouche sur la mienne.

Il me pousse doucement contre le matelas, me forçant à m'allonger, et, de sa jambe, écarte un peu plus mes cuisses pour se positionner entre elles.

Je ferme les yeux et savoure l'instant où il me pénètre d'un mouvement de reins aussi ample que puissant. Ondulant d'un même élan, nous nous soudons l'un à l'autre et sentons un feu lancinant s'allumer en nous.

Trempée de sueur, j'accroche mes mains à ses hanches et me laisse dériver au gré du plaisir, montant par vagues successives.

Soudain, il s'immobilise. J'ouvre les yeux et me noie dans son regard vert humide. Il se retire lentement tandis que je me sens vaciller de tout mon être.

Oh, non, pas ça !

Je resserre mon étreinte pour le supplier de continuer et dans un murmure rauque, il s'enfonce à nouveau en moi, plus profondément.

Je crois mourir… là… maintenant, tandis que mon cœur s'affole devant le flot de sensations qui déferle en moi.

– Sarah…

Je renverse la tête en arrière et accueille ses puissants coups de reins en gémissant, écoutant le grondement d'une jouissance inouïe jaillir du plus profond de mon âme.

Noyant mon regard au sien, je constate en une fraction de seconde qu'il se mord la lèvre.

– Oh, Sarah…

Puis, il enfonce son visage dans le creux de mon cou. Je hume les effluves de nos peaux mêlées avant de basculer et de m'abîmer avec lui, l'homme dont je suis éperdument amoureuse, l'homme que je ne peux aimer.

Une larme glisse le long de ma joue dans un flux de sensations aussi exquises que violentes…

CHAPITRE 23

Travis

Le temps que nous reprenions notre souffle, je tiens Sarah contre moi. Ses lèvres chatouillent la peau de mon cou et, aussitôt, le désir me reprend, puissant, inévitable.

Je me redresse, prenant soin de ne pas cogner mes jambes contre les siennes. Je m'accoude, reposant ma tête dans le creux de ma main, avec l'autre, je caresse la peau soyeuse de son ventre tout en l'observant.

Elle a les paupières closes et ne bouge pas d'un millimètre. Seul, le petit sourire qui se forme au coin de ses lèvres me conforte : elle ne dort pas.

Mes doigts glissent, ils dérapent vers son mont de Vénus. Soudain, elle me stoppe, bloquant mon poignet entre ses doigts.

Elle ouvre les yeux et je suis comme happé dans la profondeur de ses prunelles si limpides. Elle l'est également, car je sens la pression de ses doigts diminuer. J'en profite et la serre contre moi avant de l'embrasser d'une pluie de baisers sur les cheveux, sur sa tempe…

Elle commence à remuer, se cambrer alors que je continue inlassablement de caresser son corps nu du bout des doigts. J'ai envie d'elle, je ne suis pas rassasié de son corps, de ses baisers, de sa présence. Je veux profiter de cette nuit pour lui montrer à quel point elle compte à mes yeux, même si je ne le souhaite pas, je ne peux que me l'avouer. Mon cœur et chaque parcelle de mon corps témoignent de ce besoin fougueux que j'ai d'elle.

Cependant, je tente de reprendre le peu de contrôle qu'il me reste. Ce n'est pas le moment de perdre la tête, de perdre mon caractère, d'envoyer aux chiottes toutes les promesses que je me suis faites depuis si longtemps… de briser les barrières que j'ai érigées depuis de si longues années.

Non, ce n'est pas le moment de tout foutre en l'air pour me retrouver à nouveau perdu, comme autrefois. Je ne le supporterais pas, et Sarah est consciente de ce qui se passe entre nous. Elle ne refuse pas la relation que je lui impose et en tire son compte finalement, alors je ne dois pas tout foutre en l'air.

Soudain, elle bouge la tête et nos regards s'ancrent l'un à l'autre. Sans pouvoir nous lâcher une seule seconde, je frôle ses lèvres des miennes avant de l'embrasser avec passion.

Je lui avais promis de lui faire découvrir le plaisir sexuel, et je pense m'en être tiré avec brio tout à l'heure. Toutefois, je sais ce qu'elle attend de moi : de la prendre sauvagement et de lui apprendre tout ce qu'il faut savoir de la débauche.

Mais pas ce soir, pas cette nuit.

J'ai envie de lui montrer le plaisir de faire l'amour avec lenteur, délicatesse et tendresse. Ce n'est pas une inconnue, comme Sam, comme toutes les autres avec lesquelles je me suis défoulé comme le pire des salauds, les prenant sans ménagement jusqu'à les faire hurler de plaisir et de douleur mêlés. Je ne suis pas capable de lui faire ça, pas à elle.

Bordel !

Je m'énerve, je sens ce démon en moi qui gronde plus intensément. J'essaie de ne pas l'écouter, du moins, pour le moment, car je sais qu'il va resurgir dès le lendemain et je ne ferai rien pour le retenir.

Une fois m'a suffi.

Pour l'instant, je profite de la cajoler comme il se doit, je lui montrerai le salaud que je suis plus tard, mais pas ce soir.

Pas cette nuit…

Cette fois, le besoin vital de respirer nous rappelle à l'ordre, nous nous écartons, cassant notre baiser empli d'une passion insoupçonnable. Nous nous regardons, essoufflés, tandis que, de mes doigts experts, je caresse l'entrée de son antre avant d'en plonger un à l'intérieur.

Un gémissement rauque s'échappe de ses lèvres. Ses yeux brillent comme jamais et j'aime être celui qui a le privilège de la voir ainsi, nue et fiévreuse dans mon lit.

Et tandis que mon doigt va et vient en elle, je pose ma bouche sur sa poitrine que je martyrise avec dextérité, pinçant la pointe d'un sein entre mes lèvres avant de m'attaquer à l'autre.

Le corps de Sarah s'arcboute sous mes coups de langue qui font durcir ses tétons roses. Elle n'est plus que braise, prête à jouir dans le creux de ma main alors que deux de mes doigts sont à présent en elle.

Cependant, je constate qu'elle se retient, qu'elle tente de garder un minimum de contrôle. Ce qui me satisfait davantage. Avec un sourire, je relève la tête de sa poitrine et plonge mon regard dans le sien.

– Jouis, bébé.

– Travis… grogne-t-elle en se mordant la lèvre.

Je souris, étrangement satisfait de la voir si forte et vulnérable à la fois. Néanmoins, j'ai conscience qu'elle n'est pas loin et que j'arriverai sans le moindre effort à la faire venir. Je place juste mon pouce sur son bourgeon gorgé de désir et plonge mes doigts plus profondément en elle.

L'explosion est inévitable.

Elle crie mon nom dans des spasmes de plaisir, s'accrochant à mon cou comme à une bouée de sauvetage.

– Ouais, c'est ça, bébé…

J'appuie ma paume sur sa chatte trempée et esquisse un large sourire avant d'enlever mes doigts. Ses bras, toujours autour de mon cou, se resserrent davantage et je laisse mon visage se nicher contre sa poitrine, attendant qu'elle reprenne une respiration normale.

Il ne lui faut que quelques minutes pour desserrer son étreinte. Soudain, je sens sa main se faufiler entre nos corps. Je souris dans le creux de ses seins tandis qu'elle caresse dans un frôlement léger mon sexe prêt à renouveler l'expérience.

Cette fois, je ne contrôle plus rien.

Le monstre en moi jaillit telle une vague meurtrière. Je me redresse et m'empare d'un préservatif rangé dans ma poche, avant de venir entre ses cuisses. Je ne lui laisse pas le temps de faire le moindre geste, je le glisse sur ma queue frémissante et la pénètre d'un coup de reins puissant, presque violent.

Un cri rauque lui échappe, mais je peux lire dans son regard troublé par ma sauvagerie qu'elle en veut, elle en demande plus.

Alors, je laisse le monstre prendre les commandes et la martèle de coups de reins plus puissants les uns que les autres. Je la remplis totalement et j'aime la sensation que j'éprouve lorsque je pousse plus profondément en elle. Ses parois sont si chaudes, si serrées autour de ma queue que j'ai l'impression que je vais exploser à chaque poussée.

Mais il suffit de sentir ses ongles s'enfoncer dans mon dos pour perdre les pédales, déclenchant ainsi un orgasme unique et sensationnel.

Essoufflé, je niche mon visage dans mon cou en grognant de plaisir.

Sarah

Je n'en reviens pas de ce qui vient de se passer ici, dans ce lit où Travis m'a fait ressentir des sensations plus extraordinaires les unes que les autres, mêlant plaisir et douleur.

Il roule sur le côté et je me crispe un instant à la souffrance que j'éprouve dans ma satanée jambe.

– Désolé, me dit-il, le souffle court.

– Ce n'est rien, réponds-je en posant ma paume sur mon genou douloureux.

– Tu regrettes ?

Surprise, je tourne la tête et plonge mon regard interrogateur dans le sien.

– Non, pourquoi cette question ?

– J'en sais rien, murmure-t-il en passant une main dans ses mèches sombres, balayant à l'arrière celles qui lui tombent sur le front.

Je secoue la tête, ne comprenant pas trop cette expression qui passe sur son visage. Il semble perdu et dans ses prunelles si claires d'habitude, je vois passer une ombre sombre et menaçante que je n'arrive pas à identifier.

Est-ce lui qui regrette ce qui s'est passé ?

Le seul moyen de le savoir est de lui demander. Ce que je fais sans attendre tandis que mon cœur manque un battement à l'appréhension qui me gagne.

– Et toi ? Tu regrettes ?

Il me fixe dans les yeux, serrant les dents, et pendant un court instant, j'ai envie de m'éloigner de lui. En remarquant qu'il refuse de me répondre, je ramène le drap sur mon corps, lui cachant ma nudité.

– Sarah…

– Je suis désolée, je comprends…

– Qu'est-ce que tu racontes ? me demande-t-il, élevant la voix.

Je le considère un instant tout en sentant mes joues rougir violemment.

– Tu regrettes… je ne suis pas comme les autres filles qui sont…

– Arrête tes conneries, bordel ! s'énerve-t-il avant de pousser un soupir de lassitude ou de résignation.

Je n'en sais rien.

Tout ce dont je suis certaine, c'est qu'il est furieux, mais il tente d'apaiser la colère que j'ai fait naître en lui.

– Sarah, écoute… me dit-il alors d'un ton plus doux. Je sais que tu n'es pas comme les autres et ça n'a pas d'importance. OK ?

Je hausse les sourcils, reste silencieuse tandis qu'il vient poser sa main sur mon ventre avant d'entourer ma taille de son bras.

– Je compte bien continuer comme ça, à te faire découvrir tous les plaisirs qu'on peut ressentir au lit, bébé. N'en doute pas. C'est juste que…

– Que ? insisté-je, surprise qu'il se coupe ainsi.

Il semble hésiter un instant. Il avance son visage vers le mien et embrasse mes lèvres d'un léger baiser. Je ferme les yeux, savourant ce doux contact, et les rouvre pour me noyer dans le vert de ses beaux yeux.

– Tu te souviens… de ce que j’ai dit la première fois où nous avons fait l’amour ?

Je fronce les sourcils et, sans ciller, je hoche la tête.

– Alors, j’ai besoin que tu me le dises, Sarah. J’ai besoin que tu me dises que tu acceptes toujours cette relation… Entre nous…

– Ce n’est que du sexe, continué-je douloureusement.

Il hausse un sourcil interrogateur et je souris, lui cachant le trouble profond qui s’empare de mon être, de mon âme blessée comme jamais.

Il parait satisfait et vient butiner mes lèvres d’une myriade de baisers tout en murmurant :

– Pas d’attaches, Sarah. Pas de sentiments… que du plaisir. Promets-le-moi…

Je ferme les paupières, chassant les larmes qui remplissent mes yeux. J’ai l’impression qu’il doute lui-même de notre accord, qu’il est prêt à ouvrir son cœur, mais lorsque je sens ses doigts se refermer brutalement dans mes cheveux, je sais qu’il n’en est rien.

Ça fait mal.

Qu’il tire mes cheveux ainsi pour prendre ma bouche dans un baiser sauvage n’est pas si douloureux que ça, mais c’est le fait de voir voler en éclats tous mes espoirs qui me fait souffrir.

Néanmoins, je dois me montrer forte et courageuse. Je sais qu’il a des sentiments, tout comme j’en éprouve pour lui, plus forts à chaque seconde qui s’écoule dans ce lit.

Et quand il casse notre baiser auquel j’ai répondu avec amertume et colère, j’ancre mon regard au sien avec fierté et murmure d’une voix tranchante :

– Je te le promets. Je ne t’aimerai jamais, Spencer.

CHAPITRE 24

Sarah

L'amour est éphémère... il te dévore, il te tue...

Je me réveille en sursaut, le souffle court et mon corps est couvert de sueur.

J'ai besoin de plusieurs minutes pour comprendre où je me trouve. Le corps à côté du mien, allongé dans le lit est brûlant. J'esquisse un sourire et tourne le visage pour découvrir les longs cheveux auburn de Nina.

Et là, tout me revient.

Les images de nos corps unis arrivent par flashs.

Travis, son corps tatoué et musclé sur le mien.

Travis, qui me soulève dans ses bras avant de m'embrasser d'une infinie tendresse.

Nos langues enroulées l'une à l'autre...

Les gémissements et râles de plaisir...

La chaleur...

Je me souviens de tout...

Après avoir fait l'amour pour la troisième fois avec Travis, je me suis assoupie dans ses bras. Je suis restée contre lui pendant de longues heures. Quand je me suis réveillée d'un bond, j'ai pris peur que Nina soit debout, à ma recherche avec Calvin.

Je lui ai alors demandé de me laisser partir, ses bras m'encerclant fermement. Il m'a regardée, les yeux plissés, et a répondu favorablement à ma demande.

Nous n'avons pas échangé un mot lorsque j'ai glissé mon peignoir sur le dos, ni même lorsque j'ai ouvert la porte de la chambre pour me retrouver dans le couloir.

Il est resté immobile, silencieux, tout en plongeant ses yeux émeraude dans les miens. Il a mis de la distance entre nous, j'ai pu le sentir.

Je le savais…

C'est donc avec le cœur lourd que je suis repartie dans ma chambre où, heureusement, Nina dormait profondément. Évidemment, je n'ai pas pu fermer l'œil tout de suite. Je pouvais encore sentir toutes les émotions que Travis a provoquées dans mon être, dans mon âme. Je pouvais encore sentir ses mains sur ma peau chauffée à blanc par ses baisers langoureux et enfiévrés.

Toutefois, mon cerveau a repris le dessus, et la pensée que nous ne cessions jamais de faire un pas en avant et deux en arrière m'a exaspérée plus que tout.

Soudain, la sonnerie d'un téléphone portable s'élève dans la pièce, me sortant de mes tristes pensées. Nina remue, tend le bras pour attraper l'engin criard et appuie sur une touche pour éteindre la fracassante mélodie. Le silence revient dans la chambre et je l'entends grogner avant de se redresser sur le lit.

J'ouvre les yeux que j'ai refermés rapidement pendant qu'elle se réveillait. Nos regards s'ancrent l'un à l'autre et j'esquisse un timide sourire avant d'étirer mes bras endoloris.

Bon sang, j'ai l'impression d'être passée sous un camion tant mes muscles sont raidis par mes activités de la nuit.

– Salut, murmure Nina, me rendant mon sourire.

– Salut. Tu as bien dormi ?

– Oui, comme un bébé.

Sa réponse me fait sourire intérieurement.

– Quelle heure est-il ? lui demandé-je en me redressant.

– Sept heures trente. Nous avons une petite demi-heure pour rejoindre les garçons.

Génial…

– OK, grogné-je en soupirant de lassitude.

Heureusement, elle ne me pose aucune question. Je me lève et prends directement un médicament pour laisser dormir la douleur de ma jambe. Je ne peux m'empêcher alors de penser à la dernière fois où je me suis donnée à Travis. Il a été plus violent, plus sauvage, mais la position dans laquelle je devais rester à cause de cette attelle qui garde ma jambe tendue ne me permettait pas de me sentir à l'aise.

J'esquisse un sourire, les yeux dans le vide, en me souvenant de ce qu'il m'a dit lorsqu'il a compris que j'étais déçue de ne pouvoir rien faire.

– *T'en fais pas, bébé... je te prendrai très bientôt autrement sans te faire mal.*

Je ferme les paupières, imprimant dans mon esprit le ténor rauque et impatient que sa voix a pris pour m'en faire la promesse.

Je suis consciente que la situation est loin d'être évidente. Il me veut dans son lit, uniquement pour le plaisir et je dois rester insensible aux sentiments que j'éprouve pour ce bad boy.

Je le ferai, je n'ai pas le choix. De toute façon, le règlement du loft l'interdit et j'ai un petit-ami.

Je secoue la tête, envoyant au loin mes pensées avant de me lever à l'aide des béquilles que j'ai laissées sur le sol, à côté du lit.

Nina me rejoint rapidement et m'aide à me diriger vers la salle de bains. Je la remercie d'un sourire et, pendant une brève seconde, je me sens honteuse de lui mentir aussi ouvertement sur les rapports que j'entretiens avec son frère.

– Allez, file sous la douche, ma belle. Je vais préparer nos affaires.

– Merci.

Je ferme la porte qui me sépare de mon amie et me laisse aller un instant. Le dos collé contre le bois, je laisse mes larmes couler le long de mes joues avant de les mélanger à l'eau de la douche.

Travis

Je lance un regard vers le rétroviseur et esquisse un sourire en coin, constatant que Sarah s'est endormie. Je ne peux la trouver que magnifique, comme cette nuit, ses joues sont un peu rougies par la chaleur de l'habitacle de la voiture. Sauf qu'hier, c'est mon corps qui la réchauffait.

Je m'administre une claque mentale afin de chasser ces pensées qui, à coup sûr, provoqueront un désir insoutenable que je ne pourrai assouvir dans la minute. J'ai pris le volant depuis plus de trois heures et je suis pressé, tout comme les autres, d'arriver au loft.

Cependant, Calvin m'a demandé, il y a peu, de trouver un endroit pour nous arrêter, histoire d'aller se soulager. C'est dix minutes plus tard que je me gare sur une aire de repos. Pendant que Nina et lui descendent de la voiture, j'extirpe mon téléphone de ma poche et fronce les sourcils en constatant que j'ai eu trois appels manqués de Jared, ainsi que des SMS.

Je jette un coup d'œil vers ma sœur qui entre dans la petite station, certainement pour acheter des cochonneries tandis que Calvin se rend aux chiottes.

Je me tourne alors vers Sarah qui est étendue sur la banquette arrière et penche le bras afin de caresser sa main qui est suspendue dans le vide. Elle ne fait aucun mouvement et j'en profite pour l'observer, oubliant pendant un instant les messages que je dois lire.

– Tu me rends fou, Sarah.

J'ai murmuré sans m'en rendre vraiment compte. Soudain, Sarah remue les doigts que je lâche rapidement en poussant un petit râle rauque. Mes lèvres s'étirent en un sourire et je me replace droit devant le volant et prends enfin connaissance des messages de mon pote.

Eh merde !

Énervé par ce que je viens d'apprendre par Jared, je réponds au dernier message en grommelant entre mes dents.

Elle me fait chier, royalement !

DIS-LUI DE DÉGAGER AVANT QUE J'ARRIVE. SI ELLE REFUSE, DIS-LUI D'ATTENDRE DANS MA CHAMBRE ET QU'ELLE NE BOUGE PAS SON CUL !

Sa réponse ne se fait pas attendre. Un rire s'échappe de ma gorge avant que je me renfrogne à la situation dramatique qui se joue au loft.

OK, JE VAIS LUI DIRE, MAIS FRANCHEMENT, TRAVIS, TU M'EMMERDES !!!

CHAPITRE 25

Sarah

Cela fait plus d'un quart d'heure que je suis sortie du sommeil. Piquer un petit somme m'a fait du bien. Travis n'a pas desserré les lèvres et je constate qu'il est contrarié à la vue du regard dur et froid qu'il lance de temps en temps vers le rétroviseur pour m'observer discrètement.

Nous sommes bientôt arrivés au loft et il est temps ! J'aperçois l'université, puis nous traversons la grande avenue. Nous passons devant l'établissement où je travaille et une expression de déception se peint sur mon visage. Nina la remarque et pose une main amicale sur la mienne avant de m'informer dans un tendre sourire :

– Ne t'en fais pas, je les ai prévenus et tu pourras reprendre ton poste dès que tu te sentiras mieux.

Je soupire de soulagement, ravie de savoir que je peux toujours compter sur mon petit boulot qui me sert à payer le loyer. Je discute alors quelques instants avec mon amie de la date à laquelle j'ai envie de reprendre mon poste. Elle n'est pas d'accord, elle pense que je ne serai pas capable d'être prête dans les deux semaines que je me fixe.

J'argumente, sachant pertinemment que Josh, mon patron, ne verrait aucun inconvénient à me trouver du travail en cuisine, assise au lieu de faire les allées et venues dans le restaurant pour servir les clients.

Elle m'avoue qu'elle l'espère également, mais si ce n'est pas le cas, qu'elle est prête à m'aider. Je la remercie d'un petit sourire, touchée par sa générosité.

C'est alors qu'une vague de culpabilité monte en moi. Nina est si serviable et si gentille que je m'en veux de lui cacher la relation dans laquelle je me suis engagée avec son frère.

Lorsque nous arrivons, une pointe d'excitation m'envahit. J'ai hâte de retrouver le loft, ma chambre ainsi et, surtout, Jared et Camille qui, visiblement, nous attendent avec impatience, selon les dires de Calvin.

En effet, quand Travis termine de se garer sur le parking, Jared et Camille se tiennent à l'entrée du loft. Ils arborent un large sourire et j'ai l'impression que Camille sautille sur place. J'en suis à moitié étonnée. Nous n'avons pas beaucoup accroché toutes les deux, mais les choses ont peut-être changé.

Qui sait…

Le moteur éteint, Travis sort rapidement de la voiture et rejoint Jared d'une démarche assurée. Je les observe attentivement tandis que Nina et Calvin sortent à leur tour en s'étirant.

Jared semble agacé et je constate que les muscles de Travis se raidissent au fur et à mesure qu'ils discutent tous les deux. Quant à Camille, elle nous rejoint en courant, arborant toujours ce sourire qui dévoile ses dents parfaitement alignées et d'une blancheur éblouissante.

– Enfin ! s'exclame-t-elle en apportant son aide à Nina pour me sortir du 4x4. Contente que tu sois de retour, ma belle !

Je souris et l'embrasse avant de lancer un coup d'œil amusé vers ma meilleure amie. Elle retient un rire et je secoue la tête pour chasser l'hilarité qu'elle me provoque avant de remercier Camille.

– Je suis contente de rentrer, lui dis-je.

Soudain, je prends conscience que nous nous sommes approchées de Travis et Jared. Mon colocataire m'enlace chaleureusement dans ses bras et je réponds à son étreinte comme je le peux, sous le regard noir de colère de mon amant.

Je ne sais pas ce qu'il lui prend, mais mes doutes sont à présent des certitudes : il est furieux et se retient de laisser éclater sa colère devant nous tous.

Quand Jared se recule, brisant notre échange purement amical, il m'invite à entrer et je me stoppe en fixant les marches de l'escalier.

Ce détail, pourtant très important, m'était sorti de la tête. Ils remarquent aussitôt mon trouble et, Travis qui a déjà monté plusieurs marches, se tourne vers moi et descend rapidement avant que Jared ou Calvin se propose de me porter.

Son regard plonge dans le mien. Il est toujours assombri par cette colère insouciante qui l'anime, et sans le moindre mot, il se baisse, passe un bras sous mes genoux et l'autre dans mon dos avant de me soulever sans effort.

Je pousse un léger cri de surprise, ce qui provoque un rire chez les autres colocataires. Tandis qu'il monte les marches, je croise le regard de Nina qui nous observe. Elle est juste derrière nous et je sens le rouge me monter aux joues à la vue de son regard plissé sur moi.

Merde...

Merde !

Je tourne le visage, fuyant son regard réprobateur et interrogateur, et pousse un léger soupir de soulagement quand Travis me pose dans le canapé.

Penché au-dessus de moi, il me fait un clin d'œil et serre fermement les mâchoires avant de disparaître. Troublée, je l'observe alors qu'il monte d'un pas lourd l'escalier qui mène à l'étage où les chambres sont disposées.

– Il aurait dû te monter dans la chambre, glisse Nina en s'installant à mon côté.

– Oh, non, réponds-je. Je suis restée assez allongée.

– Mouais, grommèle-t-elle sans conviction.

Calvin nous rejoint au salon. Je lui souris, puis lui avoue que je suis heureuse d'être rentrée à la maison. Quelques minutes plus tard, Camille et Jared approchent. Ils déposent sur la table basse des plateaux qu'ils ont préparés. Sur l'un sont disposés des rafraichissements et sur l'autre, des gâteaux et fruits juteux.

Mon estomac ne trouve pas mieux que de se réveiller à cette minute, provoquant l'hilarité chez mes amis. Calvin me tend un verre de limonade tandis que Nina me propose de manger.

Nous passons un bon petit moment et je réponds à leurs questions qui ne se font plus attendre. Je leur explique alors tout ce qui s'est passé au Kansas et les blessures que j'ai subies à cause de ce putain d'accident.

Travis

Je claque fortement la porte de ma chambre, furieux de trouver cette fille alanguie dans mon lit.

Putain !

Je dégage la couverture qui recouvre son corps, dans l'objectif de la foutre dehors, quand mes yeux s'écarquillent à ma vue.

Elle est nue.

Complètement nue.

Jared m'avait prévenu que Sam était venue chaque jour durant mon absence pour l'interroger sur les causes de ma disparition. Heureusement, il n'a rien dit, comme je le lui avais demandé. Mais cette grognasse a décidé dans la matinée qu'elle ne partirait pas d'ici avant de m'avoir vu.

Je suis dans la merde, je le sais.

Cependant, Sarah est consciente que j'ai des relations avec d'autres filles, que je ne suis pas quelqu'un qui se contente d'une seule et elle a accepté de passer du temps au lit avec moi. Ce n'est pas comme si j'allais la tromper.

Je soupire, refusant de nier le spectacle qu'elle m'offre. Elle a les yeux clos, elle dort avec les cuisses entrouvertes, offertes.

Bordel !

La bosse dans mon pantalon ne se fait pas prier pour augmenter de volume. De voir l'entrejambe de cette fille que j'ai baisée trois jours plus tôt provoque un désir violent dans chaque parcelle de mon corps.

Je n'attends pas une seconde et me penche vers ses seins que je caresse du bout des doigts avant de pincer durement un téton. Elle sursaute et me regarde de façon effrayée avant de m'offrir un large sourire, visiblement, elle est satisfaite de me voir.

Le sera-t-elle encore quand j'en aurai fini avec elle ?

– Qu'est-ce que tu fous là, dans mon pieu ?

– Je t'attendais, me dit-elle en se redressant.

Je serre les mâchoires, sa façon de se tenir devant moi, relevant sa grosse poitrine, fait frémir ma queue déjà bien dure.

– Il me semble que je t'ai dit que je t'appellerais à mon retour si j'en avais envie, bordel !

– Ne sois pas en colère, j'avais envie de te faire une surprise.

– Ah ouais ?

Cette fois, j'esquisse un large sourire, machiavélique. Elle me le rend et sort du lit. Elle s'approche tandis que je serre les poings contre mes cuisses.

Ne me touche pas…

– Qu'est-ce que tu veux ? lui demandé-je sans ciller au regard courroucé qu'elle plonge dans le mien.

Elle pose ses mains sur mes épaules et se lève sur la pointe des pieds pour tenter de m'embrasser sur les lèvres. Je tourne le visage, elle lâche un gémissement de frustration.

– J'avais oublié ce détail, tu n'embrasses pas les filles que tu baises.

Je la regarde, menaçant.

– C'est ça.

– Je t'ai manqué ?

Loin de là.

– J'ai été occupé, je n'ai pas eu le temps de penser à quoi que ce soit.

– Mais maintenant ? me demande-t-elle en pressant la paume de sa main sur la bosse qui déforme mon jean.

J'essaie de garder un semblant de souffle et réitère ma question.

– Qu'est-ce que tu veux ?

– Tout ce que tu voudras bien me donner.

– Je suis fatigué.

– Je peux m'occuper de toi, répond-elle sans hésiter.

– Et ensuite ? Tu dégages ?

Elle hoche la tête, même pas incommodée de se faire jeter comme un déchet.

Je reste silencieux et immobile tandis qu'elle caresse ma queue douloureuse d'être autant à l'étroit dans mon boxer.

Un râle s'échappe de ma gorge sans que je le veuille.

Je cède.

– Mets-toi à genou.

Sans aucune réticence, elle s'agenouille devant moi. Je la regarde, les yeux baissés vers son visage alors qu'elle s'empresse de déboucler ma ceinture. Je n'ai pas le temps de dire « ouf » qu'elle fait glisser mon pantalon jusqu'à mes chevilles. Mon boxer le rejoint, libérant mon sexe frémissant devant son visage.

Aucun mot n'est échangé entre nous. Elle me prend dans sa bouche, me suce la queue et la lèche avec gourmandise. Lentement, trop lentement.

Mon désir s'éveille, tout comme le monstre, bien à l'abri jusque-là dans mon côté obscure. Ce n'est pas la première fois qu'on me pratique une fellation. Sydney s'en sortait très bien, mais elle, je lui décerne la palme de la meilleure suceuse de la Californie.

Sa langue trace des sillons sur le bout de ma verge et je n'en peux plus.

Putain !

Je sature d'impatience et empoigne des deux mains ses boucles. Elle lève les yeux vers moi. Elle les atteint sans effort avant qu'elle m'avale tout entier.

Elle a compris ce que je veux…

Parfait !

Dès lors, je tiens fermement son crâne et je vais et viens dans sa bouche humide et chaude. J'administre des coups de boutoir puissants, cognant le bout de mon sexe au fond de sa gorge où les parois sont si serrées que je manque d'exploser.

Toutefois, je n'en ai pas fini avec elle et poursuis mes assauts, ignorant les larmes qui remplissent ses yeux et le haut-le-cœur dont elle est sujette quand je suis tout au fond.

Là, je me lâche et l'empêche de s'éloigner, refermant ma prise sur ses cheveux. Une larme roule le long de sa joue tandis que je me déverse au fond de sa bouche, sans lui laisser la possibilité de recracher mon foutre.

Elle voulait que je lui donne ce que je voulais.

C’est fait.

Puis, une fois vidé, je la relâche. Ses cheveux sont à présent en désordre. Elle se penche devant mes pieds et tousse, crachant ce qu’elle peut en se tenant la gorge tandis que je secoue la tête.

– Habille-toi et dégage, lui lancé-je en remontant mes vêtements avant de disparaître de ma chambre.

CHAPITRE 26

Sarah

Nous sommes tous au salon en train de discuter du projet de Calvin lorsque nous entendons le bruit d'une porte claquer. Quelques secondes plus tard, une fille dévale les escaliers et, sans un regard, traverse le salon au pas de course avant de disparaître, claquant la porte sur son passage.

Aussitôt, nous échangeons des regards incompréhensifs et interrogateurs quand je surprends le visage de Jared. Il semble mal à l'aise et Camille pousse un long soupir de lassitude tout en l'observant.

Quant à Nina, elle termine son verre de limonade d'un trait et le repose sur la table basse dans un geste brusque. Elle aussi a remarqué la gêne dans les traits de Jared, car elle lui demande de suite :

– Tu sais quelque chose sur ce qui vient de se passer ?

Jared grimace et nous apprend que cette fille, la dénommée Samantha, n'a pas arrêté de venir au loft, réclamant après Travis. Celui-ci certifie qu'il en a informé Travis et qu'il était censé la mettre à la porte. Jusqu'à ce matin, elle s'était montrée calme et patiente, sauf qu'elle a menacé Jared d'être le responsable d'un drame s'il ne la laissait pas attendre le retour de Travis.

Je n'en reviens pas, mais je garde un visage impassible en sentant le regard de Calvin sur moi, puis celui de Nina qui marmonne entre ses dents.

– Il ne changera jamais…

Elle a sans doute raison. Je ne peux pas penser autrement que ma meilleure amie à cet instant, mais le fait est que ce qui s'est passé la nuit passée me pousse à garder un petit espoir.

Toutefois, une partie de moi ne veut surtout pas mettre aux oubliettes qu'il n'a pas perdu une minute pour coucher avec une autre alors que j'étais hospitalisée… et l'autre partie me rappelle que je ne suis pas sa priorité.

– Il a sans doute dû être très convaincant pour qu'elle parte ! glisse Jared à l'adresse de Camille.

– À mon avis, il a dû faire sa petite affaire avant de la jeter comme une vieille chaussette, répond-elle.

– Du Travis tout craché, quoi ! se renfrogne Nina en soupirant de lassitude.

J'aimerais me boucher les oreilles pour ne pas avoir à écouter toutes les suppositions que les autres sont en train d'émettre concernant cette relation entre cette fille et Travis. Je n'ai pas eu le temps de voir son visage, pour me faire une idée de son expression lorsqu'elle a quitté le loft, mais elle avait l'air d'être contrariée.

– Ça va, Sarah ?

Je redresse la tête à la voix anxieuse de Calvin. Tentant vainement de reprendre mes esprits, je plonge mon regard dans le sien et lui réponds :

– Oui, bien sûr. Je suis contente d'être de retour, cette ambiance m'a manqué.

– Tu parles ! On se passerait bien d'être aux premières loges des suites des coucheries du Don Juan !

Je lance un regard noir de colère vers Camille.

De quoi se mêle-t-elle, celle-là ?

Elle est certainement jalouse qu'il ne la calcule pas.

Merde !

Qu'est-ce que je raconte ?

Je secoue la tête et participe à la conversation que Calvin reprend pour mon plus grand plaisir. Je n'ai pas envie de penser à Travis, pas maintenant, pas devant les paires d'yeux qui me scrutent de temps en temps.

Non, cela leur serait trop facile de comprendre que je suis blessée, sachant les péripéties sexuelles de mon amant pendant que je souffrais le martyre.

D'ailleurs, j'ai bien l'intention de lui réclamer des comptes. J'ai peut-être accepté la relation qu'il m'a offerte, mais de savoir que monsieur ne va pas se gêner pour baiser avec d'autres partenaires, il y a un grand fossé avec ce que je peux accepter.

Mais s'il refuse de ne se consacrer qu'à moi ?

J'arrêterai tout.

Je m'administre une claque mentale à la discussion intérieure qui se joue en moi. Jamais je n'arriverai à tout arrêter avec Travis, il est bien trop addictif pour cela. Mon corps a besoin de lui et j'ai besoin de sa présence à mon côté.

Cela peut paraitre absurde, sachant que j'ai un petit ami, mais Travis est différent. J'aime la fragilité qu'il possède, cette partie de lui qu'il refuse de montrer à qui que ce soit. J'aime lorsque je le mets en colère et qu'il se calme quand je ne cille pas, il finit toujours par apaiser la tension.

Toutefois, je me demande s'il arrivera à arrêter de sauter sur tout ce qui bouge si je le lui demande.

Mais en aurai-je la force ?

Plusieurs minutes s'écoulent quand je remarque que Travis est toujours dans sa chambre. Il ne nous rejoint pas et plus tard, lorsque nous commandons des pizzas, Jared va le voir pour le prévenir que nous passons à table, mais celui-ci s'est endormi.

Je passe une bonne soirée avec mes amis. Jared m'a portée jusqu'à ma chambre et j'ai passé la nuit à réfléchir sur la façon dont j'allais pouvoir aborder le sujet avec Travis.

Quand je me réveille, il est plus de neuf heures. Calvin me porte jusqu'à la salle de bains. Il attend derrière la porte et une fois lavée et habillée, il me descend au salon avant de partir jusqu'au campus. Camille l'accompagne, ainsi que Jared tandis que Nina s'est rendue chez le teinturier prendre les robes qu'elle avait apportées une semaine plus tôt.

Je me retrouve donc seule, dans la cuisine, où je lorgne sur le petit-déjeuner en face de moi. Je n'ai pas très faim, j'ai encore cette histoire avec Travis et Sam sur l'estomac.

Je n'ai pas revu mon amant depuis notre arrivée au loft, et le temps me semble bien plus long. Je me décide tout de même de manger, en forçant, ça devrait passer.

Et c'est à l'instant où j'avale la première gorgée de mon café noir que la porte de la cuisine s'ouvre d'un mouvement brusque.

Surprise, je pose rapidement mon bol sur la table et me tourne vers lui, prête à le fixer d'un regard noir de colère, au sursaut de peur que je viens d'avoir quand le trouble s'installe dans toutes les parcelles de mon corps.

Il est devant moi, pratiquement nu et immobile. Il me fixe d'un tendre regard et le coin de ses lèvres est relevé en un beau sourire.

Ce sourire en coin comme je l'aime.

Bordel !

Il faut que je me reprenne. Nous devons avoir une conversation et je ne dois SURTOUT pas lui montrer que de le voir, uniquement vêtu d'un boxer qui lui colle à la peau, m'atteint.

Facile à dire…

– Salut.

Putain, sa voix enraillée me provoque un long frisson. Je peux sentir une goutte de sueur partir de ma nuque et glisser le long de ma colonne vertébrale, provoquant la sensation inouïe que des papillons déploient leurs ailes dans mon bas-ventre.

– Salut, réponds-je enfin tout en déglutissant péniblement.

– Ils sont tous partis ?

Je hoche la tête tandis qu'il s'avance vers le plan de travail pour se servir un café. Je ne peux pas m'empêcher de reluquer ses fesses.

Bordel !

Il se retourne et découvre que je le mate. Il esquisse un sourire, visiblement ravi d'être l'objet de ma contemplation. Bon, ce n'est pas comme si je le violais visuellement contre son gré, car il avance vers moi et s'immobilise juste à quelques centimètres de mon bras qui se met à trembler violemment.

Je n'ose pas lever les yeux vers lui. Une poussée de colère m'envahit lorsque je sens ses doigts glisser dans mes cheveux détachés.

– Ne me touche pas, murmuré-je.

– C'est nouveau ? demande-t-il en se baissant vers moi pour déposer un baiser sur mon front.

Je me recule, refusant tout contact, et lève le regard vers le sien. Il semble surpris, mais il arbore un léger sourire.

Comme si celui-ci pouvait me faire craquer !

– Qu'est-ce que tu as ? On pourrait en profiter, Sarah, nous sommes seuls.

Je secoue la tête, c'en est trop !

– Tu plaisantes ? Tu n'en as pas eu assez avec cette fille, hier soir !

J'ai élevé le ton, mais je m'en moque, même s'il paraît choqué.

– Je ne l'ai pas baisée, si ça peut te rassurer, mais qu'est-ce que t'es en train de me faire, bordel ?

Un rire nerveux m'échappe.

– Rien, justement. Une fille t'attendait alors que nous… venions de rentrer, Travis ! me rattrapé-je juste à temps.

– Et alors ? Qu'est-ce que j'y peux ?

Je lève les yeux, irritée de sa nonchalance.

– Je sais que j'ai accepté cette relation, si on peut dire, mais de voir que tu t'envoies en l'air avec n'importe qui, ça, ça n'est pas pour moi !

– Quoi ? Tu veux tout arrêter, c'est ça ?

– Tu as basé des règles, pas des sentiments, et je te demande juste d'arrêter de baiser d'autres filles. C'est logique que je mette également une condition, non ?

Il semble réfléchir, mais je constate dans son regard qu'il n'est pas prêt à faire des concessions.

– Si j'accepte ce que tu veux, ça voudra dire que je vais devoir te baiser chaque jour, Sarah. C'est ça que tu veux ? Parce que ce n'est pas possible avec tous les autres qui traînent ici.

– Parce que tu as besoin de baiser tous les jours, peut-être ? Qu'est-ce qui ne va pas chez toi, bordel ? hurlé-je, stupéfaite par ses propos.

Il me fusille du regard et se penche vers moi, posant le poing sur la table et tenant le dossier de ma chaise.

– Tu ne comprends pas ! dit-il en articulant chaque syllabe.

Je sais qu'il est furieux, je peux le voir sur les muscles de son visage qui tressautent lorsqu'il serre les dents.

– Qu’est-ce que je dois comprendre, Travis ? demandé-je dans un murmure, peu franche face à sa colère qu’il est prêt à laisser exploser à ma figure.

Il secoue la tête et plonge enfin un regard plus tendre dans le mien. Mon cœur manque un battement.

– On était d’accord, Sarah. Tu reviens sur ton engagement, il n’était pas question que tu sois la seule avec qui je peux baiser. Qu’est-ce qui a changé ? Tu es jalouse, donc tu as des sentiments.

– Non… pas du tout, mens-je sans ciller.

– Donc, nous sommes d’accord ?

J’ai envie de le tuer. Je ne dis rien et ne le repousse pas non plus lorsqu’il avance son visage vers le mien. Il embrasse la commissure de mes lèvres et j’ai le souffle coupé.

Quand il se redresse, il a les yeux plissés et reprend :

– Les autres que je baise n’ont aucune importance. Contente-toi de ça, je ne peux rien te promettre d’autre, Sarah.

– Très bien, lâché-je, la gorge douloureuse. Dans ce cas, tu ne verras aucun inconvénient si je baise avec d’autres types !

Travis

À quoi joue-t-elle ?

Baiser avec d’autres types ?

Je la regarde, tentant de garder en moi la haine que j’éprouve à cette minute en imaginant Sarah allongée sur la table de la cuisine tandis qu’un autre gars la fait sienne. J’ai serré les poings sans m’en rendre compte. Quand je baisse les yeux dans la direction qu’elle regarde, je constate que mes jointures sont devenues aussi blanches qu’un linge.

Aussitôt, je desserre les doigts et les secoue discrètement avant de m’avancer vers la porte sans un autre regard pour elle.

– Tu ne m'as répondu !

Elle me hurle encore dessus, j'hallucine. Toutefois, je m'immobilise devant la porte et esquisse un sourire sans me retourner.

– Ce n'est pas une condition, ça ! C'est du chantage que t'es en train de me faire.

– Et alors ?

Elle le fait exprès. Elle veut me mettre en rogne, mais je sais que si je ne me retiens pas, je pourrais regretter cette discussion.

Alors, je me tourne vers elle, arborant toujours mon plus beau sourire, et hoche les épaules d'un geste nonchalant.

– Je suis libre de baiser qui je veux, tu peux en faire autant, il n'y a pas de problème, Sarah. Mais sache que je ne t'ai encore rien appris, on a du boulot.

– Va te faire foutre, Spencer ! hurle-t-elle, furieuse.

Heureusement que j'ai de bons réflexes, ce qui me permet d'éviter le verre qu'elle balance rageusement dans ma direction.

J'avoue, j'ai été un peu loin, mais ça lui évitera de penser à dire des conneries en supposant qu'elle peut se faire baiser par quelqu'un d'autre que moi.

Pensif, je baisse la tête vers les débris de verre sur le sol et lâche un rire.

– T'es une vraie tornade quand on te pousse à bout, lui dis-je en posant mon regard vers elle.

Elle est debout, tremblante de peur. Du moins, je suppose qu'elle a peur, car des larmes apparaissent dans ses yeux. Soudain, je me sens le roi des salauds et j'ai envie d'être celui qui balaie les larmes de ses joues. Ce que je fais sans réfléchir davantage.

Je m'approche rapidement et ne lui laisse pas le temps d'esquiver mes mains que je presse contre son visage que je prends en coupe.

Nos regards s'ancrent l'un dans l'autre et je sens toute la colère que j'éprouve disparaître au loin tandis que je me noie dans ses prunelles dilatées.

– Sarah, calme-toi… Tu n'es pas quelqu'un qui baise avec n'importe qui alors, je ne veux plus jamais entendre de ta bouche que tu pourrais te faire prendre par un inconnu.

– Lâche-moi, dit-elle, retenant un sanglot.

– Je ne te lâcherai pas, bordel ! hurlé-je, furieux qu'elle ne m'écoute pas. Sarah… je… ne suis pas comme toi. Tu veux tout arrêter ou pas ?

J'attends sa réponse avec impatience, mais elle ne vient pas. Elle continue de me regarder avec insistance et quand je suis prêt à rendre les armes, acceptant sa condition, elle hoche la tête.

– Très bien… si c'est trop dur de ne baiser qu'une seule fille, OK, pas de souci ! Mais ne me demande pas d'être à ta disposition quand tu le souhaites, Spencer. Je ne suis pas ta marionnette.

– Très bien… c'est comme tu voudras, dis-je, perplexe, avant d'approcher mes lèvres des siennes.

Elle ne refuse pas le baiser que je lui donne. Il est léger, mais très vite, le désir s'empare de mon être lorsque sa langue vient agacer la mienne.

Bordel…

Nous nous embrassons avec violence, mettant à nu toute notre colère et notre frustration retenues jusque-là. Je veux la prendre maintenant, lui promettant ainsi qu'elle sera la seule à m'avoir dans son lit, mais je ne peux pas.

– Je n'ai pas le temps.

Alors, je me recule, brisant le baiser passionné que nous échangeons. Nous sommes à bout de souffle et je peux lire dans son regard qu'elle pardonne mes paroles blessantes.

– Il faut que je file, je dois passer voir mon père, il m'attend, l'informé-je.

– D'accord, dit-elle dans un murmure.

– Ça va aller ?

– Ouais, vas-y.

– OK. On reparlera de tout ça plus tard, si tu le souhaites.

Elle hoche la tête. J'aimerais la prendre dans mes bras et lui dire tout de suite que je n'ai plus l'intention de baiser d'autres filles ni d'inconnues, qu'hier soir, Sam était la dernière à entrer dans ma chambre, le temps que nous avons cette relation tous les deux, mais je n'y arrive pas.

Alors, après un dernier regard, je sors de la cuisine et monte à l'étage pour m'habiller.

Quelques minutes plus tard, je retrouve Sarah au salon, elle est en conversation téléphonique avec une personne. Je fronce les sourcils et m'avance vers elle pour déposer un baiser sur son front. Elle me sourit et, ravi, je quitte le loft avant de me rendre au parking pour enfourcher ma moto.

CHAPITRE 27

Travis

Mon trajet en moto jusque chez mon père m'a pris moins de temps que je ne le pensais. Je ne sais pas ce qu'il me veut, mais son message disait que c'était important.

Je pousse un soupir de lassitude en coupant le moteur du bolide et descends avant d'ôter mon casque. Heureusement que je n'ai pas attendu la soirée pour venir affronter mon vieux. Le bar qu'il gère est vide, il n'y a aucun client et j'en suis satisfait.

J'entre dans l'établissement, plissant le nez à l'odeur d'alcool qui y est imprégné. Je m'avance vers le bureau de mon père et entre sans frapper. Je l'ai prévenu de mon arrivée, il m'a dit qu'il serait ici à m'attendre.

Je croise son regard une fraction de seconde avant qu'il ne le rabaisse vers le dossier qu'il est en train d'étudier. Je ne dis rien et vais m'installer dans le fauteuil en face de lui. Une minute s'écoule dans le silence le plus total.

Je refuse même de le regarder, de toute façon, il est et restera toujours l'homme au visage aigri que j'ai connu.

– Tu ne dis pas bonjour à ton vieux père ?

Je lève un sourcil avant de redresser la tête.

– C'est nouveau, ça ?

– Tu veux que je t'embrasse ?

Il secoue la tête et lâche un rire tonitruant.

Je me disais bien…

– Non, fiston, tu sais bien que je préfère que ce soit les femmes qui m'embrassent.

Je roule des yeux, je le reconnais bien là.

– Qu'est-ce que tu fais, papa ?

Il lève les mains et les repose sur le bureau avant d'entrelacer ses doigts.

– Je voulais savoir si tu as toujours l'intention d'emmener ta sœur à Paris ?

– Euh… ouais, c'est prévu, pourquoi ?

– Elle t'a pardonné ?

– Qu'est-ce que tu veux dire, papa ? demandé-je, agacé.

– Rien du tout, c'est juste une question, Travis.

– OK, oui, lorsque notre relation se sera améliorée, je lui demanderai de venir en France avec moi, mais pourquoi tu poses cette question, bordel ?

Il m'énerve. Il a toujours le don de se mêler des choses quand ce n'est pas le moment.

– Bon, écoute, je ne t'ai pas demandé de venir pour qu'on s'engueule, je voulais juste savoir…

– Et maintenant, tu sais !

– Oui, bon, grogne-t-il en ouvrant un tiroir sur la gauche de son bureau.

Je le regarde, les yeux écarquillés, tandis qu'il me tend une lourde enveloppe.

– Qu'est-ce que c'est ?

– C'est à toi, fiston. C'est l'argent que j'ai mis de côté à la place de le mettre sur ton compte depuis… la tragédie.

Je ne comprends pas. Après le procès, il m'a coupé les vivres, c'est ce qu'il a dit… Pourquoi me donner tout ce pognon maintenant ?

Je reste sur mes gardes et soupèse l'enveloppe que je tiens dans la main.

– Tu… as gardé l'argent ? Je n'en veux pas.

– Bien sûr que si, c'est le tien, Travis. Je n'ai pas de bâtard, mon garçon. Tous les mois, je place une certaine somme sur les comptes de ta sœur et de ton frère, je me suis dit qu'il était temps de refaire le même qu'autrefois.

– Tu m'as dit, après que j'ai envoyé l'argent à la famille de Jenny, que je le regretterais et… tu as cessé d'alimenter mon compte, papa. Je me suis débrouillé moi-même pendant plus d'un an, j'ai travaillé, j'ai gagné de quoi vivre et tu me dis que tu as laissé tout ce fric ici ?

Putain !

– J'ai pensé qu'une bonne leçon te serait profitable. Et je pense que j'ai eu raison. Tu mérites ton argent, mon grand.

Je secoue la tête, incompréhensif.

– Je ne comprends pas. Qu'est-ce qui a changé ?

Il hausse les épaules et m'adresse un léger sourire. Je commence à piger.

– Qu'est-ce que tu veux me demander, papa ?

– Euh… dans un mois, ce sont les vacances, vous avez quinze jours, n'est-ce pas ?

– Ouais, mais…

– Emmène ta sœur à Paris à ce moment-là. Il est temps pour vous deux de vous retrouver.

Sceptique, je le considère un long moment et baisse les yeux vers l'imposante liasse de billets que j'ai en main.

– Tu m'avais demandé un prêt, cet argent est à toi, fais ce que tu veux avec, mais j'aimerais que tu partes avec ta sœur en France pour les vacances.

– Euh… OK, réponds-je, sans savoir quoi ajouter d'autre.

– Bien, clame-t-il en se levant de son siège.

Je suis troublé et confus. Dans le brouillard le plus total, je range l'enveloppe dans la poche intérieure de ma veste et me lève, comprenant bien qu'il mettait fin à la discussion.

– Merci, papa.

– Ne me remercie pas. Fais ce que je te demande, et ce sera parfait, me dit-il en passant un bras autour de mes épaules.

J'esquisse un sourire, ravi malgré les doutes que j'éprouve, tandis qu'il m'accompagne à la porte du bar.

– Bon, ben, j'y vais alors, dis-je, gêné par le sourire amusé qu'il affiche sur ses lèvres.

Il hoche la tête et je sors à l'extérieur avant de lui adresser un signe de la main. Je monte sur ma moto et couvre mon crâne du casque. C'est à cet instant que je vois mon petit enculé de frère. Il se tient devant le bar et discute avec mon père tout en rivant son regard au mien.

Surpris, j'observe mon paternel qui hoche la tête à la question que vient sans doute de lui poser Sean. Il semble satisfait en tout cas, car il m'adresse un salut de la main en arborant un large sourire sarcastique.

C'est quoi, ce bordel ?

Je secoue la tête et mets le contact. Le ronronnement puissant du moteur se fait entendre. Des passants se tournent vers moi avec un regard empli d'animosité et j'en souris.

Puis, sans un regard pour mon père et Sean qui entrent dans le bar, je file à toute allure vers le sud, un grand besoin de me rendre chez mes potes pour boire un coup.

Sarah

C'est au début de l'après-midi que Nina pointe le bout de son nez. Elle a les bras chargés de paquets et je marmonne une excuse de ne pas pouvoir être la meilleure qui soit en ce moment pour lui donner un coup de main.

Elle monte tout à l'étage et redescend quelques minutes plus tard. Elle me rejoint sur le canapé où je me suis posée depuis une bonne heure en train de regarder des émissions sur la sexualité chez les animaux. Bon, je sais, ce serait bien mieux pour mon éducation d'étudier la sexualité chez mes semblables, mais je ne pense pas qu'à cette heure, ils diffusent ce genre de choses.

Mes pensées me minent profondément et Nina le remarque, car elle me pose la question. Évidemment, je lui raconte que tout va bien, je ne vais tout de même pas lui révéler ce qui s'est passé avec son frère dans la matinée !

Non, surtout pas…

De toute façon, il faut que je me fasse une raison : j'ai acccpté dc couchcr avcc lui sans condition quelconque.

Je ne peux revenir dessus en lui demandant d'être sa seule partenaire sexuelle.

– Tu as eu des nouvelles de tes parents ? me demande-t-elle soudainement en braquant les yeux vers mon téléphone portable, posé sur mes jambes.

– Oui. Ma mère m'a appelée. Elle m'a annoncé que mon père est furieux contre moi, mais ce n'est pas une grande nouvelle. Je m'y attendais.

– Je suis désolée, vraiment. Et qu'en pense ta mère ?

Je hausse les épaules. Papa et maman sont des opposés.

– Elle ne m'a rien reproché, si ce n'est de ne pas l'avoir prévenue.

– Ton père arrivera sans doute à s'y faire, avec le temps.

Je secoue la tête. Je connais trop bien mon père pour cela.

– J'en doute. Janice et Aaron sont de son côté alors je ne crois pas qu'il finira par accepter mon choix, tu sais.

– Comment ça, ils sont d'accord ? Merde, Sarah ! C'est ton mec et ta meilleure amie et ils se rangent du côté de ton vieux ?

Elle semble outrée par mon aveu. Je ne le suis pas vraiment. J'ai toujours eu l'habitude qu'Aaron se range au côté de papa.

– Janice me déteste à présent et je doute que nous soyons encore amies elle et moi. Quant à Aaron…

– Quoi ? Il t'a quittée ?

– Non, réponds-je sans grande conviction. Il m'a dit qu'il viendrait pendant les vacances, dans un mois pour nous retrouver. À mon avis, il veut me faire entendre raison, mais…

– Tes sentiments ont changé, c'est ça ?

Je baisse le regard, refusant de lire du regret dans ses prunelles écarquillées.

– Je n'en sais rien, c'est compliqué.

Un rire lui échappe et elle me frappe doucement sur l'épaule.

– Eh, ma belle, fais pas cette tête. Si ce connard est du côté de ton père, c'est qu'il ne te mérite pas. Et puis, ce n'est pas comme si la Californie manquait de beaux gosses !

Je me mets à rire, amusée.

Si elle savait…

C'est à cet instant que la porte s'ouvre. Calvin nous rejoint au salon, un dossier sous le bras.

– On s'amuse bien, les filles ? nous demande-t-il tandis que nous rions de plus belle.

Nina a les joues rougies et je remarque les regards qu'ils s'échangent tous les deux tandis qu'il vient s'installer dans le fauteuil face à nous.

– Euh… j'ai été voir mon mentor pour le projet. Vous savez, ce dont je vous ai parlé est plus proche de ce qu'il recherche, donc, c'est parfait !

– Ton ancien scénario est à jeter aux oubliettes ? le questionne Nina, surprise.

– Ouais, il est trop complexe, selon lui. Pour la fin d'année, il veut uniquement un court métrage simple, mais qui lance un message. Du coup, je suis dans la merde !

– Tu peux toujours présenter ton scénario l'année prochaine, non ? demandé-je, appréhendant sa réponse.

– Je sais qu'il n'a pas arrêté de travailler sur ce projet qui lui tenait à cœur, et de voir que son avancée fulgurante n'a servi à rien me peine considérablement.

– Oui, c'est ce que je compte faire. En attendant, j'ai une petite idée que je ne lui ai pas soumise, mais c'est simple et on peut parvenir à lui lancer le message qu'il attend !

– Quelle idée ? demande Nina, enthousiaste.

Il plonge les yeux dans les siens et esquisse un sourire radieux. Je peux sentir que mon amie n'est pas indifférente au beau Calvin. Son corps se contracte.

Je souris, amusée de remarquer que les joues de notre propriétaire prennent une teinte plus rosée.

Intéressant…

Il finit enfin par nous raconter cette idée qui est… grandiose. Simple, mais efficace.

Calvin veut créer son court métrage par caméra embarquée. C'est intéressant, mais j'appréhende d'être filmée sans que je le sache. Alors, je l'interroge sur le déroulement et le fonctionnement de ce film. Il me rassure, m'assurant que nous jouerons notre rôle à la perfection et sans surprise, surtout.

Soulagée, je lui demande quand est-ce que nous prendrons les premières prises.

– Dès la semaine prochaine, en espérant que tu te sentes mieux.

– Je vais bien, ne t'en fais pas. J'ai rendez-vous chez le médecin dans une heure.

– Je t'accompagne ! s'écrie Nina, visiblement ravie d'une sortie entre filles.

Je la remercie et tente de me lever quand Calvin approche. Je grimace, tandis qu'il se met à rire avant de me soulever dans ses bras.

– Dans ta chambre ?

– S'il te plaît, murmuré-je, agacée intérieurement d'être incapable de monter moi-même les marches.

Quelques minutes plus tard, je me retrouve sur mon lit avec Nina. Elle m'aide à me préparer pour aller chez le médecin quand je reviens sur Calvin… et la façon dont elle le regarde.

– Tu es amoureuse de lui ?

– T'es folle, Sarah ! Je te rappelle la règle…

– Règle qu'il a intégrée au contrat uniquement parce que ton frère saute sur tout ce qui bouge, la coupé-je, le sourire aux lèvres pendant que la douleur de ma poitrine se diffuse dans chaque parcelle de mon corps.

– Je sais… mais c'est la règle et il ne peut pas l'enlever.

Je fronce les sourcils, remarquant l'expression de tristesse dans son regard.

– Vous en avez parlé ?

– Oui… non ! s'exclame-t-elle, rougissant à nouveau.

C'est ça !

– Nina ! clamé-je en écarquillant les yeux. J'ai loupé quelque chose, n'est-ce pas ?

– Je t'en prie, Sarah… non, c'est juste que… un soir, je ne me sentais pas très bien et il n'y avait personne au loft. Il est resté avec moi toute la soirée. Il ne s'est rien passé, mais… nous… euh… on était à deux doigts de se galocher quand Travis est entré en trombe avec une petite salope à son bras.

Merde…

– Et vous en avez reparlé ?

Elle secoue la tête, visiblement aussi perdue que je le suis. Je pose une main sur la sienne et attends qu'elle lève les yeux vers les miens pour la rassurer :

– Je ne dirai rien à personne, tu sais.

– Je sais, c'est pour cette raison que je t'en parle. Il est tellement… sérieux et… putain, Sarah, il m'attire comme jamais je n'ai été attirée par un autre.

– Tu es amoureuse, répété-je en lui offrant un large sourire.

Elle entrouvre les lèvres et les referme aussitôt avant de plaquer une main sur sa bouche pour étouffer un rire.

– Je ne sais pas, mais j'aime être avec lui.

– OK… en tout cas, s'il ressent la même chose que toi, il fera en sorte que cette règle ne soit pas appliquée à lui, donc à toi aussi, dis-je, tentant de la rassurer.

– Si jamais mon frère l'apprend, il se vengera et te sautera dessus ou Camille, qui ne dirait pas non, à mon avis, mais…

– Pourquoi tu dis ça ?

Elle hausse les épaules et se mordille la lèvre inférieure. Les battements de mon cœur se précipitent.

Aurais-je vu juste dans le jeu de Camille ?

Je secoue la tête tandis que Nina me répond :

– Je ne sais pas, c'est juste que certains regards ne trompent pas.

– Ah, t'as sûrement raison, murmuré-je, en plaquant un semblant de sourire sur mes lèvres.

– Je la comprends, Travis est un bel étalon, mais je me méfie d'elle. Dès le départ, j'ai su que je ne devais pas trop m'approcher de cette fille. Je me fais peut-être des idées, mais c'est ce que je ressens.

– Le temps nous le dira, Nina.

– Ouais, t'as raison.

Je fais semblant d'être joyeuse pendant le reste du temps que j'ai pour me préparer, mais à l'intérieur de mon être, c'est différent.

Totalement.

Je ne cesse de penser à Camille et cela m'agace. Elle n'a pas intérêt de lui mettre le grappin dessus, car s'il cède (ce qu'il fera sans aucun doute), j'arrêterai tout ça.

Quelques minutes plus tard, j'ai convenu avec Nina de ne plus parler de Calvin et de la relation possible qu'ils pourraient entreprendre tous les deux.

D'ailleurs, celui-ci frappe à la porte. Il nous demande si nous sommes prêtes à partir et m'offre à nouveau ses bras pour me descendre. Il propose à Nina de lui prêter son 4x4.

Elle accepte avec un regard plus que ravi et je ne peux m'empêcher d'étouffer un rire amusé.

Calvin me prend alors dans ses bras pour me déposer à l'arrière de son 4x4. Il tend les clés vers Nina et j'étouffe à nouveau un rire quand je remarque qu'il frôle plus longuement ses doigts qu'il ne le faut pour lui donner son trousseau.

CHAPITRE 28

Sarah

Je suis enthousiaste, ravie que le nouveau traitement que m'a prescrit le médecin, une semaine plus tôt, soit plus efficace que le précédent.

Aujourd'hui, j'ai réussi à monter l'escalier qui mène aux chambres et, le plus incroyable, c'est que je n'ai plus de grosses douleurs qui traversent ma jambe lorsque j'appuie mon pied sur le sol.

Je marche maintenant sans béquille, même si d'après Nina, c'est un peu prématuré. Cependant, je ne peux faire autrement, je me sens beaucoup mieux et moins handicapée qu'avec ces cannes. Je me fiche d'être imprudente cette fois-ci, je me sens bien, c'est le principal.

Oui, je vais mieux physiquement, mais intérieurement, c'est une autre histoire.

Mon cœur saigne.

L'abandon me coupe le souffle quand j'aperçois Travis au loft.

Nous n'avons pas échangé un mot depuis notre dispute dans la cuisine. Huit jours qu'il me fuit, s'isolant dans sa chambre la plupart du temps ou en vadrouillant avec je ne sais qui !

Toutefois, je suis tout de même rassurée de ne pas avoir entendu les autres mentionner une de ces nouvelles coucheries d'un soir. J'ai entendu Jared expliquer à Calvin qu'il sortait souvent avec les gars de son équipe et qu'ils passaient la plupart de leur journée à s'entraîner pour le prochain match.

C'est difficile à croire, mais quand, au soir, je le vois rentrer au loft, mes doutes s'envolent en remarquant qu'il est trempé de sueur.

Je suis perdue dans mes pensées lorsque Nina me rejoint dans ma chambre où je me suis enfermée depuis dix minutes.

– Tu viens avec nous ?

– Où ça ? demandé-je en souriant, remarquant la lueur d'excitation dans son regard.

– Faire les courses. Calvin nous attend en bas.

– Ah… pas pour moi, désolée.

– Tu souffres ?

– Non, mais j'étais sur le point d'appeler Janice. Il est temps qu'on discute toutes les deux, et puis, elle ne pourra pas me reprocher de ne pas prendre de ces nouvelles.

– Tu as raison. On se revoit tout à l'heure et au fait ! clame-t-elle, me faisant sursauter.

Je la regarde, les sourcils levés en signe d'interrogation.

– Tu te joins à nous pour la fête ?

– Quelle fête ?

– Wes, un ami de Travis organise une soirée avant le grand match qui aura lieu la semaine prochaine.

Je grimace. J'aimerais m'y rendre, mais de savoir que Travis aura tout le loisir de draguer les filles du campus ne me plaît pas du tout.

– Tu devrais venir, ma belle, ça te changerait un peu les idées, tu ne crois pas ?

Je hausse les épaules, hésitant pendant un instant.

– Non, je préfère me préserver un peu. Je serai de la partie à la prochaine, c'est promis !

– OK, très bien, murmure-t-elle.

Son visage est peint par la déception. Cependant, la lueur de son regard se remet à danser lorsque je lui rappelle que Calvin l'attend pour faire les commissions.

– Vous ne serez que tous les deux !

Les joues rouges, elle roule des yeux et se met à rire avant de me donner un léger coup sur le bras.

– Oui, et toi, fais attention.

– Pourquoi ça ? ris-je, amusée.

– Travis est dans sa chambre, ferme à double tour.

Je secoue la tête avant de lui demander, intriguée :

– Il n'était pas sorti ce matin ? J'ai cru entendre…

– Non, il n'est pas encore réveillé. Calvin m'a dit qu'il a passé la nuit à boire et à se battre.

– Ah…

Merde.

Qu'est-ce qu'il a encore fait ?

– Bon, je me sauve. À tout à l'heure !

Je la salue tout en plaquant un semblant de sourire sur mes lèvres.

Seule depuis quelques minutes, j'ai abandonné l'idée d'appeler Janice pour aujourd'hui. Mes pensées ne cessent de bousculer mon esprit concernant l'information que Nina m'a communiquée.

Travis s'est battu.

Je me demande évidemment ce qu'il a encore fait et, je décide d'aller lui poser la question. Alors, je sors du lit et agrippe le meuble à mon côté pour glisser les pieds dans mes chaussons.

Une fois prête, je prends une bonne inspiration et passe les doigts dans mes cheveux pour les ordonner avant de sortir de ma chambre. Très vite, je me dirige vers la sienne et une fois devant sa porte, l'hésitation s'empare de moi.

Je ne sais pas si c'est une bonne idée d'entrer dans cette pièce, mais l'inquiétude concernant son état me gagne plus qu'autre chose. Alors, je frappe doucement contre le battant, espérant secrètement qu'il dorme toujours.

Ce qui est peut-être le cas, car je n'entends rien.

J'essaie tant bien que mal de garder mon calme qui est en train de s'échapper. Je prends encore une minute et pose la main sur la poignée de la porte.

Puis je la baisse et ouvre.

La pièce est plongée dans le noir. Elle est juste éclairée par les faibles rayons de lumière du jour qui passent à travers les stores vénitiens dont sa chambre est décorée. Ce qui me permet de distinguer le corps de Travis. Il est allongé sur le ventre et sa respiration calme prouve qu'il dort paisiblement.

Un sourire espiègle élargit mes lèvres tandis que j'avance vers le lit sans m'en rendre vraiment compte. C'est lorsque je suis à quelques centimètres, mon genou touchant le bord du matelas que je prends conscience de mes actes.

Bordel…

Mes yeux dévorent son dos musclé et je me mets à déglutir péniblement lorsque j'entends qu'il émet un grognement sourd.

Je dois reculer, sortir de cette pièce avant qu'il ne se réveille totalement pour me découvrir en train de l'observer. J'ai limite de la bave qui s'écoule sur mon menton !

Gr…

Je m'administre une claque mentale, espérant que mon cerveau réagira comme je l'attends, mais rien ne se passe. Les jambes en coton, je poursuis mon observation tout en glissant les yeux vers l'élastique de son boxer.

Encore une chance qu'il soit sur le ventre…

Cependant, je prends peur et ouvre de grands yeux comme des soucoupes lorsque je remonte le regard vers le haut, croisant ses prunelles brillantes et moqueuses.

Il a tourné la tête pendant que je matais son cul et maintenant, je dois être rouge de honte comme jamais je ne l'ai été.

– T'es venue me réveiller ?

Je secoue la tête et prie mon esprit pour réagir immédiatement.

– Non, je… j'ai appris que tu t'es battu hier soir et… oh, bordel !

Je viens de hurler à la vision qu'il m'offre en roulant sur le dos avant de se redresser. Tout le côté droit de son visage est boursoufflé et bleuté tandis que du sang séché se trouve juste à la naissance de son arcade sourcilière.

Je suis choquée.

Je reste incapable de faire le moindre geste lorsqu'il vient s'asseoir sur le bord du matelas, mes jambes entre les siennes.

Bordel…

Mon regard scrute son visage recouvert par les hématomes. Le responsable n'y a pas été de main morte.

– Qu'est-ce que… bafouillé-je avant de m'interrompre au contact de ses mains qu'il vient de poser sur mes hanches. Travis...

Mon murmure l'amuse. Un léger sourire en coin s'affiche sur ses lèvres.

Lentement, je lève une main vers son visage et lorsque je frôle du bout des doigts sa peau maculée de sang séché, il grimace.

– Tu as désinfecté ?

Il secoue la tête et resserre son étreinte autour de ma taille lorsque je tente de me libérer de ses poignes.

– Je vais chercher de quoi nettoyer ! l'informé-je, espérant qu'il me lâche avant que je ne cède au tendre regard qu'il m'adresse à cet instant.

– Pas besoin, grogne-t-il.

– Travis Spencer, laisse-moi aller chercher de quoi désinfecter tes blessures ! répété-je sans ciller.

Il roule des yeux et lâche un marmonnement que je prends pour une acceptation, car il ôte ses mains de mes hanches. Libérée, je me précipite comme je le peux vers la salle de bains et ouvre l'armoire à pharmacie. J'en sors un kit de premiers secours, sachant très bien que tout ce dont j'ai besoin se trouve à l'intérieur, Calvin l'ayant acheté deux jours plus tôt.

Lorsque je le rejoins dans sa chambre, il n'a pas bougé d'un poil. Il redresse la tête à mon approche et fronce les sourcils en fixant la sacoche que je pose sur le lit.

Sans le regarder, j'inspecte l'intérieur de la trousse et en extirpe désinfectant, coton et pommade pour les coups ainsi que des pansements permettant de refermer les plaies.

– Lève la tête, lui ordonné-je en me penchant vers l'interrupteur.

Quand la lumière vive vient nous éclairer, Travis grogne un juron en fermant les yeux. Je souris, me moquant ouvertement de l'expression qu'il affiche à cette seconde.

Cependant, lorsqu'il rouvre les paupières et sonde mon regard, je perds toute raison de rire.

Une montée brutale de désir enflamme chacune de mes terminaisons nerveuses, titillant à nouveau les ailes des papillons qui s'agitent dans mon bas-ventre. Une fine pellicule de sueur voile toute ma peau, la mettant à vif.

Toutefois, je tente de ne rien laisser paraître du trouble qui m'a envahie et bien qu'il ne cesse de noyer son regard dans le mien, j'arrive à couper un morceau de coton. De mes doigts tremblants, je dévisse le bouchon de la bouteille de désinfectant et en imbibe un peu le coton. Quand je m'apprête à nettoyer sa peau où une plaie rougeâtre suinte encore, il me stoppe en agrippant fermement mon poignet.

J'entrouvre les lèvres, mais les referme, incapable de prononcer un seul mot. Il reste lui aussi silencieux et nos regards restent accrochés l'un à l'autre. Évidemment, je sais qu'il peut ressentir la tension sexuelle qui émane de nous, mais je ne dois pas céder.

Je ne le dois pas.

Surtout pas !

Alors, j'agrippe à mon tour son poignet, lui signifiant ainsi de me lâcher. Ce qu'il fait contre toute attente. Je hoche la tête, le remerciant silencieusement de me laisser faire.

Je nettoie alors sa plaie, prenant soin de ne pas le faire souffrir inutilement. Il a une belle coupure, mais je doute qu'il lui faille des points.

Une fois que j'ai recouvert la plaie à l'aide des petits pansements, je m'occupe de passer de la pommade sur sa joue. Le muscle de son visage tressaute légèrement. Je suspends mon geste et lui demande :

– Je t'ai fait mal ?

Il secoue lentement la tête avant de délaisser le point imaginaire qu'il fixait depuis que j'ai commencé à m'occuper de lui. Nos regards plongent à cette seconde l'un dans l'autre.

– Non, tu es douce, me dit-il dans un chuchotement rauque.

Ce qui provoque un long frisson jusqu'à mon échine. Je romps notre échange visuel, ne tenant plus, et, surtout, j'appréhende bien trop de céder s'il venait à poser une main sur moi. Alors, je baisse les yeux et entreprends de ranger le matériel dont je n'ai plus besoin.

Soudain, la trousse est projetée au sol. Je redresse la tête et fixe Travis qui affiche un sourire, visiblement satisfait de son geste futile.

Quel idiot !

– Qu'est-ce qui t'arrive ?

Il ne me répond pas, mais se lève d'un mouvement habile et je me retrouve dans ses bras en un clignement de paupières. Je pose les paumes sur son torse nu, balayant rapidement les pensées qui viennent dériver dans mon esprit.

Bordel de merde !

Je sens ses muscles qui se contractent sous mes doigts.

– Travis… dis-je en tentant de le repousser.

Évidemment, je n'y mets pas autant de force que je le voudrais et le laisse m'attirer plus près de lui. Je ferme les paupières, sentant son sexe durcir contre mon ventre.

– Sarah…

Dans un ultime effort, je redresse la tête et viens planter mes yeux dans les siens.

– Tu me manques, dit-il d'une voix émue.

La plupart du temps, j'ai du mal à le cerner, à déchiffrer exactement les expressions qu'il me laisse entrevoir, mais cette fois, j'ai l'impression qu'il s'ouvre enfin, complètement.

Le vert de ses pupilles brille intensément et de façon éloquente pour me prouver que les mots qui viennent de franchir ses lèvres sont réalité.

J'en ai le souffle coupé.

– Tu dis ça parce que…

– Parce que je le pense, me coupe-t-il en prenant mon menton entre ses doigts tout en me tenant fermement d'un bras, enroulé autour de ma taille.

Je secoue la tête, refusant de le croire même si tout me mène à croire qu'il dit la vérité. Pendant mon mouvement, il n'a pas lâché prise et tient toujours mon menton entre ses doigts. Son pouce vient frôler mes lèvres avec douceur. Je ferme les yeux, savourant sa caresse.

Nous restons un long moment ainsi, sans prononcer un mot et sans caresse supplémentaire.

– Je… explique-moi ce qui s'est passé ? Qui t'a mis dans cet état ?

Voilà, ce n'est pas si dur de poser des questions. Toutefois, c'est moins évident que ce que j'avais pensé. Moi qui espérais secrètement qu'il s'éloigne de mon corps tremblant. C'est raté !

Quel traître !

– Ce n'est pas important. Je me suis juste battu avec un gars qui m'a cherché au bar. Il était bourré, je l'étais aussi, un mot de trop et voilà le résultat, me raconte-t-il enfin en souriant avant de soupirer.

– Tu… ne le connais pas ?

– Non, lâche-t-il en ôtant enfin sa main de mon visage.

J'émets un soupir de soulagement, mais très vite, je cesse de respirer tandis qu'il vient prendre mon visage entre ses mains, les tenant en coupe, m'obligeant de le fixer dans les yeux.

– Ce n'est pas important, Sarah, murmure-t-il d'une voix rauque.

Je déglutis péniblement et vient alors le moment que je redoutais et que je désirais en même temps.

– Trav…

Il me coupe d'un doux baiser sur les lèvres. Mon coeur bat à tout rompre, rendant ma poitrine douloureuse alors qu'il me serre contre lui.

Dans ses bras, je perds la tête et n'hésite pas à lui accorder l'accès à ma bouche quand je sens sa langue le quémander. Un soupir de bien-être m'échappe au contact de sa langue qui vient s'enrouler à la mienne, dans une danse charmeuse et majestueuse. Le rythme devient impatient et commence alors une lutte de nos bouches avides. Je veux prendre le contrôle de ce baiser, mais il ne me laisse pas d'autre choix que de subir ses assauts.

Soudain, ses dents viennent mordre ma lèvre supérieure et j'étouffe un cri dans sa bouche que je reprends avec brusquerie et passion mêlées.

Quand je pense enfin contrôler notre baiser sauvage, il m'allonge sur le lit. Le souffle court, je le regarde tandis qu'il reste debout devant moi. Lentement, il se penche et écarte mes jambes avant de glisser les doigts sous ma jupe. Je n'ai pas le temps de dire quoi que ce soit ou de faire le moindre mouvement qu'il descend ma culotte et la laisse tomber au sol.

– Travis… ils vont… revenir, bredouillé-je alors qu'il se met à genou entre mes cuisses ouvertes. Ils sont partis en course et…

– Qui ?

– Nina et Calvin.

– Ils en auront pour trois heures, ne t'en fais pas.

– Et Jared ?

– Il bosse, il ne rentre que ce soir, bébé, me dit-il en se penchant vers mon visage.

Je ferme les yeux, savourant ses doux baisers sur mes lèvres, mon nez, ma mâchoire où il trace le contour de sa langue.

Bordel…

– Camille est chez sa pote jusqu'à demain, nous sommes tranquilles.

– Je… s'il te plaît, murmuré-je, à bout de souffle, en sentant ses doigts s'insinuer dans mon intimité.

Il sourit, visiblement satisfait de mon trouble.

– Tu es toute mouillée.

– Oh… Travis…

– Bébé, j'ai envie de toi, ça fait trop longtemps.

Un rire nerveux s'échappe de ma gorge asséchée.

– Une semaine et…

– Il n'y a eu personne d'autre, me lance-t-il, le regard plissé.

Surprise, je reste paralysée sous son aveu.

– Laisse-moi faire, bébé.

Sans m'en rendre tout de suite compte, je hoche la tête et il m'embrasse sur les lèvres. Je réponds avec douceur à son baiser puis il descend sa bouche dans mon cou, ma poitrine, mon ventre tandis qu'il relève ma chemise. Le contact de ses lèvres sur ma peau nue m'envoie une décharge électrique inouïe.

– Travis…

– Chut, me coupe-t-il, m'intimant au silence.

Les yeux clos, je le laisse faire ce qu'il veut de moi. Je savoure chaque caresse, chaque baiser qu'il me donne sur mon corps impatient. Lorsque sa langue vient effleurer l'intérieur de mes cuisses, j'ouvre de grands yeux et m'accroche à ses bras en poussant un long gémissement de plaisir tandis que son souffle embrase mon intimité.

Et pendant de longues minutes, langue, lèvres et dents de mon amant me procurent un incroyable orgasme. Je n'aurais jamais imaginé qu'il puisse être possible d'en ressentir un aussi grand.

Il me faut un long moment pour récupérer un semblant de souffle et un brin d'énergie, mais lorsqu'il vient s'allonger sur mon corps, encore tremblant par la jouissance inouïe que je viens d'éprouver, je ne me soucie plus de rien et réponds à son baiser vorace.

– J'ai tellement envie de toi, Sarah. J'ai envie de te sentir… tu m'as manqué… tellement manqué.

Je ferme les paupières, le cœur gonflé de joie. J'aime le ton rauque de sa voix lorsqu'il prononce ces mots. Je passe les doigts dans ses cheveux ébouriffés et l'embrasse avec passion tandis qu'il nous fait rouler sur le lit.

Soudain, je me rends compte qu'il a ôté son boxer et je sens son sexe dur contre ma peau.

– Fais-moi l'amour, Travis.

Je le supplie et il le sait. Visiblement, il en est satisfait, car il me pénètre sans perdre une seule seconde. De le sentir en moi, me remplissant entièrement, me fait oublier toutes les précautions que nous devrions prendre et je me laisse aller dans la chaleur de ses bras alors qu'il commence des va-et-vient, longs et profonds, étouffant de ses lèvres, mes gémissements de plaisir.

CHAPITRE 29

Travis

J'ai passé un excellent moment avec Sarah. Nous nous sommes retrouvés comme si notre dispute n'avait eu aucun impact sur notre relation et j'en suis plus que ravi.

Pourtant, de mon côté, les conséquences sont concrètes. Pendant la semaine, je n'ai pas su trouver de réconfort auprès d'autres filles et j'ai éconduit, sans remords, toutes celles qui ont tenté de passer une nuit de baise dans mon lit.

Sarah a le don de me faire perdre les pédales. Elle est ancrée continuellement dans mon esprit et je n'arrive pas à m'en défaire. D'ailleurs, je ne fais rien pour y arriver.

Elle a réussi à me faire prendre conscience d'être important, et non l'enfoiré qui saute sur tout ce qui bouge pour le devenir. Avec elle, je me sens bien, je me sens moi-même et il y a tellement longtemps que ce n'est pas arrivé que j'ai encore un peu de mal à réaliser ce qui m'arrive.

Je suis amoureux d'elle.

C'est évident…

Je secoue la tête et termine de me préparer pour la fête. J'ai proposé à Sarah de m'accompagner, mais elle a refusé, prétextant que nos parties de jambes en l'air dans l'après-midi l'ont épuisée.

Je n'en doute pas une seconde, elle était sur le point de s'endormir dans mes bras quand du bruit s'est fait entendre au rez-de-chaussée. Encore heureux que Nina ait pris son pied à acheter tout et n'importe quoi, ça leur a pris plus d'une demi-heure pour monter toutes les provisions.

Sarah et moi avons donc eu le temps de retourner à nos propres occupations.

Calvin et Nina n'ont rien remarqué, et heureusement.

Quand je sors de la salle de bains, je rejoins les autres au salon. Ils sont tous là, sauf Camille qui devrait rentrer demain matin. Sarah est allongée sur le canapé en train de lire un roman d'une auteure française, pour ce que je peux voir de l'entrée de la pièce. Calvin et Nina sont déjà prêts à partir tandis que Jared se trouve dans la cuisine. Je peux l'entendre grogner avant qu'un bruit de verre cassé n'échappe de la pièce.

Amusé, je me mets à rire et lui demande à travers la porte s'il a besoin d'un coup de main. Une seconde plus tard, il se tient devant nous, vêtu d'un tablier maculé de sauce tomate.

– Tu as eu un problème ? demande Calvin d'un ton moqueur.

– Ouais, je me suis brûlé avec le manche de la casserole et tout s'est renversé.

Je lance un rapide coup d'œil vers Sarah qui a levé la tête de son bouquin. Un large sourire étire ses lèvres encore gonflées par mes baisers.

– Je suis désolé, Sarah, mais faudra te passer de sauce tomate.

– Ce n'est rien, merci beaucoup, mais j'aurais pu le faire.

Surpris, je les dévisage à tour de rôle tandis qu'ils échangent un regard complice.

– Tu lui as fait la cuisine ? interrogé-je Jared, suspicieux.

– Euh, ouais, et alors ?

Je hausse les épaules, prenant un air nonchalant.

L'agacement commence à me titiller quand je prends conscience que ma question l'amuse. Toutefois, je garde mon calme et réponds au sourire de ma douce. Elle referme son livre et s'assoit. Elle ramène ses cheveux en arrière et attache ses longues mèches soyeuses avec l'élastique qu'elle a au poignet.

Je ne peux dévier mon regard de ses gestes. Elle est belle, et tout dans ses mouvements me prouvent que cette fille est la grâce incarnée sans même qu'elle le sache.

Soudain, quelque chose passe devant mes yeux et je me recule. Surpris, je comprends que c'est ma sœur qui vient de brasser l'air devant mon nez pour me ramener à l'instant présent.

Je la foudroie du regard.

– Tu veux quoi ? grogné-je, me renfrognant.

– Il est l'heure de partir, Don Juan !

– J'y vais avec ma moto, partez devant ! répliqué-je sans ciller.

– Comme tu veux, dit-elle en esquissant un faible sourire.

Elle a souri ?

Je n'ai pas rêvé, elle m'a adressé un sourire…

– T'as vraiment une sale tête, tu sais !

Voilà, c'était juste une moquerie et rien de plus. Venant de sa part, je ne devais pas m'attendre à autre chose, de toute façon. Cependant, je me renfrogne de plus belle en percevant le petit rire qu'elle lâche en observant Sarah.

Soudain, j'entends Jared jurer tandis qu'il lit un message sur son portable.

– Un problème ? s'inquiète Calvin.

– Je n'en sais rien, mais je dois passer voir mon boss.

– Tu penses en avoir pour longtemps ? demande ma sœur.

– Je ne crois pas, il dit qu'il a oublié de me dire un truc important. Fais chier !

– Ce n'est pas grave, on attendra.

– Vous êtes sûrs ?

J'assiste à l'échange entre mes potes et ma sœur sans pouvoir quitter le regard de Sarah qui m'offre un doux sourire en toute discrétion. À cet instant, j'ai envie de la rejoindre sur le canapé, de l'allonger sur les coussins et de la prendre violemment.

Putain !

J'essaie de me sortir les pensées peu catholiques qui me viennent à l'esprit. Je n'y parviens pas comme je le souhaiterais. Cependant, les autres m'y aident en commençant à s'agiter dans le salon.

Jared disparaît dans la cuisine et revient quelques secondes plus tard, débarrassé du tablier tandis qu'il tient un plateau, contenant le repas de Sarah.

Il s'approche d'elle et le place sur la table basse et lui souhaite un bon appétit.

Je ne m'attendais pas à ce que tout le monde soit aux petits soins pour elle, et j'avoue que ça me chagrine quelque peu.

J'aimerais pouvoir être capable de le faire, mais je me console intérieurement, je fais bien plus pour elle, non ?

– Bon, clamé-je, reprenant enfin mes esprits. Il faut que j'y aille, j'ai promis à Wes et Carl que je serais là avant que le monde arrive.

– OK. On te rejoindra une fois que Jared aura vu son patron.

Je hausse la tête et me dirige vers la porte, offrant un clin d'œil complice à l'adresse de Sarah qui esquisse un doux sourire avant de baisser rapidement les yeux.

Une fois à l'extérieur, je pousse un long soupir de lassitude et enfourche ma moto pour rejoindre les gars, même si mon cerveau et mon corps aimeraient rester au loft en compagnie de ma belle Sarah.

***

Quand j'arrive devant la demeure où la fête a lieu, j'esquisse un léger sourire en remarquant que certains invités sont déjà arrivés. Je retire mon casque et le laisse pendre sur la poignée d'accélération avant de me diriger vers l'entrée, éclairée par les lanternes chinoises que Wes a fabriquées la veille.

Amusé, je remarque que le final est plutôt intéressant. Wes était stressé comme jamais de ne pas savoir comment incorporer à l'intérieur des loupiotes, des dessins de femmes asiatiques nues.

Je vois qu'il a trouvé la solution.

De bonne humeur, je m'avance vers le perron quand la personne, non, les deux personnes que je ne veux pas voir sortent de la maison. Quand ils me remarquent, ils s'immobilisent devant moi, l'air embarrassé.

Je les fixe à tour de rôle d'un regard empli d'animosité.

Qu'est-ce qu'il fout avec elle, bordel ?

Je fronce les sourcils et attends qu'ils dégagent de là au plus vite afin de me laisser le passage pour rejoindre mes amis à l'intérieur.

– Sal…

– Salut, Travis !

Je ne leur rends pas, évidemment. Je continue de les observer d'un œil mauvais, surpris intérieurement que Sydney ne me saute pas dessus.

– Qu'est-ce que vous foutez ici ?

Ma question semble amuser mon demi-frère tandis que Sydney fuit mon regard, baissant les yeux vers ses escarpins rouges, assortis à la robe courte qu'elle porte.

– Carl nous a invités, répond Sean en haussant les épaules.

L'agacement s'empare irrémédiablement de moi.

Pourquoi diable a-t-il invité cet enfoiré ?

Je lève un sourcil et hoche la tête. Je n'ai pas envie de me battre, j'en ai eu assez pour mon compte la veille avec ce vieil abruti.

– Très bien, bonne soirée, claqué-je avant de monter la première marche du perron, refusant de rester près d'eux plus longtemps.

Cependant, Sean en décide autrement et vient se mettre devant moi, me barrant le passage. Je remarque le regard complice qu'il lance à Syd avant qu'elle s'éloigne.

– Qu'est-ce que tu veux, Sean ?

Il secoue la tête. Ses lèvres s'étirent en un sourire sarcastique et je redouble d'efforts pour ne pas lui coller mon poing sur la figure.

– J'ai appris que Sarah est ici.

La colère monte… monte.

– Et alors ?

Il hausse les épaules, toujours pourvu de ce sourire que j'ai envie d'effacer sur-le-champ.

Il ne s'intéresse pas à elle, je ne peux pas le croire. Je sais qu'il joue ce jeu pour me pousser à bout et s'il continue de me regarder de cette façon (comme s'il avait déjà gagné la partie), il va finir par y arriver.

– J'espère juste qu'elle va bien, mais je passerai lui rendre visite.

– Ne t'approche pas d'elle, claqué-je en articulant chaque syllabe pour qu'il ancre bien mes mots dans sa cervelle de moineau.

Je n'ai sans doute pas pris le ton le plus menaçant, car cela l'amuse. Son rire s'échappe de sa gorge, fusant à mes oreilles telle une explosion assourdissante.

Alors, je m'approche de lui, le bousculant légèrement de mon torse et, nez à nez, yeux dans les yeux, je le menace concrètement :

– Si tu t'avises à t'approcher d'elle, je te jure que tu vas le payer !

Il semble effrayé pendant les premières secondes, le temps qu'il analyse mes paroles. Puis, il esquisse un large sourire et hoche la tête.

– Bien, mais comme tu le sais très bien, tu ne seras pas toujours là, Travis. Et crois-moi que je me ferai un plaisir de lui tenir compagnie à la petite Sarah.

Furieux, je le repousse immédiatement avant de perdre les pédales et de lui défoncer le crâne.

– Dégage d'ici, connard !

Je prends sur moi, vraiment. D'ailleurs, je ne sais pas comment je fais pour ne pas le démolir tout de suite, mais j'arrive à ouvrir la porte et j'entre avant de la claquer derrière moi.

Sarah

Rassasiée par le repas que Jared m'a préparé, j'ai décidé de rester au salon pour regarder le film Titanic qui passe sur le câble. Je l'ai visionné un million de fois, mais je ne peux pas m'empêcher de m'émouvoir devant une telle tragédie.

Cela fait une bonne vingtaine de minutes que le film a débuté, le bateau vient de heurter un iceberg quand mon téléphone se met à biper. Surprise, je me penche vers la table basse et l'attrape avant de me mettre à sourire aux anges.

Travis m'a envoyé un SMS. Il me demande ce que je fais actuellement et si je vais bien.

Je lui réponds rapidement, omettant volontairement de l'informer du genre de film que je visionne sur l'écran. Je suis sûre à cent pour cent qu'il se moquerait de moi. Alors, je l'interroge également.

ET TOI, ÇA VA ? LES AUTRES SONT ARRIVÉS À LA FÊTE ?

Sa réponse ne tarde pas.

ÇA PEUT ALLER. J'AURAIS PRÉFÉRÉ RESTER AVEC TOI AU LOFT...
NON, MAIS ILS NE DEVRAIENT PLUS TARDER.

– Ça peut aller ? lis-je à haute voix.

Contrariée, j'hésite à lui demander des explications, mais je me retiens. Ce n'est pas le bon moment et je préfère qu'il soit à mon côté pour discuter, quitte à devoir subir son comportement fulgurant.

ESSAIE DE T'AMUSER UN PEU.

J'hésite pendant de longues secondes avant d'envoyer mon message.

Je finis par le faire, persuadée que c'est vraiment ce que je veux. S'il dit vrai, il a fait des concessions pour nous deux et je suis pratiquement certaine depuis cet après-midi, notre relation a évolué.

En tout cas, je l'espère du plus profond de mon cœur.

Je me mets à rire toute seule, excitée d'entendre de nouveau mon téléphone biper.

On dirait une gamine qui vient de découvrir ses cadeaux de Noël.

Mon sourire enjôleur s'efface lors de ma lecture.

TU ME MANQUES, SARAH. CE SOIR, JE RENTRERAI TÔT.
J'AI BESOIN DE TE PARLER DE NOUS. TU VEUX BIEN ?

Mon cœur manque un battement en lisant ces lignes. Je n'arrive plus à réfléchir, à penser ce qu'il veut bien insinuer.

Je tente d'apaiser mon rythme cardiaque et réponds à son message en me mordant la joue.

Bien sûr. Nous parlerons dès que tu le souhaiteras. Tu me manques aussi, Travis.

Je ferme les paupières après avoir appuyé sur la touche d'envoi et esquisse un tendre sourire, espérant que mon souhait le plus cher se réalise enfin.

Travis

Ça fait plus d'une heure que je suis en train d'avaler verre sur verre de scotch, assis au bar, face à Carl avec qui je me suis embrouillé.

Il n'avait qu'à pas inviter ces deux débiles !

Toutefois, je me console comme je le peux en discutant avec ma Sarah par SMS. J'esquisse un léger sourire à son dernier message et range d'un geste lent mon téléphone dans la poche arrière de mon jean.

– Je te remets ça, mon pote ?

Je lève les yeux vers Carl qui lève la bouteille d'alcool vers moi. J'hésite trente secondes. J'ai envie de partir de cette fête où la musique me bousille les tympans.

– Ouais, vas-y, le dernier ! réponds-je, cédant au regard interrogateur de mon ami.

– OK…

Il me sert, visiblement contrarié.

– T'es sûr que tout va bien ? Avec Wes, on a remarqué que tu n'es pas comme d'habitude…

– Vous devriez arrêter de vous bourrer la gueule à longueur de journée, rétorqué-je, secouant la tête, jurant intérieurement. Je vais bien, bordel. Ça va, OK ?

– Euh… ouais, si tu le dis.

Il semble confus, mais je refuse de poursuivre davantage cette discussion. Je vide mon verre d'un trait et le pose sur le bar dans un claquement sec.

Carl en fait de même, trinquant devant moi avant de vider son verre.

Je baisse les yeux et me perds dans mes pensées lorsqu'une fille vient le rejoindre derrière le bar. Je suis assez surpris qu'il la laisse l'envelopper de ses bras, il a une copine depuis un petit moment.

De suite, mes pensées vont vers Sarah. J'aimerais vraiment que ce soit la bonne, celle qui puisse révéler qu'il y a du bon en moi, comme elle arrive à le faire par moment.

Puis, sans m'y attendre, une alarme se déclenche au fin fond de mes tripes, réveillant le monstre quand les étranges paroles de Sean me reviennent en mémoire.

– *Tu ne seras pas toujours là, Travis. Et crois-moi que je me ferai un plaisir de lui tenir compagnie à la petite Sarah.*

– Bordel ! grogné-je à voix haute en me levant d'un bond.

– Qu'est-ce que tu fous, Trav » ?

Je me tourne vers Carl qui me fixe avec de grands yeux.

– Je… vais fumer… je vais prendre l'air.

Sur ce, je m'avance à grandes enjambées vers la sortie, bousculant, sur mon passage, les couples qui sont en train de danser, enlacés.

Je sens le monstre gronder de plus belle, encore un peu plus lorsque les images de Sean et de mon père en train de discuter quand je suis sorti de son bar me reviennent.

Il lui a dit, j'en suis sûr.

C'est un coup monté.

L'argent. Le voyage. Dans un mois. Emmener Nina à Paris.

Tout ça, c'est pour que Sean puisse se rapprocher de Sarah.

Quand j'arrive à l'extérieur, je me retiens à temps sur la rambarde qui entoure le perron. Je suis à bout de souffle, complètement ivre de rage.

Je comprends tout.

Mon père est dans le coup.

Je ferme les yeux, écœuré.

Mon rythme cardiaque ralentit.

Mon cœur saigne.

Encore…

Puis, fuse un rire familier.

Sydney.

Je me redresse avec difficulté, mais j'y parviens et je les vois.

Ce fils de pute est là, à quelques mètres d'où je me trouve et il tripote celle que j'ai tant baisée.

Et pourtant, ma vue se brouille pour faire disparaître Sydney, y remplaçant ma Sarah.

Mon sang ne fait qu'un tour.

Je ne retiens plus le monstre, bien réveillé cette fois, et je saute la rambarde d'un bond maladroit avant de me ruer sur cette ordure.

Mes doigts craquent lorsque mon poing heurte son visage. Je l'ai frappé violemment, tellement fort qu'il finit sur le sol herbeux, gémissant de douleur, tandis que l'autre cruche me hurle d'arrêter.

Mais je ne peux pas.

Pas cette fois.

J'avance d'un pas menaçant, mais il est plus vif que moi et m'envoie son pied en plein visage. Déséquilibré par la quantité d'alcool que j'ai ingurgitée, je tombe lourdement sur le sol, la tête la première.

Mes yeux se remplissent de larmes, des étoiles apparaissent devant moi, mais je tente de me redresser, grondant de rage. Soudain, la douleur de mon crâne me fait perdre l'équilibre. Je porte une main à l'arrière de ma tête et constate que je perds beaucoup de sang. Ma tête a heurté une pierre dans ma chute.

Même si la douleur est fulgurante, j'essaie de me concentrer sur cet enfoiré de première qui vient de se relever et je fonce dessus, l'assenant de coups aussi violemment que je le peux sous les cris apeurés de la pouffiasse et des sirènes hurlantes qui approchent.

CHAPITRE 30

Nina

Nous venons juste de récupérer Jared et nous nous dirigeons tous les trois vers la fête. Calvin ne cesse de me lancer des coups d'œil et mon petit doigt me dit qu'il se passera sans doute quelque chose ce soir.

Toutefois, lorsque nous arrivons à proximité de la demeure où se déroule la soirée, je ressens une appréhension quand j'écarquille les yeux tels des soucoupes en voyant deux voitures de police et une foule qui s'agite.

– Bordel, qu'est-ce qui se passe, ici ? s'exclame Calvin en se garant rapidement.

Vivement, nous sortons tous les trois du véhicule.

– C'est Sean ! informe Jared en pointant l'index dans la direction où mon frère se trouve.

En effet, il a dû lui arriver quelque chose, car il discute avec un policier, un linge ensanglanté posé sur son visage.

De suite, la peur que Travis en soit le responsable me paralyse pendant un court instant.

– Nina…

La main de Calvin se pose dans mon dos. Je réagis aussitôt et me mets à courir vers la foule qui scande des cris apeurés et enthousiastes pour certains.

Grace à Calvin qui reste à mon côté, nous arrivons à nous frayer un passage et je m'immobilise d'effroi à la vue qui serre mon cœur douloureusement.

Travis…

Mon frère est au sol, maintenu par deux policiers qui tentent de le raisonner. Incompréhensive à la vue du sang qui couvre une partie de son visage et de son crâne, je reste là à fixer Travis qui se débat comme un forcené. Mes larmes emplissent mes paupières et, agitée par une peur profonde en remarquant la grimace de douleur qui déforme ses lèvres, je me mets à hurler.

– Lâchez-le !

Calvin me retient par le bras. Je commence à me débattre et à pleurer face à la situation devant laquelle je me sens si impuissante.

Les agents de police n'y vont pas de main morte avec Travis qui tente de les frapper pour les faire lâcher-prise, mais un de leurs collègues, qui jusque-là observait la scène, approche de mon frère et lui porte un coup violent dans l'abdomen avec sa matraque.

Je hurle aussi fort que je le peux au cri de douleur de mon frère qui s'échappe de sa gorge avant que son corps ne se relâche tel un pantin désarticulé.

Je me débats plus violemment, portant même un coup à Calvin avec mon coude. Je sens qu'il desserre son emprise et j'en profite pour me jeter sur le policier qui l'a brutalisé. Je le pousse brusquement avant que celui-ci m'encercle de ses bras puissants.

Je deviens folle de rage et tente de me libérer, mais il est bien trop fort.

Des sanglots m'échappent et je hurle telle une furie.

– Lâchez-le ! C'est mon frère ! Ne le touchez pas !

– Nina, calme-toi ! s'écrie Calvin qui s'est approché.

Il dit quelque chose au tas de muscles qui m'immobilise, mais je n'y prête pas attention et observe mon frère que les agents ont mis debout. Un autre, venant de nulle part, commence à fouiller mon frère tandis que celui-ci croise mon regard avant de s'y ancrer.

Je peux lire dans ses yeux l'effarement qu'il éprouve. Mais aussi de l'appréhension.

Il secoue lentement la tête avant de fixer d'un regard noir de haine, l'emplacement où Sean se trouvait à notre arrivée. Je regarde dans la direction et constate que mes deux frères se foudroient du regard. Puis, rapidement, Sean disparaît dans une voiture, garée à proximité.

Un tas de questions vient brouiller mon esprit plus qu'il ne l'est déjà. Je reste impuissante tandis que le policier qui fouille mon frère pousse un cri perçant.

Merde !

L'homme en uniforme brandit devant le nez de Travis une liasse importante d'argent, ainsi que deux sachets d'herbes.

Je ferme les paupières, mes larmes roulent le long de mes joues.

– C'est pas vrai, sangloté-je contre le torse de Calvin qui m'attire aussitôt contre lui.

– On l'embarque !

– Non ! hurlé-je, me débattant alors que Calvin anticipe mon geste, me retenant contre lui avec fermeté.

Tout va très vite…

La foule se disperse pour laisser passer les policiers qui emmènent mon frère menotté.

Je suis impuissante, paralysée par la torpeur que j'éprouve à cet instant. Travis refuse de croiser mon regard, et cela me blesse profondément.

J'ai peur…

J'appréhende à présent ce qui va se passer pour lui. Le dernier juge a été clair avec lui : il ne lui fera aucun cadeau si jamais il venait à remettre les pieds dans un tribunal.

Sarah

Je renifle pour la énième fois. Titanic me fait toujours pleurer autant que la première fois que je l'ai visionné.

Je suis stupide et pathétique, mais je n'y peux rien, c'est plus fort que moi.

Je me mouche bruyamment avant de sourire en me disant que, heureusement, je suis seule. Je n'imagine pas faire des bruits tel un cochon en présence de mes colocataires, surtout de Travis.

À cette pensée, je jette un coup d'œil sur mon portable pour m'assurer que je n'ai pas manqué un message de sa part quand la sonnerie de l'entrée envahit la pièce.

Surprise, je me lève du canapé et m'avance vers l'interphone.

J'appuie sur le bouton et demande au responsable du dérangement de se présenter.

– C'est Sean, ouvre Sarah, c'est urgent. Il faut que je te parle.

Urgent ?

J'hésite un instant et lui ouvre la porte.

Quelques secondes plus tard, je lui accorde l'accès au loft.

Un cri de surprise s'échappe de ma gorge serrée par l'appréhension en fixant son visage amoché.

– Qu'est-ce qui s'est passé, Sean ? C'est Travis ?

Il ne semble pas étonné que je mentionne le prénom de son frère. Il hoche la tête, acquiesçant silencieusement.

– Je… suis désolé, je ne sais pas ce qui lui a pris, il est devenu fou, Sarah.

Je secoue la tête, refusant de croire qu'il est responsable de l'état de Sean. Il a dû arriver quelque chose qui l'a mis hors de lui. Toutefois, je ne cherche pas à comprendre ce qui s'est passé et lui demande :

– Où est-il ?

Une grimace déforme ses lèvres. Il semble mal à l'aise.

– Sean ! Où est Travis ? m'exclamé-je d'une voix autoritaire.

– La police l'a emmené.

– Quoi ?

Je n'en reviens pas.

Je m'agite, me chausse rapidement et attrape ma veste dans le couloir.

– Qu'est-ce que tu fais, Sarah ? me retient Sean.

Je le foudroie du regard, lui ordonnant d'ôter son bras du mien sur-le-champ.

Heureusement pour lui, il obtempère rapidement. J'en profite pour prendre mon téléphone et essaie de joindre Nina qui doit être présente à la fête.

Elle décroche à la seconde sonnerie.

Je reste immobile pendant qu'elle m'explique la situation. Je sens peser lourdement le regard de Sean sur moi, mais je refuse de regarder le responsable dans les yeux.

Quelques minutes plus tard, je raccroche, mettant fin à la conversation rapide avec Nina qui m'attend à l'hôpital.

– Emmène-moi à la clinique à deux pâtés du campus, Sean, lui ordonné-je d'un trait.

Il accepte sans chercher à savoir si l'état de son frère est préoccupant. Il me dégoûte.

Je suis consciente que Travis s'emporte pour peu de chose, mais vu la situation extrême dans laquelle il se trouve, je suis dans l'obligation de penser que Sean a certainement dû aller très loin avec lui.

En chemin pour la clinique, je demande à Sean de se presser, remarquant qu'il fait bicn trop attention à la limite de vitesse autorisée.

– Ça va aller, Sarah. Il allait bien, c'est juste un bilan qu'ils doivent lui faire.

– Qu'en sais-tu ? tranché-je d'un ton froid.

Il ne répond pas, se contente de hausser les épaules avant d'appuyer sur l'accélérateur.

Un instant plus tard, nous arrivons à la clinique et j'accours comme je le peux vers l'entrée, une fois qu'il a garé la voiture. Il presse le pas derrière moi et me rattrape rapidement.

Saloperie de jambe !

Lorsque Nina m'aperçoit, elle se jette dans mes bras et pleure tout son saoul.

Là, je suis à présent certaine que la situation est grave.

Cependant, je la serre contre moi et tente de la calmer. Elle est prise de spasmes tant ses sanglots sont lourds de regrets.

Calvin et Jared sont également présents. Je les interroge du regard tout en serrant mon amie contre moi.

– Les policiers l'ont emmené aux urgences, m'explique Jared.

Je hoche la tête, confuse.

– Qu'est-ce qu'il a ? demandé-je d'une voix bredouillante d'appréhension.

Nina se détache de mon étreinte et elle me répond en foudroyant Sean qui se trouve derrière moi.

– Il a une grosse plaie à la tête qu'ils doivent recoudre. Qu'est-ce que tu lui as fait, bordel ?

Je me tourne vers Sean qui semble blêmir au hurlement de sa sœur.

– Il s'est jeté sur moi, je l'ai juste repoussé et il est tombé. J'y peux rien, c'est lui, il est complètement cinglé !

– Oui, il est sûrement cinglé, mais les flics ne vont pas le lâcher, putain ! Tu sais ce qui se passera !

Elle se remet à pleurer et je reste dubitative par ses derniers mots.

– Pourquoi…

Calvin me coupe d'une voix emplie de déception et de confusions mêlées.

– Sarah… il était en possession d'une grosse somme d'argent et de Marijuana.

Sous le choc, je fais un pas en arrière. Mon dos heurte le mur et je ne sais pas comment j'arrive à rester debout, car j'ai l'impression de m'effondrer à tout moment.

– Il… non !

Ma vue se brouille par les larmes qui emplissent mon regard.

Je ne veux pas y croire.

La police pense que Travis fait partie d'un trafic de drogue. Ils venaient d'arrêter l'un des suspects à quelques mètres de la fête.

– Non, ce n'est pas possible, murmuré-je, abasourdie.

Calvin baisse la tête, mal à l'aise, et les doutes m'enveloppent. Mon cœur cogne fort dans ma poitrine douloureuse. J'ai besoin d'air.

– Il faut que… je…

– Sarah ! m'arrête Nina.

Mon regard s'ancre au sien.

– Il faut que je te dise quelque chose…

J'ai le souffle court. Je comprends à son regard que c'est important. Je ne sais pas si c'est le fait de me voir si inquiète à propos de Travis qui la persuade de m'expliquer les raisons de cette relation compliquée qu'elle entretient avec son frère, mais elle le fait.

Enfin…

À la fin de son récit, mes larmes coulent le long de mon visage. Nina est dans le même état. Elle a peur de ce qu'il adviendra de son frère.

J'ai la même peur, la même appréhension.

Le pire dans tout ça, c'est qu'ils étaient tous au courant qu'il a été accusé de viol par Jenny.

Personne ne m'avait jamais rien dit.

La jeune fille était amoureuse de lui, éperdument. Pour lui, c'était juste un compromis entre eux. Ce n'était que du sexe, comme avec moi…

Jenny n'a pas supporté la situation davantage, elle l'aimait profondément et par désespoir, elle lui a menti une première fois, lui faisant croire qu'elle attendait un enfant de lui, mais Travis n'a pas supporté l'idée de devenir père.

Il la croyait…

Il lui a demandé d'avorter et s'est éloigné d'elle sans prendre en compte les sentiments de cette jeune fille. Elle a tenté évidemment de le reconquérir et en a eu assez. Le désespoir lui a mis en tête de l'accuser de viol, sans doute pour le punir à son tour comme elle l'était de ne plus pouvoir l'approcher comme autrefois.

Évidemment, Travis s'est retrouvé en prison, le temps que le procès ait lieu.

Jenny était la meilleure amie de Nina.

Elle était bouleversée par la situation et tout le comportement de Travis n'était pas à son avantage pour lui donner crédit.

Nina a soutenu son amie.

Un jour, elle est entrée plus tôt que prévu dans la chambre d'étudiante qu'elles partageaient et a découvert le corps inerte de Jenny dans son lit maculé de sang. Elle s'est ouvert les veines.

– Elle l'aimait tellement, murmure Nina, les yeux secs d'avoir trop pleuré.

Je hoche la tête, incapable d'émettre le moindre son, le moindre mot.

Je comprends le désarroi de cette pauvre fille, mais le chaos qu'elle a laissé derrière elle est si complexe, si inévitable.

– Et… il… le procès, bredouillé-je avant que Calvin ne me coupe.

– Plus tard, ils ont trouvé une lettre dans son journal intime. Elle disait qu'elle était désolée, mais qu'elle avait menti sur l'enfant, le viol. Qu'elle aimait Travis et qu'elle allait se donner la mort, car… c'était impossible pour elle de continuer de vivre sans lui, sans l'amour qu'il a toujours refusé de lui donner.

Je déglutis péniblement et ne peux m'empêcher de verser encore quelques larmes.

Travis ne peut aimer…

L'amour est éphémère…

Il te dévore, il te tue…

Ses paroles sont remplies de sens.

J'en prends enfin conscience.

Mon cerveau est hanté par ses mots douloureux. Cependant, je n'ai pas le temps de comprendre ce qui se passe, mais je sens les bras de Nina enserrer mon corps meurtri.

– Il peut changer, Sarah, souffle-t-elle près de mon oreille.

Surprise, je recule le visage pour la regarder dans les yeux et j'esquisse un sourire, recevant bien le message.

– Merci de m'avoir dit la vérité.

Elle répond à mon sourire et nous nous serrons l'une et l'autre dans les bras sous le regard attendri de Calvin.

– Allez, venez, je vous paie un bon café.

Nina se détache de mon étreinte, acceptant la proposition de Calvin.

Pour ma part, j'ai besoin de prendre l'air, de me trouver seule un petit instant. Je les informe alors que je les rejoindrai dans quelques minutes. Puis, je sors de la clinique aussi vite que je le peux et vomis tout le dégoût que j'éprouve dès que je me trouve à l'extérieur.

Soudain, je sursaute au contact d'une main sur mon épaule. Je tente de me redresser et essuie mes lèvres du revers de ma manche.

– Tout va s'arranger, Sarah.

Je regarde Sean et secoue la tête. Comment peut-il croire que ça va s'arranger ? La police pense que c'est un trafiquant de drogue !

Je n'arrive pas à répondre, je ne peux pas.

Je n'arrive pas non plus à anticiper ses mouvements que je me retrouve collée contre son corps, ses bras m'empêchant de fuir.

Je ferme les paupières et, à cet instant, des flashs viennent pénétrer mon esprit. Paralysée par la vision que mon cerveau s'efforce de me montrer, je recule légèrement et ancre mon regard dans celui de Sean qui esquisse un léger sourire, visiblement satisfait de me tenir si près de lui.

Je ne peux pas reculer davantage, ses bras m'emprisonnent toujours et je suis incapable de parler. J'essaie de me concentrer sur mes souvenirs qui me sont à présent revenus. Je me souviens de ce soir-là. Des raisons pour lesquelles j'ai pris la fuite qui m'a conduite à avoir cet accident de voiture. De cette vidéo que Sean m'a amenée sur un plateau de jalousie. Le film repasse devant mes yeux piquants par les larmes que je tente de retenir. Travis accepte le pari de ses amis : ce soir-là, il devait dépuceler une pauvre fille…

MOI.

Je me souviens de tout…

Soudain, de l'agitation à quelques mètres de nous me permet de fuir le regard de Sean. Je tourne la tête quand la voix tranchante et menaçante de Travis s'élève :

– Ne la touche pas !

Bouleversée, mon corps refuse de bouger. Deux policiers escortent Travis, les mains attachées derrière le dos. Je peux voir la colère et la haine dans ses yeux qu'il porte sur son frère.

Je reste sans voix, je ne sais pas comment réagir, mais de voir Travis, un bandage sur la tête et le visage tuméfié, je parviens à me libérer de l'étreinte de Sean et cours dans sa direction tandis que le policier ferme la portière d'un claquement sec.

– Laissez-moi lui parler ! m'écrié-je à l'adresse du policier qui tend une main vers moi afin de me barrer le passage.

– Reculez, mademoiselle, il est en état d'arrestation.
– Il n'a rien fait ! hurlé-je, furieuse.
Je perçois un ricanement venant de la part de l'agent, mais le regard qui pèse sur moi est plus fort et je pose les yeux sur Travis qui m'observe derrière la vitre en remuant les lèvres.
À cet instant, je suis certaine d'avoir lu sur ses lèvres :
– Je t'aime, répété-je dans un murmure étranglé par les sanglots.
Émue et bouleversée par la vérité qui vient d'éclater en quelques heures, je laisse à nouveau ma tristesse et mon impuissance bafouer mes joues.
Soudain, je sens les mains de Sean se poser sur mes épaules. Tout mon corps se crispe à ce contact.
Je me tourne vers lui, le visage déformé par la haine et le mépris que j'éprouve pour cette ordure.
– Dégage d'ici ! hurlé-je, les joues ravagées par les larmes.
Il reste immobile, incompréhensif.
Ce qui m'agace encore plus.
Je pousse violemment le responsable de cette situation dramatique et rentre dans le hall de l'hôpital pour retrouver Nina, prête à lui dire la vérité sur mes sentiments avant qu'il ne soit trop tard.

À suivre…

* *
*

Tome précédent :

Saison 1